文　学　有　大　益
Literature benefits, tae fashion

TAETEA LITERATURE

大益文學

主编 陈鹏

寓

ALLEGORY

03

漓江出版社

LIJIANG PUBLISHING

图书在版编目（CIP）数据

寓 / 桑克等著 . -- 桂林：漓江出版社，2017.6

（大益文学 / 陈鹏主编）

ISBN 978-7-5407-8122-4

Ⅰ . ①寓… Ⅱ . ①桑… Ⅲ . ①世界文学 – 作品综合集 – 现代 Ⅳ . ① I11

中国版本图书馆 CIP 数据核字 (2017) 第 114905 号

03 寓

出品人：吴远之

主编：陈鹏

特约编辑：马可　阮王春

责任编辑：陆源　孙静静

装帧设计：张雷

出版人：刘迪才

出版发行：漓江出版社

社址：广西桂林市南环路 22 号

邮编：541002

投稿邮箱：dayiwenxue@163.com

发行电话：010-85893190　　0773-2583322

传真：010-85890870-614　　0773-2582200

印刷：昆明富新春彩色印务有限公司

开本：889×1194

印张：18.87

版次：2017 年 6 月第 1 版　2017 年 6 月第 1 次印刷

书号：ISBN 978-7-5407-8122-4

定价：66.00 元

目 录

01 卷首

那些未被说明之物

陈鹏

上午9点，车流纹丝不动。愤怒的男人只好跳下车狂奔而去——距离单位的重要会议只有几分钟了，还管它什么汽车！

这是一则小故事，讲到此处不算寓言，寓言是后面的推进和发展：抛在大街上的汽车失踪了，男人开会回来怎么也找不到它。无外两种可能：一，交警将其拖走；二，被盗。但110均否认了以上推测。好吧，男人就此走上追查爱车的漫漫旅程，一年、两年……十年过去，车子还是无影无踪。十年来，男人饱受屈辱，又一次次看到希望……没错，这故事明显有了寓言的意思，很卡夫卡。但结局比卡夫卡光明：爱车终于找到了，可物是人非，十年来亲人们先后离世；男人每天打发悲伤孤独的时光，忽然发现车上竟有一笔周游世界、在法国南部永远留驻的巨款……

嘿，这故事还真能写个寓言小说。

当理性对世界之丰富、之怪诞、之无趣难以驾驭，寓言就上场了。中国不乏上乘的寓言，《东郭先生和狼》《拔苗助长》《刻舟求剑》《东施效颦》……伟大的庄子一直是最顶级的寓言家，"姓朱者学屠龙于支离益，单千金之家，三年技成，而无所用其巧。""以隋侯之珠，弹千仞之雀，世必笑之。"鲁迅也写过《故事新编》，褒贬不一，但其解构、戏仿、重写神话也无非借古典的瓶子装"寓言"；及至《阿Q正传》，怎么读，都是寓言。上世纪八十年代，寓言式写作一度在中国先锋派及寻根派手中发挥得淋漓尽致，且远远跨越了说教、讽喻、警世的藩篱，直指卡夫卡、博尔赫斯、卡尔维诺、布莱希特确立的某种荒诞存在之境，因此更本质、更神秘，也更文学。时过境迁，善忘的我们今天被醍醐灌顶的还是现实主义这放之四海皆准的法宝，是直面"社会"的强弩硬弓，是不撞南墙不回头的"深入"。其实，这些标准大多还是托尔斯泰式的，甚至巴尔扎克式的，不是陀思妥耶夫斯基式的，更不是塞万提斯式的，就连"通灵宝玉"之曹雪芹的曲笔也不是。我们有必要追问：作家们的一根筋到底是偷懒耍滑，还是勇气可嘉？现实，无非像脚下的大地一样安全可靠，让人不至于掉到深渊；寓言呢，要写卡夫卡式寓言，那就考验想象力了，尤其考验明修栈道暗度陈仓的想象力，哈罗德·布鲁姆称其为"飞越现实泥淖的真正诗意"，博尔赫斯称其为"虚构的现实比现实更真实，更考验作家的勇气"。这么说来，很可能我们自己出了问题——寓言不是鼓励作家胡编乱造，而是恰如其分地呼唤勇气和智慧，特别是，处理当下经验的勇气和智慧。

然而当下现实之荒诞的确远远超出作家虚构之荒诞，甚至超越了卡夫卡式的荒诞。比如接二连三的暴力、匪夷所思的杀戮、莫名奇妙的陷阱……我们不难体会作家之无奈、之软弱、之孤苦。现实变化太快，从何把握？人性嬗递太猛，哪来永恒？我想说的是，这恰恰是"寓言"

写作大放异彩的好机会，就像上世纪七十年代崛起的法国"新寓言"作家群：尤瑟纳尔、图尼埃、莫迪亚诺、勒克莱齐奥……一个个天马行空，身手了得。如果一个作家是敢于坚持的，又是敢于想象的，他定能在现实与虚构之间找到辽阔的天空以及那匹无所不能的骏马。很大程度上，寓言式写作是天空，是骏马，可以在能指、所指之间搭建意象—意义的永恒大厦，兑换鲜活的永不贬值的文学现钞。小说不是猎奇，不是纪实，更不是鸡汤，小说是飞一般的影子，是创造一种高于现实的可能性和最终极的现实。这的确需要硬功夫：飞扬高妙的想象力，扎实真切的细节，生动可感的形象……

寓言式写作，一个永恒的文学话题。

千万别以为文章开头的小故事是我胡编的，至少事件不是。那个扔下汽车飞奔的哥们儿只是为了不错过与大领导握手合影的机会，就把汽车托付给了我。我赶到会场，取了钥匙，赶到抛车地点，顶着一大堆恶骂和交警罚单将车开走。好吧，仅就这孤立的小事件已颇有寓意。生活中这类例子太多，只要认真琢磨，你会发现无处没有寓言，无处不照见了我们存在之窘迫，之两难。我想说的是，在飞速全球化的当下，所谓礼崩乐坏、过犹不及已是共识，我们的要务，应该直面难题，恒守常情常理，不必非要追赶现实的影子或以主动的异化、附庸为写作的代价。是的，可以坚守，可以遵循那个永恒不变的"道"而坚守。

老子言："道生之，德畜之，物形之，器成之。是以万物莫不尊道而贵德。道之尊，德之贵，夫莫之命而常自然。"这话可以转换为今天的感叹：大道不存，德何畜之？城市日新月异，人心不复上古，什么都以新论，老的，旧的都过时了，死了，"自然"几无望矣；比如我们的老街道，多可怜，首批文化名城的昆明还剩下什么？还能找出一条像模像样的老街吗？

唯其如此，方显坚守之难能。

寓言式写作，目的不是让人眼花缭乱，猜来猜去，更不是乔装打扮一番的新闻故事集锦，而应该是真诚地指向那个"道"，那个所喻之物，那个能指，那个结结实实的意象背后的现实。你看，只有认清现实才可能虚构现实。皮之不存毛将焉附？

千万别小看寓言式写作在今天的能量和作用，当很多话不必言明，"寓言"终将帮助我们走得更远，才能直逼那个"天地有大美而不言"的恒常之道。变化的，非道也，技耳。人性人心也不会变，就像福克纳永远相信书写人类的勇气和信念才是作家永恒的命题。

本期小说，大多是我们精挑细选的寓言佳作；这批作家不乏探索的勇气和灼灼才华，我们应该为其非凡的努力喝彩。

生活中总有很多不可言明之物，所谓不可说之神秘，不可说之默契，心里灵犀，心有戚戚，足矣！文学，小说，无非如此，不过是那个点着灯笼的盲人，只为寻路而来的朋友看见自己。

02 对垒

朱利安·巴恩斯（Julian Barnes），英国当代著名作家，曾四度获得布克奖提名（1984、1998、2005、2011），并在 2011 年以《终结感》获得布克奖，同年获大卫·柯恩英国文学终身成就奖。

卫生

朱利安·巴恩斯

郭国良／译

"对了，就是这儿，我的小乖乖。"他把旅行包放在座椅中间，雨衣叠了放在身边。车票、钱包、盥洗用品袋、安全套、任务清单。该死的任务清单。火车缓缓启动，他正视前方，满目感伤的场面：放下的车窗，挥舞的手帕，送别的眼神。这些都与他没有关系。窗户不能再往下放了，你只能和其他拿着廉价车票的老家伙们，坐在这拥挤不堪的车厢里，透过密封的玻璃向窗外凝望。就算他往外看，帕梅拉也不在这里。她应该在停车场，用车轮外缘压着混凝土的马路边沿，小心翼翼地移动她的欧宝雅特，想要靠近那台投币计时器。她总是抱怨，那些设计关卡的男人没认识到女人的胳膊没有男人长。他说那可不能成为跟路沿过不去的借口，女人么，够不到就下车呗。无论怎么说，那就是她目前的处境，把折磨轮胎视作她个人参与性别战争的一部分。她待在停车场，是因为她不愿看到，他拒绝从车厢里看她。而他之所以不愿意从车厢里看她，是因为她在该死的最后一刻还坚持往该死的任务清单上添东西。

照例是帕克斯顿的斯提尔顿干酪。照例要选购棉布、针线、拉链和纽扣。照例要买基尔纳罐上用的橡胶套环。照例是伊利莎白·雅顿散装粉。照例是精粉。不过每年她总会在"行动日"前三十秒想起什么，成心让他徒劳无功地横穿小镇。再买一只杯子，代替那只被打碎的——那只杯子。是你，杰克，杰克逊少校，已退役，或不如说以前退役了但目前还得忍受 NAAFI 的军事审判的你，在被漱口水搞得头晕目眩之后恶狠狠地故意打破的。甚至在我们二手买下这杯子之前，它就已经脱销了，不过指出这点纯属徒劳。今年就是这种情形。到牛津大街的约翰·路易斯百货商店去看看他们卖不卖沙拉微调器的外篮，原来的篮子上有一道致命的裂痕，是被"某先生"摔裂的，机器内部仍然运转良好，他们完全可以单独出售外篮。而就在停车场里，她向他挥舞着需要完成的任务清单，这样他就可以随身携带它，不会搞错型号大小什么的了。几乎是硬要把它塞入旅行袋里。啊哈。

不过，她煮咖啡的手艺真是没的说，他一向这么认为。他把热水瓶放桌上，然后打开银箔包裹的点心。里面是巧克力饼干。杰克巧克力饼干。他依旧那么认为。这样想是对还是错？你是像自己觉得的那样年轻呢，还是像你看上去的那么老？目前，对他而言，这似乎是个重大的问题。或许是唯一的问题。他给自己倒了杯咖啡，津津有味地吃着一块饼干。柔和、亲切、灰绿色的英国风景使他平静了不少，继而振作起来。牛群、羊群、被风吹出发型的树林。一条悠闲淌过的运河。萨恩特少校，检查那条运河。遵命。

他对今年的明信片很满意。插入剑鞘的祭祀宝剑。微妙，他想。有一次，他寄出数张印有野战炮和著名的内战战场的明信片。不过，他当时还年轻。亲爱的芭布丝，定于本月十七日聚餐。请空出下午的时间。永远是你的，杰克。真够直接的。从来不用信封。《隐弊原则》第 5 部分，第 12 段：敌人不大可能发现直接摆在他面前的东西。他甚至没有去舒兹伯利。干脆就投在了村里的信箱里。

你是像自己觉得的那样年轻呢，还是像你看上去的那么老？这位售票员，或检票员，或列车长或时下其他任何称呼，看都没有看他一眼。他看到的只是老人手中拿的周三短途旅行往返票，他将他视为一位规规矩矩的闷老头，一个为了省钱自带咖啡的吝啬鬼。唉，没错。退休金没有以前够用了。他很早之前就退出了俱乐部。除了一年一度必赴的聚餐，唯一需要他进城的时候就是牙出了问题，而他又不放心让当地的牙医治。最好住在车站旁边能提供住宿和早餐的小旅店。如果你早餐吃了提供的所有东西，处理得当的话，再偷偷带走一根香肠，可以使你一整天都精力充沛。周五也是一样，那样的话可以撑到回家。回基地。汇报任务，沙拉微调器都到齐并正常工作，老婆大人。

不，他才不会那样想呢。这是他的年假。他两天的休假。出发前，照例理了发；照例洗干净了上装。他做事井井有条，怀着有序的期望和乐趣。即使那些乐趣不如从前那般强烈。或者说不同。随着年龄的增加，你对酱汁的偏爱不会再像从前那么强烈了。你也不可能像过去那样喝得烂醉。因此你喝得少了，更多的是去享受过程，最后却像从前一样喝得像只猫头鹰似的。没办法，这就是规律。当然也有失效的时候。芭布丝也一样。他还记得许多年前第一次喝轮番酒。考虑到他当时的情况，他竟然还记得。那又是另一回事了，喝得酩酊大醉对于可敬的议员似乎也无妨。一共三轮。杰克，你这老家伙。第一轮是敬酒，打招呼；第二轮才是真刀真枪；然后再来一轮钱行。对了，为什么安全套都是三个一盒地卖？够那些家伙们用一个星期的了，嗯，但是如果像他一样收好以备后用的话……

说真的，他再也不能像从前那样喝得酣畅淋漓了。而可敬的议员也不再玩三猜一纸牌的游戏了。如果你有老年铁路交通卡，喝一轮就行了。不能坏了心脏。一想到帕梅拉不得不面对那种事情……不，他无意伤害自己的心脏。他们两人中间放着"插入剑鞘的祭祀宝剑"以及半瓶香槟。从前，他们能喝完一整瓶。每人三杯酒，一轮喝一杯。现在只能喝一半——香槟是车站旁边的思雷舍店铺的特价酒——而且经常喝不完。芭布丝容易烧心，所以他不想让她在聚会的时候遇到麻烦。大多数时候他们都是聊聊天。有时候会睡觉。

他不责怪帕梅拉。更年期过后，有些女人就不再对那事儿感兴趣了。简单的生物问题，并不是谁的错。不过是个女性线路的问题。你建立一个系统，系统产生你所设计的东西——即婴儿生产，看一下珍妮弗和麦克吧——然后系统关掉。大自然老母亲停止给部件加润滑剂。考虑到大自然老母亲无疑是一位女性，因此这不足为奇。没有人该受到责备。当然也不能怪他。他所做的一切的就是确保他的机器依然运转正常。大自然老父亲仍然在润滑部件。卫生问题而已，真的。

是的，很对。他自己对这件事很坦诚。毫不含糊。虽然不能对帕姆说这些，但是你可以在剃须镜里看到一个完整的自己。他在想，几年前坐在桌子对面的这些家伙们是否会那么做。就像他们说过的。当然，曾经在部队食堂吃饭时定下的规矩早就烟消云散，或被抛之脑后，那些妄自尊大的家伙们刚开始用餐便举止不端，并且在波尔多红酒打开之前对女性进行了猛烈的抨击。他私自把他们拉入了黑名单。在他看来，最近他们这兵团吸纳了太多特别聪明狡黠的家伙，所以他不得不听他们三个在那儿夸夸其谈，仿佛世世代代积淀的智慧都听由他们使唤。"婚姻就是一门研究做错事如何掩人耳目的学问，"那个头目说道，其他人都点头赞同。

不过，这倒并没让他恼火。让他恼火的是，这家伙继续解释——或者，更确切地说，吹嘘——他是如何和以前的女友（在他认识他妻子之前交过的一个女友）再续前缘的。"这还不算，"另一个狡黠的家伙对他说，"先前犯下的通奸。那还这不算呢。"杰克费了老大劲儿才听明白，当他弄清楚之后，他不是很喜欢自己所理解的意思。诡辩而已。

从前当他遇见芭布丝的时候，他是那样的吗？不，他可不这么认为。他不会故意颠倒是非，混淆黑白。他不会对自己说，噢，那是因为我当时喝多了，或者，噢，那是因为帕姆像她现在这个样子。他也不会说，噢，那是因为芭布丝是金发，而我总偏爱金发女郎，这是很怪异的，因为帕姆是黑发女郎，当然除非这一点儿也不怪异。芭布丝是个好姑娘，她坐在那儿，一头金色，他们那晚敲了三次锣。除了这些没有别的了。只不过他放不下她。他放不下她啊，来年他又去找了她。

他撑开手掌，放在面前的桌子上。一手掌外加一英寸的长度，这是沙拉搅拌器的直径。当然我会记得，他曾告诉她：你认为我的手在接下来的二十四小时不会萎缩，是吧？不，不要把沙拉搅拌器的零件放我包里，帕梅拉，我说过我不想把他们带到城里。也许在今夜他能看到约翰·路易斯究竟是几点打烊的。从车站给他们打个电话，不等明天，今晚就过去。可以节省不少时间。明天早上就有时间办其他所有事情了。算计得很精确，杰克逊。

到了第二年，他不确定芭布丝是否还记得他，但是即便如此，她还是很高兴见到他。他带着一瓶香槟，怀着万分之一的希望，一切就这么注定了。他在那儿呆了一个下午，告诉她自己的近况，他们又敲了三次锣。他说，等他下次再来城里，就给她寄一张明信片，于是一切就这样开始了。如今已经——什么？——过去二十二三年啦？他送她一束鲜花作为相识十周年的纪念，又送她一盆盆栽作为二十周年的纪念。一株一品红。在那些阴冷的清晨，对她深深的思念支撑着他外出给小母鸡喂食、清理煤舱。她是——如今他们怎么说来着？——他的希望之窗。她曾尝试了结这一切——隐退得了，她开玩笑说——但他不愿意放手。他坚持要来见她，差点大闹起来。她最后做出了让步，轻抚了一下他的脸，来年他寄卡片的时候心里颇为忐忑，好在芭布丝履行了她的承诺。

当然，他们变了。每个人都变了。首先是帕梅拉：孩子们的离开，家中的花园，她为狗狗们设计的锻炼计划，理得像草坪一样短的发型，打扫屋子的方式。她开始坚持每天打扫屋子，但在他看来，房子与之前没什么两样。她变得哪儿都不想去，她说她已经完成了旅行计划。他说他们现在有的是时间；有空和没空没什么两样。他们有了充足的时间，做的事情却少了，这是残酷的现实。他们也并非整天无所事事。

他也变了。当他爬上梯子清理屋檐上的雨水槽时，他发现自己开始感到害怕了。他已经清理了二十五年，上天作证，每个春天这都是任务清单上的首要工作，虽说平房房顶离地面很近，但是他仍然感到害怕。并不是害怕会掉下来，不是那样。他总是推下梯子的边锁，他也不恐高，并且他知道就算他摔下来，也是摔在柔软的草地上。当他站在上面，鼻子高出雨水槽几英尺，用小铲子清理青苔和烂叶子，弹走细枝和鸟儿尚未建好的巢，寻找有裂痕的瓦片，确保电视天线依然立着——他就那样站着，全副武装，双脚穿着惠灵顿靴，上身裹着防风夹克，头戴毛线帽，手戴橡胶手套，他有时感到眼泪流下来，他知道不是风的缘故，随后他僵住了，一只戴着橡胶手套的手夹在了雨水槽里，另一只手假装去戳厚塑料翘起的地方，他吓得连屁都不敢放。这件该死的事儿太吓人了。

他宁愿相信芭布丝一直没有变，并且在他心中，在记忆中，在他的期望里，她都一直没变。但是同时他又承认，她的头发不再是从前那种金色了。而且，当他劝她不要隐退之后，她也变了。她不再愿意在他面前宽衣解带。穿着睡衣。一喝他买的香槟就烧心。有一年，他给她带了一种更贵更高档的香槟，结果还是一样。关灯次数越来越多。不再费尽心思地去挑逗他了。和他同时入睡；有时睡得比他还要早。

可是，她仍是他当初喂小母鸡、打扫煤舱、流着眼泪（脸颊被橡胶手套擦得泪迹斑斑）清理雨水槽时他所期望的那个她。她是他连接过去的纽带，在过去，他真的可以喝得酩酊大醉，还能连续敲三次锣。她可以像母亲对孩子一样对他，可是，每个人都渴望被宠爱，不是吗？吃点巧克力饼干吧，杰克？是的，是有那么一点味道。不过，话说回来，你是个真正的男子汉，知道吗，杰克？这年头，真正的男子汉已经不多了，他们是濒临灭绝的珍稀物种，而你则是其中之一。

他们即将抵达尤斯顿。一个年轻的家伙拿出他该死的手机，装模作样地拨号码。"嗨，亲爱的……嗯，对，听我说，火车被困在了伯明翰外面的一个鬼地方。他们什么都不告诉我。不，我想至少还得一个小时，之后我得横穿伦敦……是……是的……我也是……再见。"这个骗子收起手机，看向四周，瞪向任何偷听的人。

好吧，再检查一遍一天的安排吧。在火车站，给约翰·路易斯打电话询问关于沙拉搅拌器的问题。在提供早餐和住宿的旅馆旁边的餐厅吃晚饭，印度、土耳其菜，都没关系。开销不能超过八英镑。住在格兰比侯爵旅馆，只提供两品脱啤酒，不想整个夜晚让抽水马桶的冲洗声搅得宿营地睡不着。在旅馆用早餐，如有可能多拿一根香肠。从特雷舍那里带去半瓶香槟。给海陆空军小卖部跑腿：照例要买斯提尔顿干酪、基尔纳环和散装粉。两点钟见芭布丝。两点到六点。一想到见你……上校，你睡在那下面吗？可敬的议员们请起身……剑鞘中的祭祀宝剑。中间喝喝茶。喝着茶，吃着点心。有趣的是，这竟然也成了一项传统。芭布丝擅长鼓励别人，使他觉得他自己在那一刻，甚至是黑暗中，甚至是闭上眼睛，在那一刻，他就是……他想要成为的人。

"对了，就是这儿，我的小乖乖。到家了，詹姆斯，别磨磨蹭蹭的。"他的旅行袋夹在座椅中间，他的雨衣折叠放在他身边。车票、钱包、盥洗用品袋、任务清单（现在上面划上了整齐的小对勾）。安全套！那个特别的玩笑竟然开在了自己身上。整件事对他来说就是一个玩笑。他眼睛直直地透过封闭的玻璃窗看向外面：一个灯火通明的三明治小店，一辆停滞不前的行李搬运车，穿着可笑制服的行李搬运工。为什么火车司机都没有孩子？因为他们必须准时离站。哈哈。太可恶了。把安全套列在清单上是他每年都开的玩笑，因为，他不再需要这东西。很多年前就不用了。一旦芭布丝理解他信任他之后，就说他们没必要再用了。他曾经问她是否担心会怀上孩子。她回答说："杰克，我认为我已经顺利度过危险期了。"

一如起始，一切进行得很顺利，很完美。火车准时到达，穿过市区来到约翰·

路易斯，撑开手掌表明沙拉搅拌器的直径，确定好型号，没有单卖的零件，但是有特价商品，好像比老婆大人当时买的更便宜。他内心进行着斗争，到底要不要扔掉老的沙拉搅拌器，买个新的，然后谎称自己找到商家，换了新的搅拌杯。最终他决定把旧的机器带回家。老滑手终究会在某天晚上庆祝自己又摔坏了机器内核，这下就可以换个全新的了。只不过呢，由于他深知自己运气好，也许他会再摔一次搅拌杯才能完全摔坏，为零件的苟延残喘做个了结。

返回市区。经营这家旅馆的外国人认出并忆起了他。他把硬币投入电话机孔槽，向夫人汇报自己已经安全抵达。相当地道的咖喱鸡饭。在格兰比侯爵旅馆，喝两品脱的啤酒，不多不少正合适。学会节制。这样对膀胱和前列腺不会有过多压力。夜里只用上一次厕所。睡得像小孩一样。第二天早上用花言巧语多拿了一根香肠。在特雷舍买到了特供的半瓶香槟。顺利完成了清单上的任务。洗澡，梳头，刷牙，职责所系。以便在两点钟检阅时好好展示自己。

那时，特价商品已抛售一空。他按下了门铃，脑中浮现的是熟悉的金色卷发和粉色的家居服，耳边响起了她咯咯的傻笑。但是开门的却是一个矫揉造作的黑发中年妇女。他一脸茫然地站在那儿，沉默无语。

"给我的礼物吗？"她说，也许只是没话找话吧，并且伸手去拿香槟瓶。他没有回答，只是紧紧握住瓶子不放，他们展开了一场滑稽可笑的激烈争夺，最后他说道：

"给芭布丝的。"

"芭布丝要过一会儿才回来，"她说着，把门敞开。他感到有点不对劲，但还是跟着她走进了客厅，自从去年这时节见过面以后，客厅又重新装修了一番。装修得像妓女揽客的场所，他想。

"让我把它放冰箱里好吗？"她问，但他仍握住瓶子不放。

"从乡下来的？"她问。

"你是个军官？"她问。

"你的舌头被猫咬掉了吗？"她又问。

他们这样一声不响地坐着，大约有一刻钟，直到他听见一扇门关上的声音，接着又是一扇门。黑发女人和一位高挑的金发女人站在他面前，金发女人的胸罩撑起她的双乳，像个果盘似的呈给了他。

"芭布丝，"他重复说着她的名字。

"我是芭布丝，"金发女人答道。

"你不是芭布丝，"他说。

"随便你怎么说吧，"她答道。

"你不是芭布丝，"他重复道。

两个女人面面相觑，然后金发女人随意而硬邦邦地说道："留点神，大爷，我就是你要找的人，好吧？"

他站起身。看着两个妓女。他慢慢地解释起来，就算乳臭未干的新兵也能听懂。

"哦，"其中一个人说，"你是说诺拉吧。"

"诺拉？"

"是啊，我们都这么叫她。我很抱歉。她大约在九个月前走了。"

他没听明白。他觉得他们是说她搬走了。那么他就更搞不懂了。他想她们是说她被谋杀了，死于一场车祸，或者其他什么。

"她太老了，"其中一个人最后解释说。他一定看起来很凶，因为她相当紧张地补充道："请别见怪。并没有冒犯的意思。"

她们打开了香槟。黑发女人拿来了不一样的杯子。他和芭布丝从前都是用平底玻璃杯喝酒。香槟还是温的。

"我给她寄了张明信片，"他说，"是一把祭祀宝剑。"

"是啊，"她们了无兴致地答道。

她们喝光了杯子里的香槟。黑发女人说："对了，你还愿意做你本打算来这儿做的事吗？"

他甚至都没有想。他当时一定点了点头。金发女孩问："你想让我做芭布丝吗？"

芭布丝原来是诺拉。他脑中掠过这一念头。他感到自己再次凶狠起来。"我希望你做回你自己。"这是命令。

两个女人再次面面相觑。金发女郎坚定而无法令人信服地说："我叫黛比。"

他当时应该离开才好。出于对芭布丝的尊重，也出于对芭布丝的忠诚，他当时应该离开才对。

封闭的玻璃窗另一边是不断流逝的风景，年年如此，但是他看不出它的形状。有时他把对帕梅拉的忠诚与对芭布丝的忠诚混淆一起。他把手伸进背包去拿热水瓶。有时——哦，虽然只有几次，总归是发生了——他确实把他妈的芭布丝和他妈的帕梅拉弄混了。好像当时他是在家似的。好像那件事发生在家里似的。

他进到芭布丝曾经住过的房间。也重新装修过了。他不能接受重新装修后的样子，缺少了从前的感觉。她问他想干什么。他没有回答。她拿过钱，递给他一个安全套。他站在那儿，手里拿着那套子。芭布丝没有，芭布丝也不会……

"要我为你戴上吗，老大爷？"

他用力推开她的手，脱掉长裤，脱掉内裤。他知道自己脑袋坏掉了，但是这也许是最好的主意，唯一的主意。说穿了，他来这不就是为了这嘛。现在他付钱就是要做这个。这位可敬的议员只是暂时藏而不露，但是，如果他指出需要什么，如果他发出指令，那么……他感觉到黛比在看着他，她半蹲着，一条腿跪在床上。

他用滑腻的手指把安全套戴上，期待这样能让自己勃起。他看着黛比，看着她呈现给他的"果盘"，但毫无作用。他低头看向他那疲软无力的阴茎，还有耷拉下垂的褶皱的安全套，像是干瘪的奶头。他记起自己曾把润滑的安全套套在手指上。他暗自思忖，对了，就是这样，小乖乖。

她从床边桌子上的纸盒里抽出几张纸巾递给他。他擦干脸。她退给他一点钱；仅仅是个零头。他很快穿上衣服，走出去，走到光线刺眼的大街上。他漫无目的地走着。从某个商店上方的电子屏幕上得知现在是三点十二。他突然意识到安全套还套在阴茎上面。

羊群。牛群。被风吹出发型的树。一排平房，一个该死的令人厌恶的小营地，住满了令人厌恶的淫妇，他真想大叫，呕吐，拉响报警器或者任何一件他妈的能让他肆意发泄的东西。令人讨厌的淫妇，就像他自己一样。而且，他即将回到他那该死的令人厌恶的平房，他为它倾注了多少年的心血啊。他打开热水瓶，给自己倒了些咖啡。咖啡已经放了两天，冷透了。过去他习惯用随身带的小酒壶把咖啡暖热。现在，咖啡又冰又冷，放得太久了。这很公平，不是吗，杰克？

他不得不给落地窗外的盖板再涂上一层游艇用的清漆，盖板被院里的那些新椅子磨损得不行……杂物间也可以涂一点油漆……他得把割草机拿进来，把刀磨快，如今你已经找不到人干这个了，他们只是看看你，劝你买个带橘色塑料配件的气垫割草机，而不是带刀片的……

芭布丝就是诺拉。他不用戴安全套，因为她知道他不会到别的地方去，而且她也早就过了怀孕的年纪。为了他，她只是一年一度从退隐中回归；仅仅有点喜欢你而已，杰克，不过如此。有一次他看到她的公交卡，跟她开玩笑，他由此得知她比他年龄还大；也比帕姆大。还有一次，他俩在聚会的那天下午，喝了一整瓶香槟，她提出要取下上牙来吮吸他，他哈哈大笑，不过觉得这很恶心。芭布丝就是诺拉，诺拉死了。

晚上聚餐的时候，其他人没有注意到任何不同。他谨守自律。没有变得尖嘴猴腮。"说实话，再也无法把控得那么好了，老兄，"他说，随之有人窃笑，似乎他讲的是个笑话。他早早就离开了，在格兰比侯爵旅馆先喝了一杯。不，不是一杯，只有今晚酒杯的一半。说实话，再也无法把控得那么好了。永不言死啊，酒吧老板答道。

他鄙视自己和那个妓女的逢场作戏。你还愿意做你本打算来这儿做的事吗？噢，当然，他当然愿意，但不是她所知道的那些事。他和芭布丝已经多久没干了，五年，还是六年？最近的一两年，他们仅仅啜饮一下香槟。他喜欢她穿着那件老妈子式的睡衣，他经常这么逗她；然后和他一起爬上床，关上灯，聊一聊旧日的时光。想象着曾经的模样。第一轮是打招呼；第二轮才是真刀真枪；散伙前再喝上最后一杯。杰克，你年轻的时候像一头老虎。着实让我消受不起。第二天都不得不请假休息。你就胡扯吧。我真的请假了。拜托，我才不是那样。噢，杰克，真的是，一头真正的老虎。

她不愿意提高她这里的住宿费，但是租金就是租金，他付的是他所占据的空间和时间，无论他是否愿意。对于他的老年人铁路交通卡来说倒是一件好事，他现在可以省掉这笔开销了。不会再有什么现在了。他已最后看了一眼伦敦。看在上帝的分上，你可以去什鲁斯伯里买斯蒂尔顿干酪和沙拉搅拌器。在部队的聚餐上，只会看到来不了的人越来越多，能来的越来越少。至于他的牙齿问题，当地的牙医完全可以解决。

他的背包放在头顶的行李架上。他的清单划上了一串对勾。此时，帕姆应该在去火车站的路上，或许汽车刚转进临时停车场。帕梅拉把车开进停车位的时候总是车头向前。她不喜欢倒车，喜欢留到后面做；或者，更喜欢留给他去做。他不一样。他喜欢把车倒进停车位。那样的话你就可以快速把车开走。他觉得，这只是熟练度的问题；随时保持高度警觉。帕梅拉常说，上次是什么时候我们需要快速把车开走呢？不管怎样，总是要排队才能出去。他常说，如果我们是第一个出去，就不用排队了。"排队功能障碍"。等等。

他对自己承诺，即使她再次把车胎钢圈挤压变形，他也不会看上一眼。当他摇下车窗，伸手去投币的时候，也不会发表任何评论。他不会说，你看车轮离它那么远，我还是够到了。他只会问一句："狗狗们还好吗？孩子们又打电话了吗？Super Dug 肥料送来了吗？"

可是，对于芭布丝，他仍然很悲痛，他想知道为帕梅拉哀悼的时候是否也这样。是否也是这样轮下去，当然。

他已完成了任务。现在火车即将进站，他从密封的窗户向外看，希望看到月台上站着他的妻子。

（选自译林出版社出版的《柠檬桌子》）

杨静南，作品散见《收获》《人民文学》
《青年文学》《山花》等刊，著有小说集《杜
嫩的可疑生活》《火星的呼吸》。现居福州。

长颈鹿脚下

杨静南

1

男人把卢瑞芳家里所有能看的地方都仔细看了个遍。

他在卢瑞芳家里已经有十几分钟了。中介小戴把门敲开后，男人一声没吭，连鞋子都没换就直接踏了进去。卢瑞芳不高兴地看着他，但男人的目光没有在她身上停留，也没有在林百鸣身上停留，好像他们只是房子里的一样家具，甚至连家具都不是，只是和空气一样的存在。

男人长得很丑：金鱼眼，大嘴巴，头发已经没剩下几根了。可他身后却跟着个年轻女孩。女孩二十出头，她一进来，屋子里立刻充满了飘忽的香水味儿。女孩肚子微微凸着，看来是已经怀孕了。

中介小戴打电话过来后，林百鸣就把客厅里的电视调到了综艺频道，还把电视音量调大了一些。这房子位于高架桥旁边，声音有点大，从客厅的窗户望出去，外面经常是车流滚滚。林百鸣把双层玻璃窗关紧了，再拉上厚厚的窗帘，这样，房子的缺陷就不那么明显了。

"你们这房子落没落过外地户口？"那个男人问。

"买这套房子前，我们早就是城市户口了。"卢瑞芳冷淡地回答他。她不喜欢这个男人，不想把自己的房子卖给他。

"银行里还有没有贷款？"

"我们从没跟银行借过钱。"卢瑞芳说。

男人对卢瑞芳的回答好像有点儿奇怪。一直到这时候，他才稍微认真地看了卢瑞芳一眼。

"那你们干吗要卖房子？"

　　从早上到这会儿，起码七八批客人来看过房子了。他们中不少人都问起这么个问题。这让卢瑞芳觉得很不舒服。干吗要卖房子？我都没问你们干吗要买房子，这和你们有关系吗？我爱卖不卖，你们爱买不买，又没有强迫你们，问这么清楚干什么？

　　卢瑞芳望着面前的这个男人，他也在望着她，眼睛里有一种焦躁的神气。卢瑞芳顿了一下，最后，她傲慢地回答：

　　"因为——我们要出国了。"

　　对她的这个答案，男人好像比较满意，这说明这房子不错，主人没灾没病，不仅没有碰到什么意想不到的坏事，还有机会出国。不过，他的眼神里，很快又有了一丝不信任的色彩：这两个老家伙，看起来怎么也不像是能出国的啊！

　　卢瑞芳并没有完全说假话，他们卖房子确实和出国有关。只不过，要出国的不是卢瑞芳和林百鸣，而是他们的儿子林志强。

　　那天傍晚，林志强回来时，卢瑞芳就觉得他和平时不一样。林志强脸上笑笑的，他笑起来挺好看，但林志强很少在卢瑞芳和林百鸣面前笑过。跟卢瑞芳和林百鸣在一起，林志强更多的是生气和抱怨。他抱怨卢瑞芳和林百鸣没有让他上高中（其实是他自己没考上），抱怨他没有城市户口（国家政策允许随迁时，他已经超过十八岁，不能再办子女投靠了），抱怨他打工的工厂（他觉得管理层都是马屁精，没人能识才，他本人也因此跳了个知道多少个工厂），抱怨他女朋友（准确地说是前女朋友，那个女人见识太小，脾气太坏），抱怨工厂里面的女工（她们都是些势利小人，看见有权有钱的人就赶紧献媚）。看见他难得一见的笑容，卢瑞芳心里就有点儿嘀咕。

　　果然，吃饭的时候，林志强说要跟他们商量一件事。

　　"什么事？"卢瑞芳问，她有点儿紧张。

　　"我想去阿根廷。"

　　林志强说，他有一个工友前几年去了阿根廷，在阿根廷的首都开超市，赚得很好，这工友叫他也过去帮忙。

　　"你想去就去吧。"卢瑞芳说。

　　"我不想过去给他打工，我想过去后自己开一家超市。"林志强说。

　　卢瑞芳知道了他的想法。可是他有钱吗？他的钱在哪里？

　　"我想把家里的房子卖了。"林志强说。

　　"把房子卖了？那我们住哪里？"卢瑞芳差点儿跳起来，林百鸣也瞪大了眼睛。

　　林志强可能早考虑过这个问题，他又轻轻地笑一下。"你们可以回瑶台岛去住啊，老爸反正早就下岗了，"他转向卢瑞芳，"你又没有上班，在哪儿住着都是过日子。现在大家不都讲究生活环境吗？瑶台岛的空气可比湖州城要好得多，对身体肯定也更有好处。"

卢瑞芳没有答应林志强，他的想法太出乎她的意料。她把话说得很硬，让她儿子断了这个念想。

但是林志强有办法，接下来的好几个月，他天天磨来磨去，跟卢瑞芳分析他去阿根廷开店的前景，讲他在厂里的种种不如意，讲他女朋友其实就是因为他没钱才和他掰掉的。

"不是我想啃老，我是实在没办法。等我到阿根廷赚到钱后，我马上就给你们再买一套房子。"

卢瑞芳没吭声。

"这个机会难得，这一次不出去，我会后悔一辈子的。"

卢瑞芳还是没吭声。

"你们年轻时不也从瑶台岛跑到湖州来了吗？现在就让我也跑一次吧！"

卢瑞芳答应了林志强。她没有明说，那一天，她是被林志强最后那一番话给打动了。

"你什么时候回瑶台岛去看看，老家那房子还能不能住？"晚上睡觉时，卢瑞芳小声地对林百鸣说。

那男人在屋子里又转了一圈，最后站回到客厅里。

"你们再降五万，我晚上就跟你们签合同。"男人说。

"五万？"卢瑞芳嗤了一声，"再降五千都不可能。"

"我全部付现金，这一带房子值不了这么多钱。"男人说。

卢瑞芳走回到餐桌前，坐下来吃晚饭。

"怎么样，能不能定下来？"男人问。

"我们已经卖得很便宜了，一分钱也不会再降了。"卢瑞芳说。

"那你就把它留着自己住吧。"男人搂着他身边女孩子的肩膀。"我们走！有钱还怕买不到房子。"

"说实话，我还不想卖给你呢！"卢瑞芳说。

"你这个没头脑的女人！"那男人非常生气，他骂道。

"你才没头脑呢！你给我出去。"卢瑞芳也提高了声音。

看到情况有点儿不妙，小戴赶紧跑过来打圆场。"我们先走吧！有什么话以后慢慢说。"她和那女孩把那个骂骂咧咧的男人半推半拉带出了门外。在外面，小戴又转过脸来，把手指头竖在唇间，朝愤怒的卢瑞芳嘘了一下。

"你今天脾气不小嘛！"铁门关上后，林百鸣对他老伴说。

"我们的价钱已经够便宜了。再说，我真不想把房子卖给这样的老色鬼！你看没看见那女的，都可以当他女儿了。"卢瑞芳说。

"那是别人家的事情，你别去管它。现在能一次性付现金的人也不多，我怕房子不好卖。"林百鸣说。

"不好卖就不好卖，房子卖不掉我们自己住。"卢瑞芳说。

林百鸣不说话了，卢瑞芳正在气头上，他知道自己说什么都没用。

房子是林百鸣下岗前，他们厂留给他和他的工友们最好的东西了。当年工厂被一揽子卖给房地产开发商时，厂里面留了这么一块地，给大家盖了五幢集资房。虽然是在马路边，但工人们已经心满意足了。为了这一套房子，林百鸣和卢瑞芳从银行里取出15万块钱，那是他们省吃俭用，一辈子积攒下来的所有储蓄。

房子不大，只有六十平方左右，南面是两间卧室，北面是厨房连餐厅，还有一个小房间，卢瑞芳原来准备给小孙子当书房用的。客厅在套房中部，不开灯就一片漆黑。这没有办法，上世纪90年代盖的套房都这个样子。

他们家餐桌上方的架子上摆着一个大瓷盘。这不是普通的瓷盘，是林百鸣当年亲手烧出来的，瓷盘上面画着一幅毛主席的像。房子装修好时，林百鸣把他一直收藏着的这个瓷盘摆出来，被到他们家参观的工友看见了，工友们笑他说：

"现在还摆这玩艺，你太过时了。"

"你们懂得什么，这东西现在是古董。"林百鸣说。

其实，他把这个瓷盘往架子上摆时，心里头想的并不是钱。看到这个瓷盘，林百鸣就会想起他年轻时在部队，在工厂里的岁月，想起自己当年生机勃勃的样子，但他从来没有把他心里面的想法说出来。

卢瑞芳喜欢养花，她在阳台上种了不少花草，茶几和电视柜边上的两盆绿萝让他们家客厅绿意盎然。这些花花草草，也让这套房子加分不少。

2

卢瑞芳家的房子最后还是卖给了那个她讨厌的男人。第二天下夜班回家后，听说有这么个能付现金的男人，林志强让林百鸣赶紧找出中介小戴的手机号码打过去。第二天，林志强不去上班，自己上阵和那男人谈价钱。两天以后，价格谈出来了，降了三万块，林志强急着要用钱，也不计较这么一点了。

手续办好，钱存进林志强的账户后，他们一家人就该搬出去了。从工厂宿舍搬到套房里时，卢瑞芳和林百鸣放弃了当年工厂宿舍里的那些床架和柜子。新家具都打在了墙上，床也是在套房里现做的。他们以为自己会在里面住到最后那一天。现在，房子卖给了别人，柜子和床铺自然也都是别人的了。

他们在第二天就将属于别人家的餐桌上吃最后的一顿晚餐时，卢瑞芳问林百鸣："你说他们会睡在我们床上，还是睡在志强床上？"她脸上的表情很平静，看不出她到底是在开玩笑，还是真的想知道这问题的答案。

餐桌上方，架子上的瓷盘已经收起来了。林百鸣用报纸把它小心地包好，放在一个原来装奥利奥饼干的圆铁皮盒里。

"你管这个干什么？人家爱睡哪里就睡哪里。"林志强不屑地说。他刚给他那个在阿根廷的朋友打过电话，对方正教他怎么办手续，林志强踌躇满志地想着他在阿根廷开的大超市，表情俨然像是一个已经有了很多钱的老板。

"我们去瑶台岛后算什么，算不算农民？"卢瑞芳问林百鸣。

"我算下岗工人，你只能算是下岗工人的老婆。"林百鸣回答说。

那一年，林百鸣刚好60岁，他比卢瑞芳要大3岁。林百鸣每天抽两包烟，把牙齿和手指都熏得黄黄的，还没走到他身边，就能闻到一股浓烈的烟味。有班上的时候，林百鸣是省陶瓷厂最优秀的工人，一门心思只做单位里的事情，无数次被评为优秀和先进。下岗以后，他一时间无事可做，后来迷上了打麻将，就一门心思打麻将。打麻将赌钱，林百鸣也不玩大的，他是个精明人，虽然通常都赢，但他每个月也就赢一点生活费就好。林百鸣有一个最大的特点，那就是对卢瑞芳特别好，卢瑞芳说什么，他就答应她什么。

卢瑞芳要林百鸣回瑶台岛去看看，林百鸣就动身了。自从1994年下岗，林百鸣和卢瑞芳就再也没有回去过。不是林百鸣不想回去，而是卢瑞芳不肯回去。

林百鸣坐火车到恭城，又换了去码头的公共汽车，一直到下午三四点钟才到瑶台岛。

他哥哥林一鸣的儿子林海强开着辆崭新的小轿车在码头上等他。这些年，林一鸣家靠搞海带养殖赚了不少钱，盖起了一幢三层半的小洋楼。林一鸣只会在海上干活，林海强却要活络得多，他和岛外几个做海货生意的人有一些往来。

林百鸣坐到副驾驶座上，小轿车沿着新修的环岛公路往他出生的小渔村开去。一路上，大海和沙滩没有什么变化，但路边上房子的整齐漂亮却让他感到惊讶。林百鸣意识到，这些年来，瑶台岛上富了许多。

他哥哥摆了一桌丰盛的饭菜，家族里的几个男人围在一起喝酒。吃晚饭前，林百鸣去家里的祖屋看过，老房子常年关着，有一股阴冷的霉气，北墙有点儿倾斜了，门板和窗户也都有些朽坏，全部需要重新换过。

林百鸣对林一鸣他们说了儿子想要出国的事情和自己要回瑶台岛的打算。

"你们要是回来，就住我这边吧！反正房间多得是。"林一鸣豪爽地说。你当年要是没出去就好了！林百鸣心里听到的却是哥哥的这么一句话。

八十年代初，一辆大卡车把林百鸣和卢瑞芳全家送到了村外的三角埕。那时候，村里面没有公路，卡车只能开到那里了。那肯定是第一辆开到他们村的大卡车。喇叭声引起了村里人的惊奇。年轻人和小孩子跑了过来，后来几乎整个村子的人都从各个角落围了过来。男人们大声地和林百鸣打招呼。年轻人站在那辆大卡车旁边，闻着好闻的汽油味，胆子大的小孩子则摸摸轮胎，拍拍车门，胆子更大点儿的还爬上驾驶室的踏板，想要把头伸到里面去瞧个究竟。

林百鸣掏出大前门香烟，慷慨大方地散给村里面的男人。卢瑞芳站在他身边，眼睛笑得弯弯的。他们的儿子林志强坐在驾驶室里面，好奇地看着外面的那些人。

"瑞芳，你们回来啦！"

"你好洋气啊！"

村里的女人们围着卢瑞芳，不住地感叹。

林百鸣和卢瑞芳拿出他们带给乡下亲戚的礼物。林海强得到了一辆玩具小汽车，他妈妈是一件素花衬衫。左邻右舍的孩子围在边上，他们每个人也都分到了一把大白兔奶糖。很快，孩子们就带着林志强朝村子前面的沙滩跑去了。

林百鸣端着地瓜烧酒，一个一个地给桌上的男人敬酒。女人和孩子们围在桌子旁边，他们已经在厨房里吃过了。

"你怎么这么厉害，那么早就看出来林百鸣有出息？"林一鸣的妻子逗卢瑞芳说。

回瑶台岛那天晚上，睡在林一鸣家新买的席梦思上，林百鸣回想起他年轻时候的往事。那大概是他一生中最美好的时候了。当年，他们是工人阶级老大哥，是大家羡慕的对象。他没有想到自己会下岗，也没有想到自己会这样重回瑶台岛。人的一生，真是谁也料不准啊！

东西都打包好了，一共是五个大袋子，堆放在客厅一角，准备运到一个老乡家里暂时寄存。

要走的前一天，卢瑞芳和林百鸣特地到楼下转了一圈。到湖州三十多年了，他们基本上没离开过这一带。就是厂里集资的这一个小区，一眨眼也住了五六年。卢瑞芳和林百鸣绕着楼房边上的水泥路走到房子西边，平时在小区里，进出都从大门，倒很少到这边来。他们抬起头来，望着五层楼上的那扇蓝色玻璃窗，以后，那窗户里面就是别人家的灯火了。

顺着窗户往旁边看，卢瑞芳发现厂里那几座集资房外墙的瓷砖都有些褪色了。他们家那幢楼外墙上镏金的"金桃阁"三个铜字，"桃"字的"木"字旁不懂得什么时候也掉了，"金桃"变成了"金兆"。这房子，旧得也太快了。卢瑞芳心里想。

码头还是当年那个老样子，由大块青石条直立着铺成的路面缓缓倾向大海。经过几十年风浪侵蚀，无数人的脚和车轮踏辗过，青石的棱角早已经被磨平了，颜色也变得黑乎乎的，如果仔细看，还会发现有绿色的海苔长在石头潮湿的缝隙里。

码头唯一的变化就是新修了一座两层的楼房。那是售票处和候船大厅，远远望过去，可以看见敞开的候船大厅里摆着的几排塑料靠背椅。候船大厅外墙被刷成了白色，在周围都是石头房子的海边看上去很突兀。

两个人从班车上下来，林百鸣要往候船大厅里走，卢瑞芳却没有动。她站在泥地上，四下里看了看，好像从来没到过这里一样。看了一会儿，卢瑞芳也没有说话，就朝码头边上长长的防护堤走去。林百鸣背着他们的那一个大包，沉默地跟在她身后。

在防护堤上走了很长一段路，卢瑞芳才在堤边坐下来，回头望去，码头上的那些人和车变成了模糊不清的一片。林百鸣把大包放到地上，也盘腿坐了下来。

"林百鸣，你还记得吗，三十五年前，你和我就是从这里到湖州去的？"卢瑞芳说。

林百鸣当然记得。上个世纪60年代，他刚刚从部队复员，正好湖州要建一些工厂，他就报名参加了。去湖州之前，他请人帮他到卢瑞芳家里去说亲。因为父母早逝，十几岁的时候，林百鸣就挨家挨户在岛上各个村子收鸡蛋鸭蛋，然后拿到供销社去卖，赚那一点点差价。林百鸣记得他第一次看到卢瑞芳的情景。当时他挎着一个竹篮，里面可能有几个鸡蛋或者鸭蛋，卢瑞芳在她家的水井边洗衣服，林百鸣认识她妈妈，知道她妈妈是这个村里头的文书。

"你们家有鸡蛋要卖吗？"林百鸣叫道。

卢瑞芳站了起来。她脸色红润，面容恍若仙女。她家的宅基地比路面要高一些，林百鸣站在那里，隔着一树盛开的栀子花，仰着头望着卢瑞芳。

从那之后，林百鸣常常莫名其妙地在空气中嗅到浓郁的栀子花香。等到他从部队复员回来，卢瑞芳已经是她们村里的女民兵了。林百鸣找到她，送给她一条他从上海带回来的丝巾。

尽管他招了工，也算有了工作，但卢瑞芳的父母对她的选择还是强烈反对。

"他们兄弟俩只有一张床，你难道要和他们两个人挤在一起？"卢瑞芳母亲说。

"他又不在岛上，他马上就要到湖州上班了！"卢瑞芳说。

"到湖州上班又能怎么样？你真是什么都不懂！"她妈妈说。

卢瑞芳并不是什么都不懂。她从小在妈妈身边长大，看着她在村部的桌子上开出了一张又一张证明，趁她妈妈不注意，卢瑞芳悄悄地给自己也开了张证明，和林百鸣一起到公社领了结婚证。

当年，在码头上，卢瑞芳对林百鸣说："我要到外面去看一看，不离开瑶台岛，我会后悔一辈子的。"

正是退潮时间，沙滩上，被海水冲刷过的海滩湿漉漉的，几只寄居蟹在沙面上飞快地爬行，从一个小沙眼里钻进另一个小沙眼。林百鸣想，要是他也能像寄居蟹那样，为自己打一个能够居住的洞洞该有多好。

他们的房子卖掉了，林志强很快就要去阿根廷了。想象着他和卢瑞芳住在瑶台岛那座老房子里面的情景，林百鸣有些感慨，他有一种自己的人生被谁偷走了的感觉。

遥远的海平面上，冒出来一个小黑点。

这时候，卢瑞芳突然间爆发出一阵抽泣声。她的身子剧烈地抽动，肩膀一耸一耸的，眼泪从她捂着脸的指缝间流了下来。

林百鸣有点吃惊。看着卢瑞芳哭泣，他的眼圈也慢慢地红了。

海面上，那个黑点慢慢地变大，看得出来，那就是从瑶台岛驶过来的轮渡。

"林百鸣，我不想回瑶台岛。"卢瑞芳说。

"你不想回去，我们就不回去。"林百鸣说。

"我们在湖州租个地方住。"

"好啊，就租个地方住。"

"林百鸣，我告诉你，我们以后都不回瑶台岛，就是死，我也不回去。"

林百鸣看着卢瑞芳。

"那好吧，到时候我做一个骨灰盒，把我们的骨灰一起装进去，请人找一个地方埋掉。"林百鸣说。

卢瑞芳白了林百鸣一眼，"难道我们会一起死吗？"

"我求老天爷让我们一起死。"

"你说话要算数！"卢瑞芳笑了起来。

海面上驶过来的轮渡就要靠上码头了，登陆艇又一次发出巨大的鸣笛声。甲板上人头攒动，一个水手站在船艏，用手臂比划着，让驾驶舱里的人放下厚重的前甲板。

林百鸣掏出一支烟，用打火机点上了。

卢瑞芳把烟从他手上拿过来，也吸了一口。她被烟呛着了，一阵咳嗽。等咳嗽平息后，卢瑞芳又吸了第二口。这一回，烟雾从她鼻孔里喷了出来。

林百鸣望着卢瑞芳，她的脸上有一种奇怪的表情。

那天下午，林百鸣撕掉了坐班车时和车票一起搭售的那两张轮渡票，两张票一共是32块钱，够他们两个人吃一顿晚餐的了。

3

躺在病房门后面那张旧式铁床上的，是个瘦得只剩下一副皮包骨头的男人。他的脸色苍白，两颊凹陷，嘴角常常挂着道涎水，脸上只有眼睛间或会转动一下，表明他仍然是个活人。男人被理得很短的头发稀稀拉拉的，颜色也接近于枯黄，就像水灾之后的田地，很多地方已经不可能再长出什么东西来了。

如果不说，没人能猜得到这家伙曾经是一个仪表堂堂，也算是略有资产的小老板。两年前某个周末的早晨，他开车从家里出发，路上在一幢公寓楼下停了会儿。一个年轻姑娘上了他的车。姑娘很漂亮，她穿着件半长的黑呢裙，下面是厚厚的黑色紧身袜，她的头发也像匹黑缎子一样在车窗里闪闪发光。他们两个人显然很熟，年轻姑娘一上车就往男人嘴里喂了粒蜜饯，两个人嘻嘻哈哈地说着话，有一下，男人还转过头去，在姑娘脸上亲了一下。

将近一个小时后，他们的车驶出市区，沿着郊县公路驶进了桃花山。按照男人的计划，这天中午，他们会在一个叫"云根"的会所里吃午饭，午饭后就在那里泡温泉。当然了，还会有更美妙的事情。想起这事情，男人就忍不住要看那姑娘一眼，他的大腿根部和小腹那里也有种无法忍受、蠢蠢欲动的感觉。

男人把一切都准备好了。但是那一天，他的计划出现了意外，不懂得是男人有违规动作，还是车子本身出了状况，反正轿车在盘山公路上撞倒了护栏，一头翻下了山崖。几个小时后，救援人员用绳索坠到事故现场时，年轻姑娘已经死了，男人被卡在驾驶座上，也已经失去了知觉。

这故事是卢瑞芳自己拼接出来的。事故以后，男人大脑中枢的某个部位出了状况，他不会说话了，手脚也不能活动，身体可以说是近于瘫痪。从医生那里，从他妻子那里，从他那些农村的亲人那里，卢瑞芳像拼一张撕碎了的地图那样，完整拼接出了这个床尾卡片上叫陈清波——后来他们都叫他波波——的男人的故事。

卢瑞芳现在在省立医院的颅脑外科当护工。在很多人看来，颅脑外科有些可怕。病房里住的都是一些中风、车祸、不慎从高处摔下来伤到了脑袋，还有脑部长了肿瘤的患者。病房里总是很嘈杂，一会儿是护士进来，一会儿又是病人或病人的家属要求这要求那的，空气里还总是飘浮着烂水果和病人的体味，隐蔽着血和死亡夹杂在一起的甜丝丝的味道。不过，在颅脑外科做了一段时间后，卢瑞芳觉得这里倒是要比其他科室的病房干净，这里面的人也要更好相处一些。

从石城码头回来后，卢瑞芳和林百鸣在青河巷租了一间房子。青河巷离他们原来住的金桃阁并不很远，那里是一个城中村，大部分房子都是上个世纪八十年代盖的民房，楼与楼之间间距很小，站在前面楼房的房间里，就可以清清楚楚看到后面人家的屋内。

卢瑞芳和林百鸣租的是二楼的一个小单间，房租一个月五百块。搬进去的时候，上一家刚刚搬走，住的大概是年轻人，墙上贴着几张卢瑞芳和林百鸣叫不出名字的影星。软塌塌的床垫颜色很可疑，床底下还落着一个用过了的安全套。卢瑞芳和林百鸣花了大半天时间，把房子里所有东西都仔仔细细擦洗了一遍。

林志强对此嗤之与鼻："出租房，搞得那么干净干什么？"

对他们重新回到湖州城，林志强也很不解，"湖州这个破地方有什么好留恋的？"

卢瑞芳没有理睬林志强，她和林百鸣都没说话，只是在那里埋头搞卫生。

每周两次，林百鸣会到医院里来看卢瑞芳。

林百鸣通常是在傍晚时候去。那时候，病人差不多刚刚吃过饭，卢瑞芳手头的事情也会少一点。林百鸣拎着一个小布袋，他有时给卢瑞芳带几个水果，有时给卢瑞芳带一罐鱼汤。卢瑞芳爱吃鱼，林百鸣在市场碰到新鲜的海鱼，就会给她煲了送来。

这是他们生活中难得轻松的时刻。刚去阿根廷，林志强还时不时打打电话，后来他的电话越来越少。卢瑞芳猜想，超市生意并不像林志强想的那么好做。她想他是不是把卖房子的钱全部贴光了。

林志强失去联系后，他们两个人在走廊尽头坐着的时候，林百鸣就给卢瑞芳讲麻将室里面的故事。越是对儿子担心失望，林百鸣越觉得不能讲他。林百鸣在一条巷子里找到了一个老年人活动中心，现在一整天，没来医院的时候，他就待在那里打麻将消磨时间。

林百鸣讲的都是些奇奇怪怪的事情：一个最最吝啬的牌友突然间信佛了，告别大家要去山里面修行了；一个常常去他们那里赌钱的男人因为几百块钱和人打架，两个人抱在一起在地上滚了一身泥土，后来才知道他竟然是某个局的局长。

偶尔，卢瑞芳也会给林百鸣讲点病房里的事情。她讲在一个在上铺睡觉不小心掉下来磕坏了脑袋的军校学生，讲一个追求女护士的男病人，还讲一个卖身救父的乡下女子。林百鸣的故事讲得绘声绘色，她讲得就比较简单。林百鸣不细问，她就不会往深里讲。但在各种故事中，波波是出现得最经常的了。

波波病床前面的人越来越少，几个月以后，在知道波波永远不会从床上爬起来之后，他老婆突然消失了，后来再也没有出现在病房里。卢瑞芳听见波波哥哥在走廊上和谁打电话，声音里充满了愤怒与惶恐：

"我也没钱了！他（她）什么也没给我留下，我也有自己的家庭要养啊！"波波哥哥说。

几天后的一个早晨，卢瑞芳看见波波哥哥拎着个小包悄悄离开了。她有点儿可怜波波，但也有点儿同情波波的哥哥。望着他悄悄溜走的背影，她一声都没吭。

医院派人按身份证上的地址找到了波波老家，他们家里空无一人。他父母早去世了，几个兄弟也都出去打工了。村长对医院的人说。

"他们都去哪了？"

"鬼才知道！中国这么大，哪里有钱就往哪里跑呗。"村长感叹说，"我们这个穷地方，现在年轻人连过年都不回来了。"

没有人付钱，医院就停了波波的药。出于人道主义考虑，波波没有被从病房里抬走，抛弃到哪个荒郊野岭。长着一双漂亮眼睛的护士长提来了一箱牛奶，病人家属也有一搭没一搭给波波一些吃的。波波就靠大家的施舍活着，至于换衣服、翻身、换尿袋这些事情，理所当然就归卢瑞芳管了。卢瑞芳现在是这个病房里最有经验的护工，即使有几个病人同时归她照顾，她也能做到眼观六路，耳听八方。

关于波波，有一件事情卢瑞芳没有对林百鸣讲。有一回，她给波波换衣服，发现他下半身的那话儿居然翘着。卢瑞芳又好气又好笑。她只能把床单在那里堆得高一点，让那东西不那么显眼。

卢瑞芳拍了拍波波的脸。

"波波啊波波，你真不知道你是个什么情况，还敢想着那好事啊？！"她说。

林百鸣答应过卢瑞芳，两个人要一块儿死，可是他说话不算数，卢瑞芳做护工做到第三年时，林百鸣还没有去做骨灰盒，突然间，心梗发作就死了。

卢瑞芳在医院里面学的本事帮了她。她给林百鸣擦洗干净，给他换了两套好衣裳，自己一个人把他送走了。她没有林志强的电话，联系不上他；她有瑶台岛上亲戚的号码，但她不想联系他们。几个月以前，他们就告诉瑶台岛上的亲戚，说他们去澳大利亚投奔林志强了。

没有漂亮的骨灰盒，卢瑞芳就把林百鸣的骨灰装在那个原来放瓷盘的奥利奥饼干盒子里。她坐一条船到了江上，把那一抔骨灰一把一把地撒在了江里。那时候是春天，江岸两边，杂花生树，绕过前面的一个拐角，江面就变得渐渐开阔起来。卢瑞芳知道，这条江最后会流入大海。大海里，有她和林百鸣的故乡瑶台岛，大海更远的地方，还有林志强在那里的阿根廷。卢瑞芳想，林百鸣会同意她的安排的。

4

刚入院时，罗泥船长给卢瑞芳的感觉就像是电影里的飞虎队队员，走起路都能带起一阵风。罗泥退休前担任过远洋轮的船长，他是慕名专门坐飞机到这个医院来做脑部手术的。还没动手术前，罗泥会给病友们讲海上的飓风、海盗、夜里发光的飞鱼，讲他去过的国家和刚出道时的糗事。罗泥船长见多识广，病房里面几乎所有人都喜欢他。

入院几天后，罗泥船长该做的检查都做好了，对马上就要进行的手术，他挥了挥手，笑着说："我要去睡一觉了，等我醒过来，但愿一切就都好了。"

罗泥船长是上午被推进手术室的。卢瑞芳记得那个手术，做得太久了，一直到晚上，罗泥船长还没有被送出来。这对在医院里待了这么些年的卢瑞芳来说都非常罕见。那个仿佛被无限拉长了的夜晚，她坐电梯上到 21 楼手术室，在空荡荡的等待室里看到了罗泥船长的儿子罗知远。晚上 10 点钟，主刀的莫世亭主任出来过一次，他告诉罗知远，病灶粘连着非常多的毛细血管，而且硬度远远超出他们的想象，因此，手术时间可能还要很久。莫主任把用数码相机拍摄的手术局部图一张张翻给罗知远看，可是罗知远根本就看不懂。他只是觉得，他父亲的性命完全掌握在眼前这个医生手上。

莫主任进去后，卢瑞芳掏出香烟，递给罗知远一支。罗知远并不抽烟，医院里也禁止吸烟。但在那个漫长的夜晚，在空旷的等待室里，卢瑞芳觉得罗知远抽一根烟会好得多。

罗泥船长这一觉睡得太久了，他足足睡了二十多天。从重症病房转下来后，卢瑞芳每天两次给罗泥船长用热水烫手烫脚，刺激他的末梢神经。这不是医生教授的正式方法，但在颅脑外科护理中，卢瑞芳发现对一直沉睡、肢体末梢仍有反应的病人有一定效果。

那天下午，在给罗泥船长烫脚时，他眼睛睁开了一小条缝。

"你看——"卢瑞芳努努嘴巴让罗知远看。

罗知远早就看到了。他趴到罗泥船长耳朵边上，大声地叫他。

罗泥船长恢复得很慢。重新从病床上站起来，对这个曾经像铁塔般结实的男人来说并不容易。脑瘤像一颗炸弹，虽然没有爆炸，但在拆弹过程中，还是出现了意外。对过分复杂的医学手术，卢瑞芳只能这样理解。

在能坐着轮椅到楼下的小花园里透气，手术的创口也已经痊愈后，罗知远决定带父亲回家。脑部手术后，罗知远不敢选择坐飞机，他买了火车票，请卢瑞芳到时候送他们去火车站。几十天下来，罗知远对卢瑞芳已经相当信任。

出门之前，卢瑞芳给罗泥船长擦了个澡，换了件新的棉布衬衣，再戴上一顶舌头长长的棒球帽。罗泥船长裤子里，垫了块加厚的尿不湿以防万一——人病了，老了，就得把他们当作小孩子来看待。

下午一点钟，他们叫的出租车来了，卢瑞芳和罗知远搀扶罗泥船长上车，轮椅也塞在后备厢里放着。有了这些装备，卢瑞芳觉得罗泥船长坐这一趟火车应该没有什么大碍。

出租车在街上平稳地行驶，罗知远坐在副驾座上，卢瑞芳在后排和罗泥船长坐在一起。罗泥戴着他的棒球帽，帽子遮住了手术的疤痕，如果不说，一时看不出来他刚刚做过脑部手术。罗泥船长侧着头，看着窗外的什么，仍然是一副很酷的样子。

阳光很好，街边不时晃过衣着鲜艳的年轻姑娘。很多年前，卢瑞芳也有过她们这样的好年龄。她想起来，自己已经很久没有在这样的阳光下走在大街上了。卢瑞芳想起林百鸣，想起此时不懂得在阿根廷哪个角落的林志强，心里头一阵酸楚。

这一段街景有点儿熟悉，但又有些陌生。卢瑞芳记起来，这里就是玉屏路了，再拐过一个街角，就是自己曾经住过的金桃阁一带。透过出租车的挡风玻璃，她已经远远看到了玉屏山立交桥的模样。

出租车刚好碰到绿灯，顺利地左拐。出现在卢瑞芳眼前的，是一片翠绿的草坪。已经是初秋了，草坪还那样青绿，卢瑞芳几乎不能相信自己的眼睛。但这是真的草地，除了一些高大的乔木，几处被剪裁成圆球形的灌木，最让人惊喜的，是这片草地上还有三只长颈鹿。一只大长颈鹿头抬得高高的，另外两只小鹿跟在她身边，一副开心戏耍的样子。

卢瑞芳定睛细看，明白那三只长颈鹿全都是假的。但在城市的大街上，能看到这样逼真的动物造型也让她高兴。

"看，那里有长颈鹿！"她用手碰了碰身边的船长，另一只手指着窗外，试图把罗泥船长的注意力吸引到那里。

罗泥没有反应。她又说了一遍，罗泥船长才稍微有点转过头去的意思。但他的动作太慢了，那三只长颈鹿很快就被出租车甩在了后面，一下子就看不见了。

这时候，卢瑞芳才想起他们家原来的房子。金桃阁！怎么会没看见金桃阁呢？

玉屏路和塘江路的交叉路口，高架桥边上，她难道看错了吗？卢瑞芳望着窗外，外面的街道她好像有些熟悉，但又有些陌生。

"刚才经过的那地方不是玉屏山立交桥吗？"卢瑞芳问司机。

"我不晓得，我也才来湖州几个月。"有点外地口音的出租车司机说。

通过绿色通道，卢瑞芳和罗泥船长父子提前检票进了站。时间还没有到，空旷的站台上只有他们几个人，卢瑞芳推着轮椅往前走，铁路上黑亮的铁轨，在太阳照耀下闪烁着延伸向远方。

罗知远只买到中铺和上铺的车票，卢瑞芳主张让罗泥船长就睡在下铺。她抻抻床单，把枕头拍拍松。"没人会不同意跟你们换个铺位的。"

把罗泥船长安顿好后，卢瑞芳和罗知远站在车厢过道上聊天。彼此的手机号码都已经有了。罗知远再一次感谢卢瑞芳，邀请她以后有机会到他们家乡玩。卢瑞芳笑着答应了。但是她知道，她永远也不可能去的。

挥手送别罗泥船长父子后，卢瑞芳空着手，一个人朝火车站外面走去。刚才在出租车上的疑惑又浮上了她的脑海。玉屏路和塘江路的交叉路口，那不就是她住了那么多年的地方？几座那么大的房子，怎么说没就没了？她眼前浮出草地上的那几只长颈鹿，到底是她看花了眼，还是发生了其他什么？

从火车站到玉屏山，有几班直达的公共汽车，卢瑞芳知道那些车，而且不会坐错。在公共汽车站，她坐上了817路，她坐在靠右手的那一侧，这样就能更好地看清路边的房子和站牌。

公共汽车咣当咣当地一路前行。在快到玉屏山时，卢瑞芳明白了她为什么觉得沿路的街景既熟悉又陌生。原来，很大一部分崭新的房子都是外观改造过的老房子，不是把整座房子拆掉重建，只是在那些太老太旧的房子上面包上一层闪亮的、崭新的建筑材料，所以她才会产生那种奇怪的感觉。

至于金桃阁和它旁边的那几幢房子，那是真的不存在了。卢瑞芳在玉屏山站下了车。站在路边，她看出来立交桥边上的那些房子确实是全被拆掉了。那三只长颈鹿脚下的土地，就是当年金桃阁站着的地方。

眼前的长颈鹿和青草地当然好看，但金桃阁不见了，卢瑞芳心里还是涌上一种莫名的惆怅。她觉得，她和林百鸣的这一辈子，他们的生命，在这座城市里那么微不足道，他们就像是一阵风刮过，刮过也就刮过了，就像金桃阁一样，留不下一点儿痕迹，什么也没有。

卢瑞芳刚到颅脑外科当护工的第三天中午，就有一个建筑工人被送进来。工人是从六层楼的脚手架上摔下来的。伤得很重，送进医院不久就没了呼吸。

卢瑞芳的师傅冯琴被找去为工人装殓。跟着冯琴进去后，卢瑞芳看到，那工人的眼睛瞪得老大，血糊糊的脑袋上包着的纱布全是红的，虽然以前也见过死人，但这样血肉模糊的情形，还是让卢瑞芳一下子懵了。

"别怕。"冯琴抬起头，面无表情地说了一句。

冯琴双手合十，对着那工人的尸体，嘴里喃喃地念叨了一番。接下来，冯琴伸出手，把那工人还睁着的眼皮抹了下来。近一个小时后，工人的身体被擦干净了，只剩下两只耳朵还在流血。卢瑞芳胆战心惊地看着冯琴用镊子把棉花塞进死者的耳道，用掉大半包医用棉花后，那血终于止住了。

那天晚上，冯琴去买了几听啤酒和一包花生，等病房里安静下来后，就叫卢瑞芳一起到阳台上去喝啤酒。有了这个习惯，后来，每逢碰到给死人装殓，卢瑞芳都要喝上几杯。但她和冯琴不同，喝酒的时候，她不邀别人，就她一个人慢慢地喝。

从火车站回来的这天晚上，卢瑞芳喝掉了四个易拉罐。打开第五个易拉罐时，病房里，波波小声地呻吟起来。卢瑞芳站起身，轻轻地拉开阳台门进去。模糊的光影里，她看见波波眼睛睁着，空洞地望着虚空中的某一处。卢瑞芳拍了拍波波的脸。

"你怎么了？"她问道。

波波呆呆地望着她。卢瑞芳摸摸波波的额头，帮他拍了会儿背，慢慢地，波波不再呻吟了。卢瑞芳给波波换了个睡姿，让他侧卧着。

重新走回到阳台时，她发现起风了。阳台上，窗钩和栏杆边缘病人家属换洗下来的衣物，被风一吹，就摇摇荡荡，发出细微的声响。卢瑞芳没有坐下来，她站在那里，向夜色中望去。

5

这一年秋天，卢瑞芳和林百鸣老家瑶台岛南部海面上驶来了一艘红色的勘探船，这船在渔民养殖海带的区域里停了下来。几个戴头盔的工程师模样的人在船舷上向海里抛掷下什么，还把一些在太阳下闪亮的仪器用三脚架架在甲板上。他们的举动引起了渔民的注意。一些当地的小船靠上前去，询问这些外来者究竟在干什么。

风力发电。那些工程师回答说。这一片海域已经被划为风力发电区，他们是来勘探地形，确定电力风车位置的。

消息很快传播开去，据说海带养殖区每亩赔偿几千元，一些人家很高兴，因为将一口气获赔几万乃至几十万，但更多的渔民感到担心。每亩几千元，一些离海岸远的海域连养殖成本都收不回来，更何况，海区被征走后，不能再搞养殖了，那他们又该靠什么来生活？

养殖户跑到村干部那里去了解情况，但村干部说不出一个所以然来。第二天，大家就三三两两地聚集到镇政府，询问有关海域被征收的情况。林一鸣和他的儿子林海强也跟着大家去了。上一年年底，他们刚以每亩一万元的价格从邻居手上买了二十亩海区过来。如果海区真的被征收了，那他们的损失就大了。除了年轻时去打结婚证，林一鸣几乎从来没去过镇政府，他和林海强跟其他养殖户一起，懒懒散散地或站或蹲在镇政府门口的空地上。快十点钟时，终于有一个戴眼镜的中年男人走出来和他们说话。

这一个是刚来的镇长。林一鸣听身边的人议论。原来的镇长因为贪污被抓进去了。

刚来的镇长让大家先回去。他说他刚到任，也才知道这件事情，正在和有关方面的人协商。新镇长叫大家一定要相信他，他不会让大家的利益受损失。

林一鸣身边是一片嗡嗡嗡的议论声。到底能不能相信这个新镇长的话？谁也不知道。

有胆子大的人喊了句："镇长，你能不能给我们写份保证书？"

边上一片哄笑。镇长也尴尬地笑了一下。他说："我保证有什么用？我连七品芝麻官都不是，我能做的，就是尽量帮大家把想法往上面反映，争取让大家的利益得到保障。大家相信我，就等着我把这件事情处理好，如果不相信，那我也没办法了。"说完这些，镇长就转身回那幢大楼里去了。

太阳很大，镇政府前面的空地上，又没有遮阴的地方。到中午的时候，有人受不了了。

"我们还是先回去吧！"

"海区就在我们家门口，难道谁还真的敢把它抢走不成？"

这话一说完，马上就有人笑他。

"你以为你是谁？"

"嗨，萝卜吃一截削一截，以后再说！"

这一天傍晚，心里有些烦乱的林一鸣坐在自家客厅里泡茶喝。瑶台岛上，这几年也流行泡功夫茶了。铁观音被分装成一小袋一小袋的，还真空包装，感觉一下子高级了许多。当然，同样价格的茶叶，现在要比过去难喝不少。林一鸣泡茶时，林海强坐在旁边的沙发上玩手机。林海强的儿子初中毕业后不想再念书了，跑到广东去打工。春节时，儿子帮林海强开通了微信，林海强从此迷上了这玩意儿。没事情时，林海强天天抱着手机，比对他媳妇还亲。

朋友圈里面，已经有人发了上午大家去镇上的图片，说事情如果解决不了，就要到区里去。林海强看了一通下面的评论。要他说，他可不愿意海区被什么风力发电公司征走。他们不征海区活得下去，我们没海区就没有饭吃了。想了想，林海强也发了一条支持的评论。

有一个公众号发了条中国老太太在澳大利亚玩跳伞的消息。林海强点进去。真的是一个中国老太太，她戴着宽大的防护眼镜，因为拍摄角度的缘故，老太太的表情有些诡异，嘴巴看起来好像特别大。她肯定是正从空中往下跳，头发被风拉得笔直。图片下面的文字介绍说，这个中国老太太70多岁了，已经在澳大利亚住了好几年，高空跳伞是她逛游乐场时偶然看到的一项极限运动。老太太对这运动很感兴趣，她也很勇敢，直接就报名参加了。从空中落地后，老太太收获了一大片赞美声。

坐在飞机上，飞到四五千米的高空，然后打开机舱门，跃入那一片蔚蓝的空间，伸开双臂，就像鸟在飞翔一样，那是一种怎样的感觉？

林海强想起了他的叔叔和婶婶。十年前，林百鸣回来过一次，好像是想要落叶归根，之后却并没有回来。林海强听说他堂弟志强去了阿根廷。再后来，好像又跑到澳大利亚去了。他叔叔和婶婶后来也都去了澳大利亚，据说林志强在那里混得不错。

"你看看，这人是不是我婶婶？"

林海强把手机递给林一鸣，让他看手机屏幕上那个整装待发的中国老太太。林一鸣接过手机。他也很久没看到卢瑞芳了，但只看第一眼，他就觉得这女人不可能是他的弟媳妇。且不说两个人长得像不像，那个老太太表情那么放松、自在，别说卢瑞芳，林一鸣这辈子都没有看到过上了年纪的人有这样的表情。

林一鸣想起他的弟弟林百鸣，他已经很长时间没有他的消息了。在澳大利亚，他们过得好吗？林一鸣纷乱的脑海里浮现出林百鸣上次回来时愁苦的表情，跟眼前这个老太太相比，那简直一个是阴天，另一个就是太阳天。

马兵，山东大学文学院副教授，文学博士，青年评论家。系中国现代文学馆客座研究员，山东省作家协会首批签约评论家。

托多洛夫的忠告与形而上的老境

马兵

在刚刚过去的 2017 年 2 月 7 日，法国著名的文学批评家茨维坦·托多洛夫告别了人世。作为叙事学理论和结构主义的代表人物，托多洛夫在 20 世纪文论史上具有重要的影响，而他生前最后一次在理论界引起热议是因为他的"反水"——在其 2007 年出版的收官之作《濒危的文学》中，他对自己当年亲身参与的以形式主义和结构主义为驱动力的新文论运动表达了一种追悔之意。他认为，本来作为方法论提出的结构主义在发展中却将方法视为了目的，它舍弃了文学的价值和意义，而专注于形式之探究，由此导致了趋于绝对化的形式主义，形式主义又催生了虚无主义和唯我主义，作家与批评家们不再关心世界和人心，关心的只是作品里各种成分的配比和关系。托多洛夫认为，借质疑和颠覆之名，形式主义、虚无主义和唯我主义这"三驾马车"，占据了文学意识形态的统治地位，是时候对这种去意义化的文学观来做切割了。他进而提出这样的忠告："文学可以做的事很多。当我们陷入深深的抑郁的时候，它可以向我们伸出手，把我们引向周围的另一些人，使我们更好地理解世界，帮助我们更好地生活。它首先不是一种精神治疗的技术，而是在揭示世界的同时改造我们每一个人的内心"；"小说给予我们的并不是一种新的知识，而是一种新的和我们不同的人的能力；在这个意义上，它具有比科学更大的道德意义。这种经验的最后的视野不是真理，而是爱，人类关系的最高形式。"

之所以在讨论两个小说之前引用托多洛夫的这一大段话，是因为本期参与"对垒"栏目的英国小说家朱利安·巴恩斯是近二十年来西方小说家中出了名的形式至上主义者，由于热衷繁复的文体创新，他在英语文学界中甚至得了一个"变色龙"

的绰号。托多洛夫关于形式主义的忠告固然主要着眼于法国文学，但对所有痴迷技艺的小说家而言，这个忠告都是有益的，托多洛夫还说过："任何一种方法都是好的"，只要它是一种手段而非目的。"事实上，朱利安·巴恩斯炫技式的写作在二十多年前就引起过争议，1984 年他因创作《福楼拜的鹦鹉》而名声鹊起，不料却招致远在大洋彼岸的厄普代克的不满，厄普代克在《纽约客》上撰文质问这位后辈："小说何为？在《福楼拜的鹦鹉》里，开头在哪里？故事在哪里？结尾又在哪里？"厄普代克的发问与托多洛夫的忠告异曲同工，同样是出于对失范技艺的警惕，技术有可能通向的是小说的窄门，甚至是禁锢。巴恩斯并未因此在文体探索的实验之路上止步，但进入 21 世纪之后，读者会发现，在坚持一种融混叙事风格的同时，他的小说也越来越多地提供对日常生活之悲剧的洞察和见证，他的短篇集《柠檬桌子》、长篇《终结感》、《时代的噪音》等向世人证明了，技巧挂帅并不一定要让渡小说的人性深度和价值立场，在伟大的先锋文学那里，新警的形式技艺与宽广的生存关怀之间，可以拥有一种互援的能动关系。

《卫生》即出自巴恩斯的《柠檬桌子》。《柠檬桌子》是一部以衰老和死亡为关注点的小说集，而人们对衰老与死亡的恐惧和无力也是巴恩斯近些年最集中书写的一个向度。《卫生》的故事很简单，住在乡下的退役军官杰克在伦敦有一位当妓女的老相好芭布丝，他每年和战友聚餐的时候会抽时间和芭布丝待上一段时间，已经坚持了二十多年。杰克越来越老，而芭布丝比他的年纪还要大。他贪恋芭布丝的早不是身体的欢愉，而是彼此知根知底的家常式的相濡以沫。这一年，杰克照例写明信片给芭布丝约好了会面的时间，可是当他到了芭布丝租住的公寓，发现公寓换了人，两个更年轻的妓女代替了芭布丝。他答应和其中一个女人发生关系，却更佐证了自己身体的老迈无能。他带着一种失落的挫败感返程，期待在月台上看到等待他回来的妻子。小说起名为"卫生"有点调侃的意味，妻子绝经后对性事不再有兴趣，杰克必须想办法解决这个问题，他一开始去找芭布丝，是把这事当成解决"卫生问题"。

《卫生》并不能特别显现巴恩斯奇诡的创新意识，只要稍微耐心一点，它也不会给读者制造太多阅读的障碍，这是一个中规中矩的意识流小说。小说基本采用第三人称，但又不止于一般现实主义那种拘谨的视点。巴恩斯在论及他其他的作品时，谈到过这样一个观点："第三人称很灵活，就像一台摄影机，你可以把镜头拉得很远，可以看到你笔下的主人公和他生活的时代的全景；也可以拉得很近，只看到他；还可以把他放在镜头后，以他的目光来看世界，第三人称就成了第一人称。"换言之，小说中杰克的第三人称兼具切身性和距离感，可以由他观人，也可以借人观他，这更有助于打开这个老人的心理感知空间。小说中有一段话很有意思，在火车上的杰克一直纠结一个问题："你是像自己觉得的那样年轻呢，还是像你看上去的那么老？目前，对他而言，这似乎是个重大的问题。或许是唯一的问题。""自己觉得"是由内而外，"像你看上去"是由外而内，前者有一种略带自欺的倔强，而后者则是不愿承认的凄惶。小说的视点一直在二者之间摆荡，杰克这次的伦敦之行力图捍卫前者，却不得不一点一点地承认后者。

像《柠檬桌子》里的其他诸篇一样，《卫生》选择从一个相当具体的角度切入老年人的内心，这就是性，也就是小说中所谓的"卫生问题"，但是巴恩斯从老人的肉身经验出发，一点点移入到精神的层面，使之既烛照出个人的隐秘，又投射出老人共有的一种症候，"卫生"也由此变成一个有着强烈情感承载力和分担意识的语汇。小说铺排了大量的细节，细腻地呈现出人至老境之后的惊惶：爬上梯子清理屋檐雨水槽的惧怕、学会节制地喝酒、老年人铁路交通卡、疲软无力的性器、与芭布丝以聊天代替做爱……它们如此琐屑和具体，如此切实可感。当这些个人经验聚集在一起，似乎又具有了一种指涉的能量，这不是杰克一个人，而毋宁是老人们都将遭逢的受困于衰老的惊惶。这样的处理映照了米兰·昆德拉在《小说的艺术》中谈到过的一个观点，即小说家在描写任何具体的问题时，应该"把它当作一个存在的问题，而不是当作一个个人的问题来理解"。因此，笔者以为，巴恩斯了不起的地方在于，他通过出色的叙事做到了从形而下入手，用具体超越了具体，而达到了对老境的形而上的观照。

对垒的另一篇小说、本土小说家杨静南的《长颈鹿脚下》同样讲述老人的故事，同样采用的也是第三人称叙事，但与《卫生》截然不同。主要体现为两点：其一，叙事节奏非常快，情节之间的时间跨度很大。其实，《卫生》的时间跨度也很大，杰克的记忆不断回返，点出几十年前的事情，但是因为笼于他的意识之中，显得较为自然和从容。《长颈鹿脚下》共分五节，从卢瑞芳和林百鸣夫妇为子卖房写起；

又陆续交代这对夫妇卖房后拮据辛苦的生活，重点写了卢瑞芳在医院做护工的经历，与波波和罗泥船长的交情；后来又写到他们老家要引入风力发电，这让林百鸣做养殖户的哥哥感到担心，和众人一起去镇政府上访。从这个梗概描述即可看出，小说节与节之间几乎构不成连贯的视点，前后情节缺乏必要的照应和衔接，这让小说整体显得有些松散，有机性不够。其二，叙事重关节轻细节。也许是作者洞察到小说内在文脉缺乏组织，他想让各部分之间建立一种呼应关系，他的方式是在每一部分都描述中国老人某一方面的困境，以此形成一种主题上的共鸣：比如，卢瑞芳和林百鸣夫妇遭逢的是养儿不但不能防老反而还要卖尽家产贴补儿子的中国式父母的困境；林百鸣去世后，卢瑞芳在医院做护工和收殓逝者的工作，深深陷入孤独的情境；林一鸣遭逢的是苦心经营的养殖业要让位于政策性的行政行为。此外，作者还着意写到城市化日新月异的进程之下家园不在的隐痛，等等。仅就容量而言，上述内容足够支撑一个中篇乃至是长篇，现在挤在一个短篇里，那自然只能做大的情节化的呈现，而不能辅以更多的细节。

《长颈鹿脚下》的难得之处在于，和《卫生》一样，它也冀望能在个体微观的苍老经验中提取出一种普遍的品质或症候，以期在精神的层面做出关于老人叙事的突破，它的写作最终也指向了一种形而上化的超越。首先，"长颈鹿脚下"这个题目意味深长，在具象的层面上，它指的当然是林百鸣和卢瑞芳居住过的片区已经被拆掉，取而代之的三只硕大的长颈鹿雕塑；在隐喻的意义上，它交缠着玄远与霸凌，构成一种异质性的存在，让卢瑞芳深陷惆怅之中。其次，小说的结尾化用了一则新闻，一个中国老太太在澳洲参加高空跳伞，收获一片赞誉。侄子林海强觉得这个老太太很像卢瑞芳，但林一鸣却觉得自己的弟媳不可能有这样自信放松的表现。但是他不知道，在遭遇种种的变故之后，人至老境的卢瑞芳以她的慈悲和敬谨面对生老病死，自有其从容的领会。这个跳伞的收束，近于一种诗性的升华。

巴恩斯在《福楼拜的鹦鹉里》调侃过质疑福楼拜的乔治·桑，据说乔治·桑曾对福楼拜说："你制造凄凉，而我制造慰藉。"那么，如果既有凄凉也有慰藉，是不是更均衡呢？《卫生》和《长颈鹿脚下》都做到了这一点，一个以慰藉始，以凄凉终；一个以凄凉始，以慰藉终。

03 先锋

李浩，河北师范大学文学院教授。著有小说集《谁生来是刺客》《侧面的镜子》等多部，长篇小说《如归旅店》《镜子里的父亲》，评论集《阅读颂，虚构颂》和诗集《果壳里的国王》等。曾获第四届鲁迅文学奖等多种奖项。

会飞的父亲

李浩

1、迷宫里

他是我一生的噩梦。现在，我终于可以摆脱他了。

这是我母亲所说的最后一句话，她为说出这句话积攒了力气，而这句话，足够让她把自己全部的力气用完，从此干瘪下去，再无半点儿的力气。我母亲说这句话的时候他并不在，我母亲说他并不在意自己的生死，对他来说这个不停地咳几乎要把自己的胃、自己的心和胸腔、腹腔里的一切器官都咳出来的病女人，只是一团肮脏的赘肉，能让亡灵之神赫耳墨斯帮助他清除其实是件求之不得的好事。母亲说得咬牙切齿，那时她的力气还多一些，尽管这些力气会慢慢地被她的咳所耗尽。

愿她安息。愿她在通往冥府的路上不会遇到那条叫刻耳柏洛斯的狗，遇到的时候它的三个头也都是睡着的。我母亲把自己交给死亡，已经有两年零三个多月了，我觉得她在冥河的那边不会比在这端更觉得孤单和寒冷。她不会再次死于心碎，我觉得。

愿她安息。她可能猜不到，我们已经被国王封闭在迷宫的里面。这座迷宫，就是他所建造的，现在，他就睡在我的身侧，打着充满了暖呼呼臭味的鼾。在冥河那端获得了安息的母亲也许并不关心这些，她或许会说，伊卡洛斯，离开他吧，你是沾染了母亲心性的人，母亲的心性会让你裂成两半的。离开他吧，越远越好，尽管他是你的父亲，他也给了你一半儿的血。她或许会哭泣着说，儿子啊，那个虚荣的罪人最终连累到你啦。我就知道会这样。

听着身侧暖呼呼、有臭味的鼾，我同时听到一声叹息。它来自我的母亲，或者说与我母亲的声音很像很像。这声叹息来自另一侧，它更黑暗些，仿佛真是从地下发出的。我坐起来，朝着那个方向，但声音在黑暗中消失得很快，瞬间便没有了踪迹。

——你在干什么？鼾声停止了，他翻了翻身子，把鼾声的尾音压在身体下面。睡觉。他说，只有克里特的石柱可以整夜不睡。而你不是。

我当然不是石柱，但我生活在克里特岛上，甚至永远会固定地生活在这里，国王的迷宫让我和他都无法摆脱，在这点上我又像他所提到的石柱。想到被困，我心底的怨愤来了，于是我故意加高了音量："父亲，我睡不着。我感觉自己看到了母亲，刚才，她还叹气来着。"

——算了吧。她早就死了。就算她是个瘸子，也应该早就爬过了冥河。我的父亲，这个被母亲一直称为"他"的人伸出手来，把我按倒：睡觉吧，别再理会那个讨厌的死人，她纠缠你的时间已经够久了。她如果真的是为了你好那就不该不把自己的脚印全部收走。别人的死亡都是那样。

"可是……"我想了想，又把"可是"后面的句子咽回到肚子里。它也许是会激怒我的父亲的，被激怒的父亲总是让我恐惧，一直如此。

其实，不被激怒的父亲也让找惧怕。

2、在克里特的家中

——你惧怕我什么？有一次，我的父亲携带着他的厚厚阴影问我，那时候他的手里只有一个用狼的胃缝制的酒壶。

"没，没什么。"我不知道该怎样回答。但我的双腿已经颤抖起来。

——本来，你是可以成为我一样的人的，他用一根手指重重地敲了一下我的额头，可你太懦弱了。我都怀疑，你是不是代达罗斯的儿子。

"父亲，我是你的儿子，我怎么可能不是你的儿子呢？"我的眼里满是泪水，我觉得委屈，我觉得他会把我抛到大门的外面去就像几天前他把孤苦的赫卡柏大婶赶到雪地中去一样。"我是你的儿子啊，父亲，他们都说我的眼睛像代达罗斯的，它有厄瑞克族人的特征……"

已经微醺的他根本没有在听，而是撩开悬挂着绘有帕拉斯神像的羊皮门帘，拖拖拉拉地走进去。那里面立即有了让人厌恶的欢声笑语，我母亲在另一房间里的咳也影响不到他们了。她咳得撕心裂肺，我能听到她的内脏在撕裂中的声响。

那年，我七岁。

后来在我九岁的时候他又一次问我，你惧怕我什么？为什么在我的面前，你总像一只遇到了猫的老鼠？

我忘了那次自己是怎么回答的，但记下了他的提问。

我记得那天，他把我从厨房边上的陶缸后面拉出来，几乎要把我的耳朵拉长了，从我耳朵的边上有一条疼痛的线一直疼到最小的脚趾。那天他没有喝酒，也没有带回用鲜花、栎树树枝和毒蛇蜕掉的皮做胸前装饰的女人——告诉我，你为什么总是躲着，为什么会惧怕我？

我忘记了那天是怎样回答的，我能记得的是，他又狠狠地抽了我一记耳光，直到第二天我的脸腮还有火辣辣的痛。我能记得的是，我的母亲也跟着流下了泪水，这个残酷的厄瑞克人，他的心是用毒蛇的毒液泡着的！而等她说完，我的父亲突然出现在门口。这一次，他倒没有对我母亲动手，只是用一种寒冷的语气对她说，不许在他面前提到蛇，世界上就没有这种奇怪的动物。如果她一定愿意提，那，她会首先变成这样的动物的。"我会把这个有厄瑞克血统的傻子带回雅典的，在那里，他会吐出属于你的全部血液，再不与你相认。"

父亲说。说完，他踢了我一下——滚一边去，我最讨厌哭出鼻涕来的男人！我怎么会有这样一个软弱得像鼻涕一样的儿子！你最好滚得远一点！

——你惧怕我什么？

再次问起我这话的时候我的母亲已经死去。他没有等我回答就摆了摆手，算啦。我已经很累啦。你知道，我在为弥诺斯国王建造。真是个大工程！你的父亲，代达罗斯，本质上是在为自己建造！你这个傻瓜，是不会懂得的。

已经喝醉的他有些沮丧。你说，你惧怕我什么？难道弥诺陶洛斯会跟在我的身后？本来，儿子，我是准备把我的一切手艺都传授给你的，包括我的荣耀。为了这份荣耀你的父亲愿意奉献一切。已经喝醉的他有些沮丧，他脱掉一只鞋子坐在我母亲曾用过的枕头上——要是塔洛斯在……

他没有说下去。他突然地，哭泣起来。

3、在克里特的家中

这并不是我父亲第一次提到塔洛斯。

虽然这个名字仿佛禁忌。

和这个名字一起成为禁忌的还有锯子——在我们的家中，从来没有任何一把锯子的存在，虽然克里特岛上的人都说这属于他的发明。可他没有带回过任何一把锯子，这，可不是我父亲的风格，他是一个极为在意声誉的人，尽管我的母亲并不这样看。在我母亲的眼里……

还是先说塔洛斯吧。

我第一次听到塔洛斯这个名字，是在一个月光很好的晚上，那时我只有五岁。我听见我父亲用一种几乎是哀求的语调在说，塔洛斯，你听我说，塔洛斯，我，我当时……

他是在和院子里的影子说话。他以一种从来没有出现过的，低矮的语调。月光能清楚地照见他对面的那条灰影子，那条影子看上去要更矮小一些，以至我的父亲不得不弯起腰和它说话。塔洛斯，你知道我是……我教给你好多的东西你不会忘记这些吧，你是我最好的学生，何况还是我的侄子。我知道你不肯原谅，我知道，我也很是慌恐，即使雅典法院不做出那样的判决我也很是惶恐的，毕竟是我造成了后果……塔洛斯，是的我承认我妒嫉了妒嫉女神把她的毒汁滴进了我的酒碗而我又是一个习惯贪杯的人。我妒嫉你的……

我不能说这些是我完全记下的，我在那个年龄应当记不得如此清晰，可是每次回想起来我都感觉那个场景是清晰的，包括我父亲说过的每一句话，我不知道这是不是月亮女神阿尔忒弥斯的旨意。我甚至能记起在那个晚上父亲所穿的衣服和鞋子，月光赋予它们很不同的颜色，显得有些寒冷。

我能记得那样清楚也许是因为受到了惊吓，我吓得哭起来，本想撒在院子的草地上的尿也全部撒进了裤子。

——伊卡洛斯！你在干什么？父亲回过身子，他冲着我大声叫喊，藏在栎树里的鸟儿都被他的叫喊惊到了，它们猛然地飞走，被头上的树枝撞掉了不少的羽毛，可那条影子并没有离去。直到我母亲点亮了屋里的灯，直到她和仆人们都集中到院子里。这时，那条影子才从院子的月光下面走出去，它走的时候甚至还撞了我一下。第二天早上，仆人们在打扫院子里发现这条影子走过的地方留下了一块块腐烂着的肉，散发着难以掩盖的恶臭，我父亲不得不命人换走了院子里的土。

第二天早上的发现我是后来听仆人们说的，在晚上回到房间的时候我就开始发烧，在梦里反复着我所见到的情景，不过到最后那条影子并不是走出院子而是冲着我喷出愤怒的火焰。后来我还听仆人们说，第二天早上我母亲在水瓮边碰到了并没有真正离开的影子，这条影子正在试图把掉在地上的碎肉们一一找回，贴到身上去。他们还说，过了两个晚上，我母亲再次遇到了那条影子，它正在用地上的荒草结成绳索，试图把自己扎得紧一些，当我母亲看过去的时候它显得格外忧伤。又有一个下午，我母亲从我的房间里出来时再次遇到了它，它正在雨中徘徊，一副一筹莫展的样子，它的这个样子也深深地感染到我母亲，她捂着脸蹲在院子里，悲伤地哭出声来。

那些日子我一直在发烧，沉陷于昏迷。我并不知道自己沉睡了多久，醒过来的时候已经是个晚上，"好啦，终于醒啦，感谢弥诺斯国王！感谢祭司菲利门带来的葡萄！"——至今，我也不知道那么飘渺的声音是从谁的嘴里发出的，似乎并不出自于我的母亲也不出自于仆人们。

塔洛斯，那条叫塔洛斯的影子在我重新醒来之后也就消失了，再也没有出现过，连同它的名字。这个名字成为了禁忌。直到我母亲死亡，她也没有再次提到过塔洛斯，仿佛这个名字和那些记忆都只是我的臆想，只是让我恐惧的噩梦。

4、克里特城堡

塔洛斯被抹掉了，父亲铲除了院内的杂草，重新铺上新土，并在地面砌上雕有橄榄枝和斗鸡图案的青砖——做完这一切之后那个秃顶的菲利门又一次来过，他带来的是一种暗红色、有些混沌的水，这些混沌着的水被他精心地洒在斗鸡图案上……从此之后，塔洛斯便被抹掉了。

可同时被抹掉的还有我的父亲，只剩下了他，我母亲后来嘴里的他——厄瑞克族人，天才，雕刻师，建筑师，脾气暴躁的酒鬼，爱慕虚荣的人，厚颜无耻的人，国王的走狗，谄媚者，意志坚定的人，思想者……他还会不时地出现在我们的家里，但有了变化。

譬如他会多日不肯回家，借口是，他在为弥诺斯国王做事：建造水池、宫殿、

摄影 / 于坚作品

于坚

云南师范大学文学院教授。1970 年开始写作，1980 年开始摄影。著有诗集、散文集、文集、摄影集、诗论等四十余种。曾获台湾《联合报》14 届新诗奖、台湾《创世纪》诗杂志四十年诗歌奖、"华语文学传媒大奖"年度诗人奖、鲁迅文学奖等。德语版诗选集《零档案》获德国亚非拉文学"感受世界"亚非拉优秀作品第一名、法语版诗集《被暗示的玫瑰》入围法国 2016 年发现者诗歌奖、英文版诗集《便条集》入围 2011 年度美国 BTBA 最佳图书翻译奖以及 2013 年美国北卡罗那州文学奖。系列摄影作品获 2013 年美国国家地理杂志全球摄影大赛中国赛区华夏典藏金框奖。

城堡，修筑通向厄里山斯山山顶的道路……后来他的借口越来越少但不回家的时候却越来越多。最后就连我的母亲都听到了这样的消息：他在和住在克里特玫瑰街的妓女们鬼混，借以打发让他厌恶的漫漫长夜。

譬如他喝醉的时候越来越多，他变成了一个酒徒，一个酒鬼。他自己宣称，他曾和狄俄尼索斯一起饮酒，而最先倒下的却是作物之神。整整一夜的时间，那位作物之神都找不到返回丛林的路，而他却跌跌撞撞地返回到自己的床上。"我不会输给任何一个人，哪怕他是……"酒意让他昏睡过去，打起充满气味的鼾。

他说自己没有输给狄俄尼索斯，但却遭到了惩罚，那就是，他成为了一个离不开酒的酒徒。酒使他的手脚发软，可他在不喝酒的情况下这种现象更甚。他只得把自己泡进酒里。

譬如，他开始恶狠狠地对待仆人们，对他们咒骂或者实行鞭笞，只要稍不如意。他也开始使用这样的方式对待我和我的母亲，我们不得不接受他的拳头、鞭子和咒骂，只要稍不如意。他从"丈夫"和"父亲"变成了"他"，一个原来我们没有见过的恶魔——这都是那个不能再说的塔洛斯所引起的。父亲的禁忌也一下子多了起来，我们不能再提塔洛斯，不能拥有锯子，不能提到月亮和石头，不能提到雅典，后来发展起的禁忌还有城堡、坠落、胆小的人、徒弟、影子……

他开始带女人们回家。在我母亲病后更是如此，有一次，我听见他说，这并不是出自于他的意愿，但，他不能不如此——这话是对我母亲说的，换回的是母亲从牙缝里挤出的冷笑。为此，恼怒的父亲抓住母亲的头发，将她拉到门外，从石阶上推下去……他还不许任何人靠近，包括我。"你会遭受惩罚的，邪恶的厄瑞克族人，厄里倪厄斯一定不会轻易饶恕你的这种举动。"母亲一边擦拭着额头上的血一边试图爬起来，可我父亲，已被恼怒烧红了脸的父亲又把她踹倒在地上——放心吧，丑女人，我不会遭受到任何惩罚，除非这一惩罚来自于弥诺斯国王。复仇女神是不会为难我的，因为我是阿佛洛狄斯的仆从，我从来没有少过给她的献祭！

你这个丑女人，什么都不知道！你根本也不想知道！他恶狠狠地摔门而去，我们都以为他在那天是不会回家来的，不会，然而我们都想错了。

半夜。我正经历一个噩梦，在梦中我被封进了果壳，一个持有大锤的铁匠正准备把这枚果壳狠狠砸碎，这时父亲来了。他叫我，起来。跟我走。他的话语里满是葡萄酒和胃液浑浊着的气息。

我是第一次在夜间登上克里特城堡，负责守卫的士兵们似乎都认识我的父亲，在他经过的时候都向他行礼，装作闻不到他所携带的酒气。

这里是我所建造的，他说。这里也是。还有这里。我几乎为国王建造了整座克里特城！这座坚固无比的新城，只取了旧城很少的一部分土，一部分土，你懂吧。

他指点着远处：那座高楼，是我建的。我以为国王会把它当作图书馆，然而后来它的用途是行刑台。我为这座行刑台建造了三种刑具，在这个世界上没有比它们更完美的了。远处，一片黑暗，我看不清高楼的位置。

他指点着远处，那里，有四根巨大的柱子，柱子的顶端是雕刻完美的石龛，我原以为国王会在石龛里放进灯盏，没想到的是，国王放在石龛里的是犯人们被砍下的头。没有人知道弥诺斯国王的心思，他的心思是不能被猜透的。父亲连打了三个酒嗝，他小声说，这，也许是国王的恼怒，他可不希望别人在背后这样说他，即使是我。——你看到了没有？就在那里。

我没有看到。那个远处也属于黑暗，只有一片一片来回涌动的黑暗，我无法找到石柱和石龛的位置。

"父亲，这里有些凉。我们……我们不如回去吧。"

可他在前面走着，没有停下来的意思。我只好跟了上去。

——你为什么不自己回家？你不是和你母亲一样怨恨我么？他问。他并没有回头。有时候我会一个人在城堡里到处走走，就一个人，一直走到天亮，然后回到雕石馆那里去。我本来想把我的手艺全部传授给你的，伊卡洛斯，可你太让我失望了。我记得你在石雕馆里……

"你嫌弃我太笨，父亲。你说，你想把我的手砍下来，把木头装上去都比原来的这双手灵活，要不是克宇克斯叔叔拼命拦着，你就真的这样做了，父亲。"

——你应当很恨我吧，伊卡洛斯。你会不会想，把我，从城堡的墙上推下去？你可以想一下。有时我也觉得自己挺招人恨，似乎谁都有恨我的理由。从墙上摔下去，砰！我会大于现在的自己五倍，而血，会溅到城墙的上面来，它和我的建造融在一起……应当也是不错的，你说呢，儿子？

"我从来没有这样想，父亲，我向阿波罗神庙的台阶发誓，我从来没想过谋害自己的父亲，一次也没有过。"

——你其实可以想一次。我的父亲站在城墙的边上，向城堡下面望去。

5、克里特雕石馆

后来我才知道，父亲那时正受着煎熬。他的胸前和后背有着两块烧得火热的铁。

他接受了弥诺斯国王的新任务：为伟大的克利特帝国制造一个能一次绞死十二个人的绞刑架，因为国王遭受了十二个人的冒犯，让他震怒不已，于是他决定将这十二个人一起处死，并向其他的人发出警告。

那十二个人：一个是典狱长堤丢斯，他提醒国王他的监狱里人口实在众多几乎可以再建一座城市了，而解决人满为患的方法是释放一些罪过较轻的人让他们改正——弥诺斯国王绝不接受这样的解决方式：你这是鼓励犯罪！任何的犯罪都不会得到律法的允许，这，你应当清楚！提出这样的要求无异是对法律的不敬,无异是谋反！你违背了国王的意志！将要处死的还有预言家苏格拉底，据说他是个不敬神的人，一直向青年人的脑子里灌输引起混乱的东西……有三个士兵，他们分别是赫克托耳、埃利阿斯和提拉蒙，他们竟然借口天气寒冷在巡逻的时候饮酒，尽管只是每人一小杯，将被绞死的阿喀墨斯杀死了自己的兄弟，而哭哭啼啼拒不认罪的伊斯提涅则是因为偷盗，失盗的主人说他丢失了一头奶牛，而伊斯提涅只承认因为酒醉而去牛栏边撒尿，在他撒尿的时候牛栏里就没有了奶牛。奥德修斯将军获罪的原因是，他没能像他承诺的那样，为弥诺斯国王带来一场他想要的胜利，尽管这位将军作战勇敢，可相较胜利来说，这个美德完全是微不足道的。玛卡里阿是王后的侍女，她打碎了王后的镜子因此遭受重罚，而得摩丰和特里克斯的必死是因为谋反，他们试图害死伟大的国王……

我当时并不知道这些，我知道的是特里克斯是我父亲的好友，他曾多次来到我们家里，和我父亲饮酒，谈论未来的城堡应该如何建筑；我知道的是，父亲不止一次地提到典狱长是他的恩人，我父亲最初是作为犯人被关在监牢里的，而典狱长发现了他的才能并向国王弥诺斯推荐了他，为他洗刷了子虚乌有的罪名……我当时知道的是，父亲为此很是悲痛。

当然，就像别人所认可的那样，我父亲是一个能干而认真的匠人，他会对自己的每一项工作都尽职尽责地完成。可悲痛还是不自觉地浸入到他的建造中，他选择的石头和木板都因为浸入了悲痛而略有些扭曲。

我就是在那个时间来到他主持的克里特雕石馆的。我母亲希望我能成为一个好学徒，成为一个和我父亲一样声名显赫的匠人。

我跟着卡什叔叔学习木匠，他教我做棺材。他说，你要先学习使用锛子和锯子，学习力量用得准确。他说我要把它做成斜面交接的，这样一来，钉子吃住的面积就比较大；雨水只能斜斜地渗入棺材。要知道雨水顺着垂直、水平的方向渗流起来是最容易不过的了。他说棺材有用，有太多的人需要棺材，就是被国王下令绞死的这十二个人也需要棺材。西西里岛的居民不需要棺材，他们会把尸体悬挂在树上直到它们干透为止。树上挂满了各种各样死去的人，士兵们从树下经过会让自己的标枪碰撞到尸体，它们会发出钢铁碰撞的声响……卡什叔叔来自西西里岛，他是带着腿上的伤疤来到克里特岛的，在这里他成为了有名的木匠，学会了制作棺材。

在克里特雕石馆，我学习木匠，学习制作棺材。可我总是使用不好锛子。我总是用不准力气，每一下，都是一条歪歪斜斜的线。卡什叔叔也有些恼火。

那时，我父亲的制造也遇到了困难。他已经克服了悲痛，但另外的一些属于技术的活儿却不是那么容易克服的，他一次次失败，而国王弥诺斯已经失去了耐心：再给你三天的时间，如果还不能完成，你将也陪伴那十二个人一同绞死！负责传旨的官员一脸真诚。

我总是使用不好锛子。我总是用不准力气，每一下，都是一条歪歪斜斜的线。卡什叔叔也有些恼火。"你怎么可以这样，你看准我给你画出的线……线在哪儿？你怎么能把它锛没啦？"

父亲让人拉起悬挂的绳索，而这时，巨大的绞刑架出现倾斜，其中一块代替人悬挂在上面的石头掉了下来。"混蛋！"父亲跳起来，他手上的皮鞭狠狠抽在负责拉动绳索的人的身上。"你们几个！是不是想让我去送死？在我被处死之前，我会先把你们送过冥河的！"

……我依然使用不好锛子。它甚至不像斧头，也不如锯子好用。我根本控制不了它。这时，狂怒着的父亲朝我奔过来，他的拳头狠狠打在我脸上——笨蛋，一个笨蛋！我怎么会有你这么笨的儿子！把它给我剁掉吧，把木头装上去都比原来的这双手灵活！他真的抓住了我的手。他真的，抓起了斧子。

克宇克斯奔到他的面前，抱住他，我的手才得以幸免，但斧头砍到了克宇克斯叔叔的背。"代达罗斯，你不能这样……"

我被赶出了石雕馆，我父亲说没有他的话我永远不允许再踏入半步。在我走的时候我看到父亲俯下身子，哭泣起来。他的手遮住自己的脸，一副让人绝望的样子。

父亲最终按时完成了绞刑架的建造。那真是一架完美的机器，它有树木那么多的枝丫，而全部的绳索只用一个绞盘就能提升起来。遵照国王的命令，全克里特城的人都聚集在王宫外的广场上参看行刑，而我父亲则不停地在绞刑架前走来走去，检查着每一个部件。那十二个人被押到了绞刑架前，或许是因为饥饿和痛苦的缘故他们都显得非常矮小。我父亲还在检查，他拉拉这里，拉拉那里，向滑轮处再次滴上用以润滑的油脂——父亲的动作吸引了特里克斯。他为我父亲的建造由衷地赞叹，但同时，提出了一个改动的建议：如果在最上端的枝丫处加上一根横向的木梁……我父亲瞬间便明白了，他低声把石雕馆的三个工匠叫到身边，他们飞快地退下去，不一会儿，三个人就扛来了一条长长的木梁，各自的手里还提着工具箱和滑轮。

还不到行刑的时间，父亲和那三位工匠现场操作，把木梁刨平，装上滑轮，而特里克斯也提供着建议：向上一点儿，不，绳索从下面绕过才对……不不不，这样不行，它会把另外的绳索绞在一起的，它要从左边开始……父亲听从了特里克斯的建议，只是在安装的高度上遵照了自己的想法。——你是对的，代达罗斯，这样看上去更美观些，而行刑者也会少用一点儿的力。特里克斯点点头，他对我父亲说，我再也给不了你别的意见了。再见吧。

加上了木梁的绞刑架一下子也多出了几个可以悬挂的地方，弥诺斯只得从克里特监狱里临时抽出三个罪犯挂上去，另外的空余国王也加以利用，在每三个犯人之间吊上三四只猫。僵直的尸体和死猫悬挂了三天，起初所有克里特的人都不忍心去看。

但随着时间……我们发现那些尸首都瞪着愤怒的双眼，于是我们对这桩惨案的认识也发生了变化，产生了与以前不同的感受。而这时，弥诺斯国王更是印刷了十二个人罪行的告示，负责印刷的就是我的父亲（他把印刷不够精美的几件废品拿回了家，于是，我记下了那些人的名字和各自的罪行）。

……至少在我的家里如此，母亲和仆人们都开始对被绞死的十五个人感觉厌恶和痛恨。有三位女仆，还结成对子来到绞刑架前，分别向尸体们投掷石块和西红柿。"那三个后来被拉来的人……他们的罪名是什么？""管他呢，反正他们都是该死的，弥诺斯国王一定有他的道理，即使我们一时不能理解！"

6、迷宫里

他找不到路径。"克里特的迷宫将成为奇迹，它困住了它的建造者。"我父亲甚至为此骄傲，但，留给我们的粮食和酒已经越来越少，而秋天将至。

我提醒他，父亲，我们如果找不到出路，就会死在您的伟大迷宫里。——这有什么。他并不掩饰自己的得意，你不知道，有许多的工匠，穷其一生也无法完成这样一件伟大的作品，如果我愿意把我的成就和他们交换，我相信就是在这个小小的克里特岛，也会有十个人愿意用死亡来交换我的才能，如果在雅典，愿意交换的绝不会少于一百个……"不过，我是不会被真正地困住的，伊卡洛斯。我只是希望……现在还不是告诉你的时候。"

他要我和他一起参观他的建造：我想，你也许希望见一见弥诺陶洛斯，是不是？你们是如何描述它的？我想知道。

听说它是一头可怕的怪兽，凶猛，残暴。听说，它有双重的形体，从头顶到肩膀是一头公牛的形状，而其余的部分则像一个身材高大的人。我还听说，根据一份古老的协议，雅典每隔九年就要给克里特国王呈献七名童男童女，作为上贡给弥诺陶洛斯的祭品。听说，就连国王弥诺斯也受到这头怪兽的控制，某些残酷的命令是根据弥诺陶洛斯的意见做出的，若不然以宽厚却不乏严谨的国王的性格，他是不可能非要杀掉那么多人的。我把我听到的告诉他，他为我的话做了一点补充：谁也没见到过弥诺陶洛斯，是不是？据说凡是被弥诺陶洛斯看到的都是不会说话也睁不开眼睛的死人，是不是？就连国王想要接近它，也必须戴上黄金和蟒蛇的皮做成的面具才可以，是不是？

是的。我说。所以它是一头可怕的怪兽。在克里特城，没有谁提到这头怪兽不会胆颤一下。

　　"那，你想不想见见这头怪兽？要知道，这座迷宫，就是专门为弥诺陶洛斯建造的。"

　　不想，我积攒了一点儿摇摇晃晃的勇气，父亲，我不想见它。即使它不会杀死我，我也不想见它。我不知道为什么要见它。

　　"可它就在迷宫里。"父亲笑了起来，他笑得阴冷而狰狞。"有时候躲是躲不开的。不过，你早就见过它了，儿子。只是你没意识到而已。"他摆摆手，"走吧，跟着我。伊卡洛斯，虽然你不是最好的人选，但我还是愿意领着你参观一下。就是奥林匹斯山上的诸神来到这里，我想他们也是会被困住的。"

　　我们穿过由假山和树木构成的外围迷宫，它的设计师在经过沉思之后总能找到正确的出口。在迷宫的边缘处有几栋低矮的草房，父亲告诫，只有灰色屋顶的那间可以进入，其他的房间里要么是陷阱要么是被吃人的怪兽占据，千万不要打开。我们走到河流的面前：那条河有着反反复复、杂乱无章的纵横交错，这是我父亲颇为得意的设计，他说，迷宫里的河流是根据夫利基阿密安得河的境况来设计的，那条互相交叉又互相分离的河流给了他巨大的灵感。他叫我蹲下去观察——你看，这水流的走向！它此时是在向前，哦，在我说话的时候已经转向，它开始向后涌去了……它没有固定的流向，谁也不知道下一刻钟它是向前还是向后，还是在原地旋转起来形成涡流。告诉你，这条河河水的流向，时常会和河流本身的意志背道而驰，我甚至不知道奥林匹斯山顶的诸神是不是能够理顺！要经过这条河流走向里面的高楼当然困难重重，就连我，也不敢保证每次都能顺利通过，进入到里边……

　　父亲说得没错儿，我们往返三次才找到正确的路径，那时已经是黄昏。我们经过一片广阔的沙漠，它实在是太广阔了，也不知道走了多么久，父亲凭借怀里的指南针和一只水银做的金丝雀的指引，才来到一座高楼的前面。

　　"哦，我们走到了中午。"我抬头看看顶在头上的太阳，"真是奇怪，我们在沙漠里，似乎没有过经历夜晚"——没什么好奇怪的。父亲点起火把，在这里，时间甚至时令都是不确定的，你以为是在中午，不一会儿就可能是深夜；你以为是在春天来的，鲜花们都在开着，可能下一时刻，这些花朵就会迅速地枯萎下去，你的腿边却积下了厚厚的雪。当年，建造迷宫的工匠们也都不敢相信自己的眼睛。唉，愿他们沉进河水中的骨骸不再争吵。

果然，天暗了下来，整个星河就垂在我们的头顶。父亲抓着我的手，避免我沉陷到沙丘的下面去——我不知道脚下的沙丘是什么时候聚拢的又是什么时候成为了沙谷，没有风，它根本没有移动。"你说，从你所站的地方到这座楼房的门口，需要走多少步？"

十步？十五步？"不，需要整整一天的时间，如果你确定自己走的是直线的话。在我的这座迷宫里，处处都是错觉，眼睛所看到的没有一项正确！"父亲的声音里含满了不可一世的骄傲。我听得很清楚，他说的是，我的迷宫，而不是弥诺斯的迷宫或者弥诺陶洛斯的迷宫，我父亲不肯把它轻易地交出来。

——那，我们是不是还要过去？我的心里有种隐隐的不安。

"不过去啦。我知道，此刻，弥诺陶洛斯并没有住在里面。"父亲说，他的表情有些黯然，"这座高楼里面满是噩梦。我也不能保证我的双脚踏进去之后还有机会走出来。"

7、迷宫里

他又喝醉了。这次，他带来的不光是难闻的酒气还有满身的泥浆。他撞开门，跌跌撞撞的身子还没进来就开始咒骂——

卖肉的，卖臭肉的，卖被冥河的水泡了三年的臭肉的。吃过邪恶女神粪便的人，从恶狗的肚子里出生的人。塞壬的儿子，嘴里面长了两条有分叉的舌头，喷出的都是花言巧语的毒液。和暴死女神开伦交媾的胆小鬼……

他骂着，突然冲过来抓住我的头发——"父亲，你干什么？我是你的儿子伊卡洛斯啊！"

伊卡洛斯？他松开手。哦，伊卡洛斯。那个丑女人的儿子。那个丑女人……他哭泣起来，用力地抱住我，伊卡洛斯，伊卡洛斯……我的心里，有一条毒蛇在疯狂地咬。我的血都快流光啦！你这个吸人血的鬼魂！

我将他拉到床上去。这并不是一件很轻易的事，就在我用力拉扯的时候他竟然睡着了。可在我准备起身的时候他又伸出手来抓住我：

塔洛斯，你不知道我现在有多后悔，其实摔到地上的是我，是我！我把自己摔得四分五裂！砰！我就再也没有了，塔洛斯，我早就被你杀死，现在活着的我也不知道到底是谁。

"父亲，是我。我是伊卡洛斯。"

伊卡洛斯？他松开手。哦，伊卡洛斯。你的母亲早就过了冥河，我不知道她在那边是不是依然不肯放弃对我的诅咒。现在，我就把你送到她的身边去。你以为我不敢吗？你以为我，不敢吗？

敢，父亲，您当然敢。我不知道从哪来的勇气，这是我长到十四岁以来第一次和他这样说话。我转过身，在他的工具箱里找出锤子、刀子和锉子，一一放在他的手边。父亲，您敢，您什么都能做得出来。当然这和您所服侍的国王还有差距，但也足够了。您知道我母亲临终时说的最后一句话是什么吗？她说，他是我一生的噩梦。现在，我终于可以摆脱他了。

"你这个混蛋！"他甩过一记狠狠的耳光，让我的耳朵里一下灌满了喧哗的鸟鸣，"你怎么敢这样跟我说话！伊卡洛斯！你什么时候吃掉了豹子？好吧，好，你等着，现在就让赫耳墨斯把你接走！不过他未必会把你送到你母亲那里去，他也许会把你的骨头丢给哈得斯的看门狗。"

"我也乐得如此，父亲大人。"我突然泪流满面："父亲大人，在我母亲死后，在我被弥诺斯国王的卫兵拉进迷宫来陪您，我就在等接引的神。在这里的每个时刻都是煎熬，死亡不过是被拉长了，父亲。"

你不知道。你什么都不知道。我们会离开的，不过现在还不到时候。可恨的父亲，让人厌恶的父亲，嘴里面满是腐臭的父亲，又一次沉沉地睡下去，这一次，他睡得像一块没有知觉的石头。

可我的恐惧却来了。它来得汹涌，无边无沿。它在四周的黑暗里潜伏着，我能听到它的呼吸。

8、迷宫里

起来，他叫我，除了口腔里残存的酒臭，他似乎已经忘掉了昨日。我最看不得人懒惰的样子，即使你是个笨人，即使你是我的儿子。伊卡洛斯，我要出去几天，你要在这栋房子里好好待着，千万不要走远。

好的，我飞快地坐起来，揉着眼睛，父亲，你要去哪儿？

当然是迷宫里，还能到哪儿去。我只是想，如果我不凭借工具，看我能不能走到河那边去，然后再返回这里。我要忘记它是我建造的，而把它当成是另一位伟大工匠的杰作……他兴致勃勃，把他的工具箱和其他用具都放在一个羊皮袋子里，然后又装上了酒。"我用红线给你划出了范围，如果你走到红线的外面，一定要马上退回来，否则，我可能永远都找不到你了。"

这一次，他竟然没提到赫耳墨斯。千万不要走远。

说着，他就消失在一堵墙的后面，随后没了身影。

9、迷宫里

我被孤单地剩在了迷宫里。

我不知道自己该做点什么，不知道。我对父亲划定的红线也没有半点儿兴趣，我走过一堵墙还会是另一堵墙，我走过一片由树木组成的过道还会是另一片由树木组成的过道，我走过去，只会让自己在过道和过道之间、墙壁和墙壁之间绕来绕去，它没有任何的趣味——而我走得时间过久的话，还很可能会把自己走失，再也找不回原来的位置也找不回自己——我对这样绕来绕去的冒险没有兴趣。

我宁可无所事事。

我在无所事事的时候会想一些混乱的事，会想起我的母亲，我想用女仆伊菲革涅亚教我的方法召唤亡灵，可这个办法根本无效，我并没能见到我的母亲也没有听到她的声音，我召来的只有一缕淡淡的烟。我想起那个叫塔洛斯的影子，我也想起克宇克斯叔叔对我说的话，他说，孩子，我要走了，要到遥远的地方去了，因为我知晓了代达罗斯的秘密。我不走，他一定会想办法杀掉我的，就像杀掉辛尼斯那样。他不会眨一下眼的，不会。而且，他不会生出一丁丁点儿的愧意出来，我太了解他了。他说，即使你父亲不杀我我也不想再待下去的，他为凶残的国王做了太多凶残的事，而我也是帮凶。再这样下去，我身体里积攒着的痛苦就要把我埋葬在这里了。

救过我的克宇克斯叔叔说，我父亲是一个非常优秀的匠人，这点儿毋庸置疑。我的父亲一定是阿波罗和雅典娜的宠儿，奥林匹斯山的神灵给他太多了恐怕某些神灵也会对他嫉妒。克宇克斯叔叔说，我父亲具备一个艺术大师的全部优秀品质，他的身上只有一个显著的短板，就是爱虚荣，爱妒嫉。当然这个短板也是自古以来的艺术家们所共有的，不过，在我父亲身上，它显得明显而邪恶。

>>

摄影 / 于坚作品
大理，在喜洲附近的田埂上遇到的羊倌

克宇克斯叔叔说，我父亲在雅典的时候就已声名显赫，甚至他的影响一直影响到遥远的世界边缘，人们对他创作的石柱佩服得五体投地，说它是具有灵魂的造物。他创造了一个有别于前人的雕刻法，这种雕刻法甚至让石柱上的生灵都会移动，插进身体的标枪会让它们慢慢渗出鲜红的血。然而，不知出于怎样的原因，奥林匹斯的诸神在赋予代达罗斯神性的同时却把同样的神性赋予了另一个人，他是我父亲的徒弟，也是他的侄儿，塔洛斯。他甚至更优秀些。

在很小的时候，塔洛斯就发明了陶工旋盘。他还利用蛇的鸽骨作为锯子，用锯齿锯断了一块小木板——后来，他用同样的方式制造了锯子：也就是说，我父亲剽窃了他学徒的发明，在到来克里特之后将它的发明权据为己有。

这个塔洛斯还发明了圆规和另外的一些用具。在雅典，他的声名和我父亲一样显赫，人们在赞叹我父亲的雕刻和发明时总不忘提上一句："要是塔洛斯来完成的话……"

人们的称赞引来了我父亲妒嫉的怒火，它是分叉的，飘忽不定的，但却并不容易熄灭。一个傍晚，我父亲和他的侄子塔洛斯登上雅典的城墙，他们在谈论水车的设计，沉浸于叙述中的塔洛斯完全没注意到我父亲的脸色和已经冒到了头顶的火焰。他说着，不停地说着，他已经被自己的思路缠绕在里面，等他突然意识到自己在坠落的时候为时已晚。克宇克斯叔叔说，塔洛斯是被我父亲推下城去的，千真万确。

"不可能，"我说，"你听到的是谎言，是出于嫉妒而虚构出来的谎言。我父亲说了，他的侄子死于奇怪的疾病，当这种疾病落进他身体的时候他身上的肉就开始松了，就自动地散落下来，并发出恶臭。我父亲说，他的侄子以为我父亲无所不能，手里掌握着能让他恢复的药剂，可事实上我父亲没有……"

克宇克斯叔叔说，他说的千真万确，他再次用到了千真万确这个词。关于我父亲的这件事，他是听辛尼斯说的，辛尼斯也是来自雅典，只是最初他隐瞒了它，直到，塔洛斯的影子一路追到阿提喀来到克里特城。

"也许是他说谎……他为什么要隐瞒身份？从这点看，他也是一个习惯说谎的人。"

他没有说谎，至少在塔洛斯和你父亲的这件事上没有。克宇克斯叔叔说，他所以隐瞒，就是因为怕代达罗斯知道他来自雅典，知道些旧事而不会雇佣他，而他选择向克宇克斯说出则是因为塔洛斯影子的出现。这条影子，先找到了辛尼斯。它是冲着克里特雕石馆的招牌去的，它找到辛尼斯和他交谈的那个黄昏恰好克宇克斯也没有走，他被一些琐事缠住而忘了时间。

在角落里做事的克宇克斯无意中听到了他们的对话。他知道了，那个寻找而来的影子叫塔洛斯，死于我父亲代达罗斯的谋杀，最让它难以忍受的是我父亲在掩埋尸体的时候说自己是在掩埋一条毒蛇。它并不希望辛尼斯对我父亲的行为提出控告，这会让他为难的。它所希望的是，出于同情和应当的悲悯，来自雅典的辛尼斯能够为它指认代达罗斯的住处，它要亲自去找他。

"哦，似乎是……可这也说明不了什么。"我想起关于影子的旧事，但我拒绝承认我父亲是杀人犯，尤其是杀害自己亲侄子的凶手。

我知道你出于怎样的理由不信。克宇克斯叔叔说，他当时也依然有些半信半疑，但信的成分超过了一半儿，毕竟它是由一条掉着碎肉的影子说的。让他走向确信不疑的原因是，辛尼斯不知出于怎样的理由，他向代达罗斯报告说那条影子曾来过雕石馆，而他也不得不指给它代达罗斯家住哪里，如何才能寻见……克宇克斯叔叔说，我父亲当时就极为愤怒——你的舌头长得太长了！我会让它再也不能多说一个字的！谁知道你还会说出怎样的话来！我会让你消失的，辛尼斯，你要为你的舌头付出代价，在我杀死塔洛斯之后就不会在乎再除掉另外一个人，我清楚我在做什么。

被吓傻的辛尼斯找到我，我是他在克里特雕石馆里最为亲近的朋友。他说，克宇克斯，我该怎么办？这么多年我都没曾把这件事说出来，我觉得自己为代达罗斯大人保守着秘密，因此心里与他有着特别的亲近，可他却要杀掉我，不肯信任我是出于对他的忠诚才向他汇报的……他哭得痛苦而绝望。这时，国王的卫队闯进了雕石馆，他们将瘫软得不得了的辛尼斯架着走出去，就像拖走一条已经死去的狗。后来你父亲给出的解释是，辛尼斯是个说谎者，是个罪犯，是个逃跑的奴隶，他只能属于监狱和斗兽场——从那之后我就再没有见过辛尼斯，他只在我的梦里出现过一次，面目模糊，仿佛是从水中捞起来的一样。在梦里，他一句话也没有说。

克宇克斯叔叔说，后来，代达罗斯打听到辛尼斯被卫兵们抓走的时候我也在场——他试探着，试图从我的嘴里了解我都知道了什么，我虽然装出完全无知的样子，可我知道代达罗斯并不信。我知道接下来迎接我的后果是什么，之所以他现在还没有做是因为辛尼斯刚刚被抓走不久，他不想给人留下猜测。

——你父亲杀死了塔洛斯，两次。后来，他又使用在克里特禁止的巫术，让邪恶巫师除掉了塔洛斯的影子。这件事，石雕馆的匠人们多数都知道。

"我母亲也……"我没有再说下去，它让我痛苦。我父亲是有种种的不好，这是我所清楚的，但我不肯相信他会那样。它让我痛苦。克宇克斯打断我，他说我父亲受到了雅典最高法院的审讯，他们认定他有罪。所以才有了在克里特岛的代达罗斯，他不得不逃亡。

我母亲也知道在她嘴里被咬得有深深齿印的"他"请了巫师，杀掉了影子，但对于"他"之前就曾杀死过塔洛斯也是不信的。她痛恨这个人，后来越来越恨，她认为我父亲为了自己能做一切事，无论这些事是美好还是丑恶，但她没有向我提过我父亲杀死了塔洛斯。"伊卡洛斯，你可不能成为他那样的人啊。否则，我在冥河的那端也会痛苦得再死一次的。"我母亲沉陷的眼窝里总有泪水的痕迹。

迷宫里，我在无所事事的时候就想我母亲的遭受，我为她痛，为她苦，为她抱怨，也为她来痛恨——当痛恨涌来形成浪潮的时候，我甚至会在心里杀死他，一遍遍。我为自己的想法而颤抖，每次想到我使用刀子、斧子，或者其他的什么……我的心就会猛烈地颤起来，让我不能再想下去。

我也想在克里特城里的发生。想黑暗来临时天空中盘旋的秃鹫和乌鸦，它们把克里特看作是乐园，甚至偶尔那些白鹤与鱼鹰也会享受到它们一样的乐趣。弥诺斯国王对不尊重他意志的人是严厉的，而那样的人却总是层出不穷。我想着家里那些叽叽喳喳的仆人们，他们就像一群阴暗的老鼠，当我父亲在家里出现他们立即把嘴里的叽叽喳喳隐藏起来，变成另外的人——也不知道他们现在是怎样了：总是一脸愁容的欧迈俄斯，在背后叽叽喳喳的声音最响的珀涅卡珀，无比贪吃而又力大无比的埃克朋诺尔，还有总跟在我母亲后面为她擦拭泪水的卡珊德拉……我和父亲，是被弥诺斯国王的卫队带进迷宫的，他们来到家里的时候还算客气，只是语气不容置疑。"遵照尊敬的、伟大的弥诺斯国王的命令，有请代达罗斯再次查验弥诺陶洛斯迷宫，国王不希望这座迷宫有任何的漏洞。因为需要的时间过久，也请他的儿子伊卡洛斯一并前去，慰藉父亲的心……"

不知道时间过了多久，无所事事会让时间变得更为漫长，所以我更不知道时间了——在我这里，时间也完全是种无用之物，它不用来贪恋也不用来希望，我对它没有要求，反而因为它的存在让我感觉着限制。可以用来回想的事情并不多而且它们多是灰色的，我不想让自己沉在里面，于是我寻找着松针和落叶，躲在树木的下面或者墙壁的拐角处为自己编故事——在迷宫里，墙壁的拐角实在太好找了，几乎每处都是，有的是用土垒起的，有的是由砖或石砌成，有的则是利用着乔木、灌木或者芦苇……大约几天的时间下来，让我有兴趣的故事也被我编完了，我只得再重复一次。这样的重复有些索然无味，我就让自己回想欧迈俄斯给我讲过的国王故事：珀布律喀亚的国王阿密科斯是凶残的，他杀人无数，规定陌生的人进入到他的领地必须在和他的拳击中取胜，否则便不能离开他的王国，为此他杀害了许多无辜的人；国王弥诺斯曾向海神波塞冬许诺，他将把自己看到的从大海里浮现出来的第一件物品当作祭品，用以祭供海神——只见海水奔啸，水里面浮起一头健壮、硕大的公牛。大喜过望的国王却起了贪心，他将这只公牛悄悄藏在自己的牛群里，然后牵出了另外一头牛……底比斯国王拉伊俄斯年轻的时候被赶出家园，他被伯罗奔尼撒的国王收留让他住在王宫里，当作客人一样款待。后来，他却恩将仇报拐骗了国王的儿子克律西波斯，将他变成了奴隶，国王不得不发动战争才将克律西波斯救回去，然而就在路上克律西波斯还是遭到了杀害。拉伊俄斯得到一则神谕，说他命中注定将丧命于自己的儿子之手，于是他在儿子出生后的第三天就命人将婴儿双脚刺穿，然后用索子捆绑起来扔进了荒山；萨尔摩钮斯是伊利斯的国王，据说是一个蛮横无理、自以为是的人，他建造了一座豪华的城市萨尔摩尼亚，要求那里的臣民们对他要像对宙斯一样祭奉和尊重，否则就会遭受残酷的惩罚。他打造了雷神的车，而国王在车上挥舞着火把将它当作射向人间的道道闪电。当他寻欢作乐的时候，会命令周围的人全部躺倒在地上，像是被雷电烧焦的尸体……最终萨尔摩钮斯国王遭到了惩罚，惩罚他的正是他所模仿的众神之神。宙斯劈下一道暗红色的闪电，它击倒了国王，并使整个萨尔摩尼亚都沉陷于火焰之中，城里那些可怜的居民们也无一幸免……

　　我偶尔地会想一下我的父亲。在我想到他的时候，他只是一道模糊的影子，我竟然记不起他的脸。

10、迷宫里

父亲走了回来，他的后背上背着一条有破洞的口袋，里面满是鸟的羽毛。

"你是干什么去了，父亲？难道，你是去捕鸟了？难道，你是想，用它织成毯子，准备冬天的来临？"

当然不是，我要把它们粘起来，做成翅膀。地上的路和水上的路都被封锁了，我们无法绕过弥诺斯国王把守的卫兵。

"父亲，你的意思是……"

他说，我现在能猜到也不算太晚，是的，凶恶多疑的弥诺斯并不是让他来仔细检验迷宫的设计，而是想把它的设计者困在里面，看他是不是能出得去。"因为他希望得到的就是，能把设计者困死在里面的迷宫，只有这样的迷宫才值得信任。"之所以国王要他把自己的儿子也带进来，就是要进一步测试他：国王觉得他代达罗斯或许可以牺牲自己的生命而使迷宫显得天衣无缝，但一定不能忍受和儿子一起被困死，一定会用尽全力寻找逃出的路，那样，他的检验效果才可达到。"我们一旦离开出现在外面，也就是自己的死期，国王不能容忍我设计一个有漏洞的、设计者可能进退自如的迷宫。"

父亲说，他知道弥诺斯的想法，虽然他并不是这样说的。他和这个国王已经共事多年，对国王多少是了解的。"你还记得我带你去王宫时的情景么？"

11、在王宫

那年九岁半，我跟在父亲的后面，不知道爬了多少级台阶，反正我的膝盖都爬疼了。然后，我们经过一道道长廊，接受一次次检查，终于在一座大殿的外面停下来，不久，里面传来声音，让我们进去。我跟在父亲的后面，这时我的膝盖更疼也更软了。那时已经黄昏，残存的阳光随意地涂抹在大殿的墙上，里面充满了翅膀的晃动：那么多的乌鸦在屋顶上盘旋。

弥诺斯国王高高在上，他坐在一把大木椅里，这让他显得很瘦小，我甚至记得他是一个孩子——后来我不得不借助实际来修正我的这一错误——可在我十一岁的时候，我想起那次经历，王座上坐着的依然是一个孩子，而不是别人嘴里的国王。

他问我父亲的建造情况。我父亲小心地回答着，他谦卑得几乎不再像他。"这是你的孩子？叫什么名字？"

坐在那里的那个"孩子"有着一种魔力，竟然让我张不开自己的嘴巴。只得由我父亲回答：尊敬的、伟大的国王，他是我笨拙的儿子，名叫伊卡洛斯。哦，伊卡洛斯，很不错的名字。将来也许能和你一样成为克里特最有用的人。我喜欢这孩子。国王挥挥手，我获得了一个金色的夜莺，它的肚子里是好吃的糖果——也许正是这样的赏赐，让我的记忆生出错觉，以为坐在王座上的国王其实是个比我大不了多少的孩子。"代达罗斯，我让你制造的锋利刀锋完成得怎么样了？它能不能割开雅典娜的盾牌？还有，我让你引来冥河的水，把它浇到色雷斯人的马槽里去，有没有进展？我要一面能测试梦境的镜子，代达罗斯，你知道这世界上想要谋害国王的人太多了，虽然他们会不断地掩饰，可梦境会使他们的秘密泄露出来。代达罗斯，成为国王就等于是坐在了针毡上，他们都在试图用隐藏着的牙来咬你。尽管你拿出十二分的小心，可依然防不胜防。"

我被弥诺斯国王赠送的金夜莺给迷住了，确切地说是被里面不断能掏出的糖果给迷住了，后面父亲和国王又谈了些什么完全没有印象，甚至，我对什么时候离开的王宫也没有印象。

多日之后，父亲问我对弥诺斯国王的印象，我冲口说出：国王？你说那个坐在椅子上的孩子？父亲愣了一下，然后惊恐地堵住了我的嘴巴。

"你还记得我带你去王宫时的情景么？"父亲问。我说记得，我记得来来回回、弯弯曲曲的长廊，记得高大的栎树和一口深不可测却不断有鱼骨升起的井。乌鸦们，它们几乎是拥挤的，四处都是它们的叫声，吵得我耳朵都疼。我把坐在王座上的弥诺斯看成是一个孩子，或许是他太瘦小而且给了我糖的缘故。

"你这么说过？你说，他是一个孩子？"我父亲代达罗斯大声地笑起来，"你说他是孩子，哈哈，这太可笑了，没有比这更让我发笑的笑话了！我儿子说他是个可怜的孩子！"

——父亲，我没有说他可怜。

他就是可怜。因为他的座位下面连着库克罗普斯的地狱，不断传来的哭泣之声让他睡不着觉。

摄影 / 于坚作品
金沙江的冬天

12、迷宫里

现在我可以说了，伊卡洛斯。我建造了这座迷宫，我被困在了迷宫——但这里也是弥诺斯国王的手够不到的地方，耳朵伸不进的地方，我也许要感激自己的这一建造。现在我可以说了，伊卡洛斯，把酒给我拿过来，我需要。

你没有见过弥诺陶洛斯，是不是？但你一定听说过，这个迷宫就是为它建造的，是不是？它被描述成一头公牛，就像从海水里升起的那头公牛一样，不过它有人的身子，是不是？现在我可以说了，谎言，全是谎言。我没有见过这只怪兽，死去的特里克斯也没见过，告诉你吧，儿子，就连国王本人也没见过这头怪兽！因为，它是被国王虚构出来的，国王想象自己拥有这样的一头怪兽，于是他就有了。给我倒酒。

没有这头怪兽。七名童男童女——那是国王想出的把戏，反正他能轻易处理掉这几个人，他们连一根骨头也不会留下。没有弥诺陶洛斯，没有。伊卡洛斯，别冲着我眨眼睛，我讨厌你的这个样子，你的这个样子让我会想起那个丑女人，我娶到她，不过是为了在克里特有个落脚之地，她不过是一个屋檐，一张床，一个靠背而已……别冲我眨眼睛！再给我倒酒！要是酒到外面，我会抽出你的筋骨来的。我说到做到。好吧，伊卡洛斯，你听我说。

没有弥诺陶洛斯，那建这个迷宫是为什么？你应当问这个问题，你应当问。可你就是没有问，我知道你在想什么，你在想我实在太怨恨眼前的这个人了，又在想我怎么能怨恨这个人呢，他可是我的父亲啊！要不是他我根本活不到今天……要不你也喝点葡萄酒？我说到哪儿啦？对，建迷宫干什么。干什么？其实迷宫里住着的是弥诺斯，是国王！如果冬天来临，我们父子离不开迷宫，弥诺斯就会住进来啦，我知道我猜到了他的心思。他一直说，迷宫是为弥诺陶洛斯建造的，因为这头怪兽实在凶暴，他不得不用这样的方式来控制它，可就在我把高楼建起来的时候，他竟然让另外的工匠搬进了他最喜爱的象骨的床。见到床的时候我就明白，这座迷宫将由国王本人居住——为了迷惑他们，我故意装作没有看到，虽然工匠们知道我看到了，可他们绝对不会说出去：把它告诉国王只会让他们的生命结束得更早一些，他们当然也知道这点。我们都在为弥诺斯国王建造，我们都希望自己能成为国王肚子里的蛔虫。

我知道弥诺斯国王在害怕，他一直在害怕，但没想到他的恐惧有这样深。

他不信任奥林匹斯的神灵，也不信任住在冥河那端的亡灵，其实他更惧怕他见到的所有人，所有，他曾说过在他身边所有的人都想拔掉他的头发而且的确是这样做的……他说迷宫是为一头叫弥诺陶洛斯的怪兽建造的，那样，就不会有人想到国王会住在迷宫里。我知道，伊卡洛斯，胆小的弥诺斯甚至深信，如果迷宫建造得足够完美，会让冥府之神哈得斯的使者在其中迷路，永远也找不到出路。他作恶太多了，只得靠更多的恶来麻木自己，然而这样的恶越多，他的害怕就越积越厚。

如果我们在迷宫里死去，弥诺斯国王就会一个人住进迷宫里，只有在需要出现的时候才会在他的王宫里出现。伊卡洛斯，你为什么不问我既然迷宫的建造者都走不出去，那国王又是如何进得到里面，并能够随时出入？把酒再给我倒满吧，儿子，我告诉你，现在我可以说了。我在唯一正确的道路上埋设了一条彩色的线，而这条线，只有用冥河边上的砾石磨成的镜子才能看到，而这面镜子掌握在国王的手中。没有镜子，谁也不可能从迷宫里走出去，无论是从水上还是陆地上。

伊卡洛斯，可你的父亲太聪明了，尽管这是他后来才想出来的。还有一条路，还有一条路可以出去——那就是，那就是这些羽毛。

我们，可以从天上走！代达罗斯会变成飞翔的鸟儿，心怀恶意的弥诺斯绝对想不到！说实话这也是我在前天才想出来的，之前我只在迷宫里打转，都把自己绕得昏头转向啦。

再给我倒一杯，快。从明天开始。从明天……

13、迷宫里

他收集了羽毛。他把短的羽毛放在上边，把长些的羽毛粘在下边，他拥有了一双翅膀。长的羽毛不够，他就把短的羽毛用线连接在一起，看上去，就像天生的一般。

使用线，更多的线，他把羽毛们捆扎起来，让它们和竹子做成的骨架连在一起，然而又用蜡将它们封牢。他用更多的工具：小刀、锉子、斧头和锯子，两肩翅膀就做好了。然后，他再做另外的两肩。

"伊卡洛斯，自豪吧，现在，你有了一个会飞的父亲！这个世界上，除了奥林匹斯山的诸神，谁还有代达罗斯的本领？"

"我也会让你一起飞走的。虽然你并不讨我喜欢。我也许早应当和那些女人们生几个孩子——如果出去，我一定要好好地补偿一下自己。"

"我母亲说，你得过脏病。还把脏病传染给了她。"我突然想起了这么一件事，它就像一根卡到了喉咙里的刺。而代达罗斯，则斜起眼睛看着我，随后狠狠地把我踢了一个跟头。"那个丑女人总是诅咒我，这个在地府里也不想安宁的长脸女人真该被锁链锁住！你给我爬起来，"他说，他盯着我的脸，"不过，伊卡洛斯，你也应该尝尝女人了。你这个笨家伙也需要的。"

不要。我说。

哼，那可由不得你。我想起来了，我把克里特城最出名的阿尔泰娅带回家里去的时候，你的眼珠子都睁到了外面！伊卡洛斯，我们出去之后我就会带你去找女人们。等你明白了，你会感激你的父亲的，是他让你见识了女人的好处。快过来，帮帮我，难道你真想困死在迷宫里面？在余下的粮食和酒用完之前，我是一定会飞去的，到那时候能怪的只有你自己。过来，帮我梳理一下！

14、迷宫里

他又喝了那么多的酒，他把喝得过多的酒都吐在了地上。

然后，他又去喝。

他说，这是我们在迷宫里的最后一夜，明天早晨，我们就将和驾车的阿波罗一起出发，升入到天空中去。

在那个晚上，他反复地咒骂弥诺斯：长着獠牙的人，背着龟壳的蛇，冷酷的恶狗，丧失了信誉的变色龙……他说，这么多年，自己违背着自己的心愿为弥诺斯做了那么多的事，经历一次次心肺的撕裂，直到变得麻木，可这个短手短脚的国王却始终没有长出半点儿的同情，把自己看成是一条捕到了猎物、丧失了作用的狗，眼睛一眨不眨地就把他丢进了煮满沸水的锅里。

说着，他就哭起来，把余下的酒又倒入酒杯。"我可不想给他剩下一滴！"父亲恶狠狠地说着，他的脸变得扭曲，"我是女神阿佛洛狄斯的最真诚也最有才干的仆从，我是厄瑞克族历史上最伟大的建筑师和雕刻家，我应当赢得所有人的敬重才是，凭什么他就把我看成是穿破了的旧鞋子！"

我离开他，离开那间建筑于迷宫里的房子，走到清凉的夜色里去。望着天上密得透不过气来的星星，我忽然感觉沉重。不知道为什么，我甚至有些期盼，明天能来得更晚一些。我有些惧怕明天，同样不知道为什么。

屋子外面有那么多的黑暗，它们起伏着，仿佛是黑色的浪潮，拍过来然后又退回到平静中去，接着另一片浪潮又拍打过来。在漫漫的黑夜之中，我甚至感觉不到自己是身处迷宫，而是在，那个看到塔洛斯影子的晚上。

15、在克里特的家中

我仿佛回到了旧日，这个"仿佛"显得固执，虽然理智告诉我不是。

我仿佛刚从自己的房间里出来，我仿佛听见另一间房子里母亲在咳，它有撕心裂肺的连绵，完全不像是幻觉。

我也仿佛看到了自己的父亲，在阴影中。

他是在和院子里的影子说话。他以一种从来没有出现过的低矮的语调。塔洛斯，你知道我是……我教给你好多的东西，你不会忘记这些吧，你是我最好的学生，何况还是我的侄子……

父亲！我竟然冲着黑暗喊出声来，就在我喊出声来的瞬间，之前的幻觉骤然散去，只留下丝丝缕缕的惆怅，和母亲低低的抽泣之声。

它也是幻觉的部分，我的母亲早已踏过的冥河，我知道，她不能再在我的耳边发声了。我想留住它，可我留不住它。

16、天空中

我有了一双翅膀。父亲把最后的羽毛都用蜡粘在了给我的翅膀上，他告诫我说，"你要当心，你必须在中空飞行，不能过高也不能过低。如果你飞得太低，羽翼就会掠过水面，海水的浸泡会让它沉重，从而把你拉进波涛；如果你飞得太高，距离太阳过近的话，阳光会晒化用来粘住羽毛的蜡，甚至会使羽毛燃烧。"他告诫我，"跟住，别把自己落在后面，否则跟过来的秃鹫能把你的眼睛啄瞎掉！我可不肯养一个瞎子让别人笑话！"

我和父亲展开羽翼，渐渐升到天空中去。

他飞在前面。"叫我伟大的创造者吧，伊卡洛斯，在这个世界上还没有哪个人能像我们这样飞行！没有我，你会死在克里特的迷宫里，死掉的样子会比建造它的工匠们更丑陋，会比在克里特城堡吊死的那些犯人们更可怜。"他叫我跟着他在迷宫的上空盘旋，"伊卡洛斯，你再看一看你父亲所创造的！即使在上面看它也是一个奇迹。没有人会不赞叹的，即使……如果可怜的塔洛斯也能活到今天的话，他也一定会大为叹服，乖乖地退回到冥河里面去。伊卡洛斯，现在，我也没有必要隐瞒了，塔洛斯确是我杀死的，你所听到的所有指控我都认，不管它是真的还是假的。这有什么关系？伊卡洛斯，我们要飞得远一些，在另一片土地上开始新生活，只有不可救药的傻瓜才会把已经过去的事情背到身上。"

我们飞过达萨玛岛，那里的海水是一片可怕的深蓝。"你将会有新母亲的，伊卡洛斯，我要在那些好女人中选择，我要让她服从，像一个谨小慎微的奴仆。我也要让你见识女人的好，把那些不必要的忐忑都丢到海水里去吧，时光流逝得那么快，根本来不及患得患失。"我们飞过提洛斯，那里的山顶是红色的，仿佛是刚刚喷射出的岩浆。"这些年，我学会了很多，伊卡洛斯，我指的可不仅仅是技艺。我不会放过弥诺斯的，为了这个目标我会动用所有的手段，愿意付出所有的代价。"

你还会杀人。

如果需要，会。不过我会尽可能地做得隐蔽些，这也是我在弥诺斯国王那里学到的，如果他真有给予我的话。如果需要我是会杀人的，我不会为此有半点的负担，哪怕阻挡我的是你，伊卡洛斯。我希望你也是如此，我们没必要遮遮掩掩，在新生活里，我们只能活得更适应些，更有力些，有更多的收获。

父亲，你在做这些和准备做这些的时候……我没有把这句话问出来，它不需要证实，我知道他能给我的答案是什么。我知道。

那一刻，我突然百感交集，突然有了挣脱的愿望——而这个愿望一经产生就立刻膨胀起来，膨胀得就像太阳晒在我的肩上。我想起母亲，想起母亲最后的那句话，她说，他是我一生的噩梦。现在，我终于可以摆脱他了。

17、天空中

我终于可以摆脱他了。

回想起母亲的这句话，简直是一片轰鸣。

　　就在那片轰鸣声中，我用出自己全部的力气，向更高的高度飞去。我承认我是一个怯懦的人，我承认自己惧怕——惧怕国王们也惧怕这个父亲，即使在新生活里，我也不得不被他们笼罩，迫于这样或者迫于那样——母亲说的没错，他，本质上是可怕的噩梦，这样的噩梦我不想再做。

　　只能如此，只能如此。我感觉背上翅膀上的蜡开始融化，闻到一股类似鹅毛被烧焦后的味道。

　　那样的味道钻入到我的鼻孔，它，让我兴奋。

　　我闭上了眼睛。

耿占春，文学批评家。上世纪 80 年代以来主要从事诗学研究和文学批评，主要著作有《隐喻》《观察者的幻象》《叙事虚构》《失去象征的世界》《沙上的卜辞》等。另有思想随笔和诗歌写作。现为大理大学教授，河南大学特聘教授。

神话叙事的转义

耿占春

出于各种各样的个人原因，有些作品会让人带着接纳态度或同情共感去阅读，而有些作品你会带着反讽立场或疑问去阅读，并不是所有的文本都经得住这种反讽式阅读。李浩无疑是一位非常优秀的作家，但我在开始读《会飞的父亲》时，还是遇到了一种内心的质疑：为什么要用希腊神话来处理一个当代作家的经验世界呢？如果你不是卡尔维诺也不是博尔赫斯——即不是神话原产地作家也未置身深受这种文化影响的国度，使用异文化表达理念世界尚且有许多问题，何况表达经验世界？

好吧，当小说叙述出现了一连串希腊神话人物的名字时，你必须将眼下阅读的小说视为一种寓言，作家总是能够将神话重新书写为富有当代寓意的寓言，也只有将此类小说视为一种寓意不明的寓言，探究叙事之谜的阅读才能进行下去。每当我们读到一种作品时，总是要与作家签订一种阅读契约："我这里是在虚构……"或者"我在讲述一种真实的事件……"，即使小说中从来不出现这个陈述。

虚构归虚构，好在小说的开头一下子就揪起一种阅读悬疑："他是我一生的噩梦。现在，我终于可以摆脱他了。""这是我母亲所说的最后一句话，她为说出这句话积攒了力气……"这句话所包含着的愤怒、焦虑乃至仇恨可以出现在普通人的日常生活中，儿子眼中母亲的怨恨所设置的家庭故事亦并非希腊神话世界中才有。如果能够忍耐一下对古老的希腊神话的疏离感，忍耐一下那些难以记住的神名或一时难以弄清的神话人物之间的关系，按照一个故事读下去，放下"阅读的抵抗"，就会发现这篇寓言小说是多么精彩。《会

摄影 / 于坚作品
建水县一口古井边的汲水者

飞的父亲》重写了克里特迷宫的故事，但它没有注重书写弥诺斯国王的故事，也没有提到忒休斯战胜魔怪或者他与弥诺斯公主的恋情，小说把叙述重点转移到建造迷宫的艺术大师代达罗斯身上，转移到以儿子伊卡洛斯口吻所作的见证式叙述。这是一位几乎无所不能的建筑师，他像魔法师一样具有超凡能力。《会飞的父亲》通过对神话的 "正当曲解"，使故事发生了转义，而这一转义显然出自于当代作家的经验语境。

小说部分地依据神话原型进行叙述，部分地使之产生叙事转义，在小说中代达罗斯具有赋予所创造物以灵魂的能力，"他创造了一个有别于前人的雕刻法，这种雕刻法甚至让石柱上的生灵都会移动，插进身体的标枪会让它们慢慢渗出鲜红的血。然而，不知出于怎样的原因，奥林匹斯的诸神在赋予代达罗斯神性的同时却把同样的神性赋予了另一个人，他是我父亲的徒弟，也是他的侄儿，塔洛斯。他甚至更优秀些。"

代达罗斯出于对天才的嫉妒让他的侄子死了两次，一次是直接谋杀，一次是请巫师清除了侄子的影子（魂灵），"可同时被抹掉的还有我的父亲，只剩下了他，我母亲后来嘴里的他——厄瑞克族人，天才，雕刻师，建筑师，脾气暴躁的酒鬼，爱慕虚荣的人，厚颜无耻的人，国王的走狗，谄媚者，意志坚定的人，思想者……"当然，还是一个谋杀者和最终的被谋杀者。在李浩这里，代达罗斯的形象发生了转义。

在神话叙事的基础上，它的历史转义渐渐地明晰起来，出于对自身罪恶的恐惧，"父亲的禁忌也一下子多了起来，我们不能再提塔洛斯，不能拥有锯子，不能提到月亮和石头，不能提到雅典，后来发展起的禁忌还有城堡，坠落，胆小的人，徒弟，影子……"在此意义上，作为艺术家的父亲也是弥诺斯国王的一个分身，与代达罗斯一样，国王也是出于恐惧而杀人，只不过因为身份不同，国王的谋杀变成光天化日之下的 "合法"杀戮。

在儿子眼里，父亲不仅是天才建筑师，还是各种杀人机器的杰出制造者，是绞刑架的完美设计者，他只讲求他的工艺完美无缺，丝毫不会考虑到他制造的机器是否运用于正当的事务。代达罗斯在某种意义上既是技术专家的一个喻体，也是近代政治艺术家们的一个化身。至于国王借助这架完美的机器所制造的恐怖与死亡，人们自然会慢慢地消化它，会事后追认一个合理的解释，仿佛这就是难以揭开的历史之谜："……至少在我的家里如此，母亲和仆人们都开始对被绞死的十五个人感觉厌恶和痛恨。有三位女仆，还结成对子来到绞刑架前，分别向尸体们投掷石块和西红柿。"人们应该可以听到，她们之间的谈话一直回荡在后世的社会场景："那三个后来被拉来的人……他们的罪名是什么？""管他呢，反正他们都是该死的，弥诺斯国王一定有他的道理，即使我们一时不能理解！"

然而父亲深知弥诺斯的想法，知道国王的恐惧。他们之间的交谈就单方面而言是极其诚恳的："代达罗斯，我让你制造的锋利刀锋完成得怎么样了？它能不能割开雅典娜的盾牌？还有，我让你引来冥河的水，把它浇到色雷斯人的马槽里去，有没有进展？我要一面能测试梦境的镜子，代达罗斯，你知道这世界上想到谋害国王的人太多了，虽然他们会不断地掩饰，可梦境会使他们的秘密泄露出来。代达罗斯，成为国王就等于是坐在了针毡上，他们都在试图用隐藏着的牙来咬你。尽管你拿出十二分的小心，可依然防不胜防。"在小说的转义叙述中，就连企图以迷宫囚禁的怪兽也并不存在，它是弥诺斯内心恐惧的象征，父亲告诉儿子："伊卡洛斯，胆小的弥诺斯甚至深信，如果迷宫建造得足够完美，会让冥府之神哈得斯的使者在其中迷路，永远也找不到出路。他作恶太多了，只得靠更多的恶来麻木自己，然而这样的恶越多，他的害怕就越积越厚。"读到这些地方，似乎我已放弃了内心的质疑，为作家对神话的改写及其精彩的权力精神分析而赞叹。

这位天才的建筑师知道国王希望得到的是最终能把设计者困死在里面的迷宫，因为只有这样的迷宫才能让国王放心。"我在唯一正确的道路上埋设了一条彩色的线，而这条线，只有用冥河边上的砾石磨成的镜子才能看到，而这面镜子掌握在国王的手中。没有镜子，谁也不可能从迷宫里走出去"，他对儿子说，"我们一旦离开出现在外面，也就是自己的死期，国王不能容忍我设计一个有漏洞的、设计者可能进退自如的迷宫。……如果我们在迷宫里死去，弥诺斯国王就会一个人住进迷宫里，只有在需要出现的时候才会在他的王宫里出现。"小说叙事时而回到神话本身，时而进行故意地偏离或曲解，以便让故事发生讽喻性的转义。

被重新书写的神话寓意出现了——"克里特的迷宫将成为奇迹，它困住了它的建造者。" 寓言通常是一个可以重复发生的故事原型，而神话则是一再重演的历史。在李浩对神话的重写中，权力的象征并未发生根本改变，迷宫在李浩的笔下却发生了历史叙述的转义，迷宫成为一部统治机器的隐喻。而对于寓言的读者来说，代达罗斯是一个代数，这个名字可以代入很多人，如被囚禁的葛兰西，流亡的并被谋杀的托洛茨基，瞿秋白或胡风，还有一长串我们熟悉或逐渐被淡忘的赫赫有名的大人物们，当然也有一些数不清的小人物，如没有长出翅膀即飞向楼下的郭沫若之子，这些名字在某种程度上依然是对禁忌的冒犯……代数带来的将会是一份漫长的名单，随你怎么理解一个寓言而改变或增删，他们都见证了一个神话故事的历史变形记，但有一点是相同的，这些人都是杰出的或笨拙的政治艺术家，他们都在某种程度上参与建造了体制性迷宫。

在小说的结尾，"会飞的父亲"用羽毛和蜂蜡制作了两副翅膀，以便他们一起逃离迷宫，这里李浩再次使叙事发生了转义，以"曲解神话"的方式让飞得太靠近太阳而死去的儿子变成一种现代讽喻："我承认我是一个怯懦的人，我承认自己惧怕——惧怕国王们也惧怕这个父亲，即使在新生活里，我也不得不被他们笼罩，迫于这样或者迫于那样——母亲说的没错，他，本质上是可怕的噩梦，这样的噩梦我不想再做。"如果人们在郭世英的日记中发现了这一隐秘心声，似乎也不是一个神话。

读完小说，得承认李浩对神话的改写相当成功，古老陌异的希腊神话故事被赋予了历史性寓意，神话变成了讽喻性的现代寓言。然而我还是要回到最初的疑问，或修正一下这个疑问，那就是对神话的重新书写是否可以发掘民族语言中的神话、传说与历史文献？这样至少能够减少经验上的疏离感，增加阅读上的共感或亲和力。我知道卡尔维诺在他的备忘录里把"轻逸"这一属性赋予他理想的文学，他也使用了忒休斯须借助镜子、既不直面魔怪又能够砍下它的头颅这一神话，即不被沉重的现实击败又能够掌握现实。借助某种神话或寓言固然能够更"轻盈"地处理历史与现实，然而毕竟减轻了直面现实的那种沉重感，那些无法向神话或寓言转换的历史痛感。与神话叙事的可重复性相反，与寓言的代数性质相反，那是一些不可重复的个体生命，他们曾经生活在现代政治艺术家们建造的迷宫中，比如古拉格或夹边沟。

04 視野

　　刘恪，湖南岳阳人。著有长篇小说《城与市》《蓝色雨季》及代表作《红帆船》，理论专著《词语诗学》《现代小说技巧讲堂》《先锋小说技巧讲堂》《中国现代小说语言史》《现代小说语言美学》等。现为河南大学文学院教授。

用寓言的方法，重塑新的世界

刘恪

一

世界寓言写作最早源头无疑是古希腊的《伊索寓言》，最早时间大约在公元前 500 年左右，以雅典为中心，当然也搜集有他国的寓言故事。这些寓言的主要形象是动物、植物和人，总共 357 则。文本形式，先讲一个形象生动的故事，然后揭示其间故事所蕴含的道理，基本上是一种正文和附文结构形式。

古代伊索寓言是存在的，但数量难以准确统计，因为亚里士多德和喜剧家阿里斯托芬（《黄蜂的故事》）均分头引用过。那个时代女诗人萨福的弟弟和希腊名妓杜丽佳出双入对，萨福愤怒时，就引用寓言内容，以诗的方式讽刺。最早据说仅 100 则，后世不停增删，多达 300 则。

如何评价寓言的性质，恐怕简单地用"惩恶扬善"的道德判断还不够。寓言的典型形式应该是用拟人的方法说一个动物的故事，而这个故事"只是图解普通观念最直接的形式。"所以柯勒律治说，"一则寓言只不过是把抽象观念转换成图画的语言，这一语言不过是感觉对象的一种抽象化。"（《政治家手册》）"寓言可以有两重意义，有时它包括寓言，在另外的情况下它又与寓言有所区别。寓言——这是比较短小比较简单的寓言形式（这时候第一种理解是正确的），然而那个不是寓言的东西才是寓言本身。"[1]这告诉我们寓言分两种：寓意与寓言，而《伊索寓言》正好把二者分开为正副文本方式，此后历史上的寓言只把寓言形象作为叙述体，并不刻意地标明寓意。

这样确定的寓言体故事有如下特征：其一，以客观事物为拟人法讲叙；其二，寓言是感性的故事，寓意是理性的普遍真理；其三，有神话元素是亦庄亦谐的讲述风格；其四，有一个讽喻的道理与劝诫方式，隐喻人生应该注意的安全措施。这种寓言体故事与中国古代的寓言真是惊人的吻合，并使之发展为一种传奇小说。

中国最早的寓言应该是庄子创作的，除了他刻意标明的寓言十九篇以外，他一生著作用于寓言劝导的有200多则，那些经典寓言依然为国人耳熟能详：《庖丁解牛》说养生之理；《大鹏御风》说自由；《匠石运斤》说感逢知遇之言；《佝偻承蜩》喻专心致志；《蜗角触蛮》喻诸侯战争；《得鱼忘筌》《得兔忘蹄》讽喻了表面的东西而忘了深意。更难能可贵的是庄子对寓言在理论上坚持了自己的说法，"籍以外论之""与己同则应，不与己同则反。""以寓言为广"假托外人来说，可以推广道理。表明寓言是虚拟他人他物之言语来说理，与之同理便可取信，与之不同则不要理会，人们习惯于以自我为是非标准而论之，这是主观的，所以庄子不随人观物，故自有所见。寓言只要把理讲清便可取信于人。

孔子说："诗，可以兴，可以观，可以群，可以怨。迩之事父，远之事君，多识于鸟兽草木之名。"（《论语·阳货》）这是最著名的儒家诗论观。其中"兴"与"怨"就是寓言的手法，可见寓言最早起于诗，为作诗的方法。用现在的话说，学会用比喻句。

"兴"，"起也"、"引譬连类"，指由诗的喻象引起联想从而说明修身的道理。这是标准的比喻。"怨"指"怨刺上政"，比喻中含有讽喻，有警世作用。小而言之是告诉我们如何写比喻句，大而言之是创造一个寓言告诉世人普通的道理。寓言就是扩大了的比喻句，把《伊索寓言》和庄子寓言

---

[1] 柯勒律治：《寓意》，载《准则与尺度》，北京出版社，2003年版，第51页。

对照看，古今中外无不如此，可见我们的寓言从《诗经》和庄子就开始了。

这样索源式看寓言发现它走了两条道路是一点也不奇怪了，一条由史传入叙事，如《伊索寓言》《天路历程》《古镜记》《枕中记》《南柯太守传》等；另一条，罗马诗人菲德鲁斯的《寓言集》五卷，以及《尼伯龙根之歌》《列那狐传奇》《玫瑰传奇》《坎特伯雷故事集》《神曲》。需要说明的是，《罗兰之歌》作为英雄史诗，《尼伯龙根之歌》作为史诗，并不像传统寓言那样，用故事对衬性说理。其庞大的结构、人物的命运、历史的结局就含有寓言性质，这对于现代寓言形态及结构影响巨大。

如果强调寓言形象，那么寓言走的是神话、童话的途径；如果强调故事元素，则走了历史和传奇特色；如果强调寓意，传世喻人，旨在说教，则是一种理性形式，也就是我们要调动寓言的一切元素来反思社会和人生，那么寓言走上了社会政治的道路。

现代寓言发挥了寓意这一维度的元素，刻意扩大讽刺批判的力量，现代寓言成了一切文本的必要元素，不仅是方法，也是内容和目的。寓言成为存在主义的底盘，而存在主义让寓言真正发扬光大。观念寓言里的人物象征抽象的概念，故事情节用于传达训诲、阐明论点。[2]

如果我们从性质来看待现代寓言文本，那么《城堡》便可视为寓言小说，《西西弗斯神话》便可视为寓言散文，《等待戈多》便可视为寓言戏剧，《恶之花》便可视为寓言诗歌。这样判断似乎和古代寓言风马牛不相及。因此判断现代文本主要从寓言性去认识，而且离不开现代性审美判断。不能简单从形象的猪狗鱼羊，和寓言的劝人醒世作用来衡量。借此来反观古典和现代寓言的特征会更清晰一些。

二

"黄粱美梦"正符合了"人生如梦"的理念。这故事最早在《搜神记》里就有，《幽明录》中更接近。梦境即理想。"梦是愿望的达成"。梦幻写作是一种方法。

---

2 艾布拉姆斯：《欧美文学术语词典》（朱金鹏译），北京大学出版社，1990年版，第7页。

西方也主要采用梦幻方式写寓言,《玫瑰传奇》开篇,一个年轻的贵族诗人进入梦乡,见到景色宜人的花园,园中一棵艳丽的玫瑰,诗人便爱上了他。《天路历程》中,"我"到了一个洞穴,躺下睡觉做了一个梦。《神曲》开始,"我"在森林中迷了路,野兽挡住了路,贝阿特丽切引导"我"游历地狱、炼狱、天堂。(另一种进入梦境的方式。)

梦幻是中世纪文学的经典形式,特别为寓言体所用。为什么采用梦幻式?其一,梦幻式标明了故事形象是非现实的,不是指客观对象的真实性;其二,梦幻表达的正是未曾达到而希望达到的,形式和内容具有的矛盾性,这是可以达到的最高道德典范,由此可见形式与内容之间应该具有张力;其三,梦幻所指的是一种表象,目的在于观念寓意的实现,从这个侧面看寓言,它又是一种理性写作——教育人,引导人生,或者说是认识世界。

中世纪以前,寓言的梦幻体是以明确方式出现的,可以作为我们识别寓言文本的一个标志。现代社会寓言则抛开了这种笨拙的形式感,动物与植物不作为寓言的主要形式,寓意也不能是一句明确无误的人生哲理,而是要隐晦曲折得多。寓言成为了现代社会分崩离析,无意义社会历史命运的写照,成为社会最高的理性形式,具有认知功能,特别经第一、二次世界大战以后,人的存在本质上是痛苦而荒诞的,所以荒谬既是它的形式,又是它的主题。当对象在忧郁的注视的笼罩下变成寓言,当生命从中涌出,对象本身就落在后面,死去了。换句话说,对象自身不能把任何意义投射到自己身上,只能接受寓言者愿意借给它的意义。本雅明说:"事实内涵不是心理意义,而是本体意义上的。"在他手里,问题之中的事物变成了另外的东西,说着另外的事情,成为打开一个隐蔽王国的知识钥匙。"这表明了寄喻的文字性质。寄喻是一个模式,作为模式他又是认知的对象。"[3]

为什么中世纪的典型的"梦幻体"(Dreamvision)寓言创作方式变成了现代的荒诞派形式(Absurd of Form)呢?最根本的原因在于现代社会中个人对标准价值观的反叛。在传统社会的核心观念中,人是存在的理性的动物。在一个秩序社会里建立起人性的基本道德观,个人赖以生存的世界环境基本

---

3 瓦尔特·本雅明:《德意志悲苦剧的起源》(李双志、苏伟译),北京师范大学出版社,2013年版,第222页。

是可知可控的，个人有起码的社会尊严和价值，敢于担当和负责任，规劝在价值维度下对社会有起码的贡献。说白了，人是可以讲理的。而现代社会，价值失范、道德沦丧，每个人都找不到自己的位置，没有固定不变的人类真理或者标准的价值观，物质极度膨胀，已将人们异化，于是，就像《西西弗斯神话》里的寓言那样，存在就是痛苦而荒谬的。人的存在都没意义了，我们还讲道理干什么呢？所以传统的寓言写作绝不可以继续。我们对社会寓言、人生寓言是本质上的、整体的，而不是心理学上的感受。这就是说古典的寓言写作，对象是客体，寓意是主题租借的，二者分开立论；现代社会寓言，对象是客体主体化，寓意和对象是不分的，因此是整体性的，这也是本质规定了的。

<h1 style="text-align:center">三</h1>

现在我们讨论为什么可以有寓言，也就是说为什么寓寄可以成功。

首先我们要建立一条万物相通的原则，只有相通才可以寓寄，不相通怎么可以寓言呢？第一，我们必须了解"万物有灵"的观念，而且它是寓言世界的普遍准则。寓言都是以有灵性的动物、植物为对象。相信事物之间有感应。除了相信万物有灵之外，我们还必须有一套联系事物的方式，以唤起有灵的感应，或者采用某种方式进入有灵。"狐狸"有灵是普遍方式，无论是在《列那狐传奇》还是在《聊斋志异》里，它们都深通人性。即使是现代寓言，也是相信事物彼此是相通的，即通感、共通的情绪。世界是整体性的，此处发生的彼处也一定发生。宿命并不在一个事物上发生，或许是人类共同的命运。难道只有但丁经过地狱、炼狱么，人类共同承担痛苦。寓言性是普遍的共同存在。第二，寓言仅有共同存在的基础还不够，还必须找到它的沟通方法，这个方式是建立在互相指认的基础上的。歌德说，对于东方人来说，万物互相隐指。什么叫互相隐指呢？也就是事物之间可以指称和替代。这既是一种证明，又是一种象征代表。所以相互之间就可以比喻，比喻就是寓言的最基本结构。歌德对诗歌的本质理解就是，诗本质上是比喻的。在歌德时代，所有艺术都可以理解为被寓言所支配。他还提出一个新见解——这种比喻又是

摄影／于坚作品
大理，在田野间工作的农人

一种创造性的错误。这表明所有事物之间，或者形象与寓意之间，都不能绝对精确对位，而应该在相互之间产生偏移才最有意义。真正的一对一的精确，我们只能作为数学上的理解，没有绝对一对一的比喻，这是因为我们要提供想象空间，或者扩展事物更丰富的张力。我们可以拿玫瑰说爱情、芙蓉比美人，但我们不能拿香奈儿五号比香奈儿四号，这不仅没有寓言，连比喻也消失了，这说明事物自身的种类不能够成比喻和寓言，必须要建立在事物之间相似又不雷同的基础上。所以事物之间的相互隐指是约定的、相似的，可以理解为整体上的一致性，而具体事物之间又有差异。第三，寓言可以在一个十字坐标的总原则之后发挥隐在的作用，其语义可以沿四周扩散发展，所以它又分

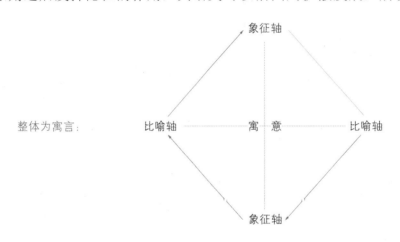

整体为寓言：

头借助了隐喻和象征。首先我们注意单纯的模仿不是寓言，模仿讲究事物细节的真实，依样画葫芦。一对一的写真只能提供事物的真实性，事物自身的真实不能寓言事物自身，那样会是同义反复。寓言要超出于自身之外，它要有溢出自身的东西，所以我们模仿事物之时要特别注意，我提出一个词比较合适寓言，那就是想象性模仿，我模仿的是想象中的事物而不是某种实物经验。歌德认为特殊事物只作为普遍的一个例子，这是寓言。而象征则是诗的本质，表现的是特殊事物，并不意指联想到的普遍性。寓言是把某类现象转换成一个概念，也就是借话说话，"意"在另外。通常寓言表达又把概念转换成某意象，这样某概念始终控制在意象之内。我们比较一下：比喻，是具体事物的参照，在句子的内部，而且是明喻。隐喻只陈述寓象，并不把寓意说出来，

故意模糊寓意，显得有些隐晦生涩。寓言里寓象和寓意都是明确的，但仍在互相隐指之中。西西弗斯把石头推上山是一个象征又是一个比喻，开始、过程和结果构成文本的结构关系，有了寓言的整体性，如果放在存在的终极意义上看，这则寓言又是象征的。《城堡》又是另一则西西弗斯神话，布洛德认为"它是上帝恩典的一个譬喻。"但它也是现代人孤独的象征。在喻象与喻意中保持某种同一性，只有当测量员受约而来又不得入其内，个人与社会构成的冲突不可和解时，城堡便成了现代寓言。K为了进城堡力竭而死，允许进入城堡的命令却下达了。这种寓言结构也可以理解为象征性的，于是就有了解释学的复杂：本雅明看成文字冲突；阿多诺认为是未来世界之预言；艾姆里希则把它作为一个教育典型；韦伯认为它是官僚形而上的文学翻版。或者这仅是一个现代社会游戏。第四，我们除了理解现代寓言是本体论的，而作为整体象征，还应该特别注意现代寓言是结构性的构成。它的结构性构成，一方面寓言内部各要素是关联性的，每一个话语轴是相互发生作用的。另一方面现代寓言有一些特别的结构模型，例如迷宫性的、悖论性的、象征性的、矛盾性的、领悟性的，或者永无休止的等待。《城堡》便是典型的悖论性，城堡可以有路径进去，我也让你进，可是就是进不来。博尔赫斯的《交叉花园的小径》便是迷宫性的，个人置身于其中总是找不到出路。《地洞》则是象征性的。那些反乌托邦式的长篇也是象征性的。我们还可说一种结构是隐喻性的。《红楼梦》，我们指其顽石作为象征，贾府的兴衰史是以其抄家结局作为象征，可以隐喻地理解为一个社会衰亡史。《西游记》里唐僧、悟空师徒经过了九九八十一次磨难最终获得了成功，这应视为双重的结构关系——象征隐喻性的。第五，寓言有其古老的原型，我们可以判断它与神话的关联，与神灵、与魔幻的关联，所以无论古典的或现代的寓言都有其神秘性，有一些逻辑不可解的东西，所以寓言不必求终极的解，或者不必求精确的解，保持寓言内部的神秘性，使寓言更具有力量，特别是现代寓言。

还有一点我们要讨论的，即现代寓言是整体的，结局是我们所共知的，例如存在主义的寓言既然已经规定了人是痛苦而荒谬的，无论社会与人都是没有出路的，那么我们的文本写作还有什么意义？或者说，我们对后果的期待已经荡然无存，写作自身的魅力何在？这正好为我们如何突破文本的难度提供了可写性。迫使我们在人物、故事内部提供写作的曲折性。萨特的《恶心》和《墙》是这方面的绝品，在一个特定的不可写的结构内找出可写性，而且是精彩纷呈。例如，死亡、荒谬、恶心感都是人们的必然归宿，一个人面临死亡就像面对一面墙，还有什么可说的呢？可是他偏偏写出了死亡的荒诞性，把笔头转向面对死亡的恐惧感，而这种恐惧又是多元的。"死亡是一个纯粹的事实"，"他从外面来到里面"，来到我们身边，我们又把"它变成了外面"。这种死亡的辩证法，我们几乎再无法拓展其深度了。在《墙》中，死亡好像每时每刻都拎着人们的头发，把一种死亡写得如同从字里行间浸出来的，让死亡的寒意贴着人们的皮肤，成为挥之不去的梦，于是明白死亡是一种宿命：我们必死。盯着死便很难有可写性，他在《墙》、在《恶心》中写纯粹偶然的力量，写对待死亡的不同方式与态度。既然死亡不是一种正义，我们干脆把它的荒诞感写透。可见在确凿无疑的地方我们仍然可以表现出多种可能性。

四

国外的寓言写作经过了两种传统：一种诗歌的传统，一种史诗的传统。诗歌的传统有这样一些代表作：《梅利格警言诗》（前 140 年）、《变形记》（前 43 年）、《列那狐传奇》（1100 年）、《玫瑰传奇》（1250 年）、《坎特伯雷故事集》（1400 年）、《被解放的耶路撒冷》（1584 年）、《胜利》（1362 年）、《仙后》（1590 年）、《失乐园》（1667 年）、《寓言诗》（1668 年）、《押沙龙与阿琪朵菲尔》（1681 年）、《夺发记》（1712 年）、《浮士德》（1790 年），这是一条欧洲传统的寓言体诗歌发展线索，到了 19 世纪，现代理念悄然介入，波德莱尔作为古典诗歌最后一人，又是现代诗歌最初的一位，1857 年出版了《恶之花》，可以视为现代巴黎社会的寓言。1922 年，艾略特的《荒原》更可以看成是现代人的精神寓言。1942 年的《四个四重奏》，也可以理解为哲理寓言诗。

另一线索给我们提供的小说样板，自《伊索寓言》（前 500 年）开始，《金驴记》（157 年）、《十日谈》（1353 年）、《巨人传》（1535 年）、《浮士德博士》（1587 年）、《堂吉诃德》（1602 年）、《警世典范小说集》（1613

年）、《天路历程》（1684 年）、《鲁宾孙漂流记》（1719 年）、《格列佛游记》（1726 年）、《寓言》（1806 年）、《我们》（1920 年）、《城堡》（1922 年）、《美妙的新世界》（1931 年）、《恶心》（1938 年）、《局外人》（1940 年）、《动物农场》（1945 年）、《1984》（1948 年）、《切文古尔镇》（1926 年）、《当代寓言故事》（1930 年）、《老人与海》（1952 年）、《蝇王》（1954 年）、《铁皮鼓》（1959 年）、《礼拜五——太平洋上的灵薄狱》（1967 年）、《黑暗的左手》（1969 年）、《巨人》（1973 年）、《鲸群离去》（1977 年）、《未见过大海的人》（1978 年）、《2084》（2015 年）等作为寓言小说的写作，在欧洲比较明确。第一类是古典的传统寓言，以《天路历程》为代表；第二类是作为存在主义方式的寓言，以《恶心》《局外人》，还有卡夫卡的《地洞》《城堡》等为代表；第三类以乌托邦幻想为基础，《美妙的新世界》《我们》《1984》等三部都是反乌托邦小说；第四类指新寓言派小说，代表有《礼拜五》《巨人》等；第五类指大量的科幻小说或者穿越小说，主要代表有《黑暗的左手》；第六类指纯粹幻想性的，但不包括科幻，如博尔赫斯的以迷宫为中心的小说，寓意人类没有出路，或者事物是不可解的。这条线索有两本极为关键的书：一本是莫尔的《乌托邦》（1504 年），另一本是《蜜蜂的寓言》（1723 年），这两本书提供了寓言写作的理论基础，即人类本性与社会性质均有多种可能性。

　　寓言是提供人与社会本性的多种可能性的说明，劝诫人性与社会顺应理性的导向。古典寓言告诉人们，应向前看，应积极地看问题，而现代寓言却向人们揭出社会与人性的多种出乎意料的可能性，走向一种绝望的明理。特别是《蜜蜂的寓言》，让人类社会看到某种不可能的可能。这部书是一个复杂的组合：首先，它是一首长诗，蜜蜂勤劳、自私的劳动，井然有序地制造了蜜蜂社会，生产出了最好的甜蜜，这一立意在于阐明，私人的恶德却创造了公众的利益，自私成就了经济的繁荣。其次，是评论部分，从社会学角度把全部蜜蜂诗逐句阐释，比较蜜蜂和人的社会，从人类社会生活的细部说明一切恶德怎样产生。第三部分，便是社会学的理论分析，比较美德与恶德，揭示美德所具有的问题，最后的结论是，私人的恶德若经过老练政治家的管理，可能转变为公众的利益。第四部分，霍拉修与克列澳门尼斯的对话，讨论人

摄影 / 于坚作品
高原上的一棵树

性是一种社会动物。六次谈话广泛涉及人性以及社会问题的各个层面和议题。一切美德都源于这种利己之心，看起来是一个荒诞的命题，而论述却非常有理。这给寓言理论一种新的视角和思考，曼德维尔借助寓言研究，说明国家普遍繁荣、人民安享幸福，应该要顺应自私自利的本性才能得到实现。所有的诚实里都会混杂有邪恶，这种邪恶只有通过社会经济更大的发展来纠正才行。这迫使我们重新思索寓言真理观。

　　在寓言写作中我们要特别注意几个人的文本，卡夫卡、萨特、加缪、扎米亚京、奥威尔、戈尔丁、克莱齐奥。另外有一个法国年轻人有寓言写作倾向，他叫洛朗·戈德，其作品有《终于大地》《橄榄林的微笑》《斯科塔的太阳》《宗戈国王之死》等。我们先说克莱齐奥，23岁便出版了一本小说《诉讼笔录》，这部小说奠定他的位置，《诉讼笔录》写一位叫亚当·波洛的精神病患者没有目的的闲逛，特别注意着别人所不看的事物，也隔断了和别人的联系，都市流浪变为一种生活方式。波洛的"看"和洛丁根一样是无意义地观察，都市里一切都机械地滑动。一方面是原始化的，即现代社会里原始生活化。另一方面人降格为物，抽空人的性格，事物也不具有意义，一切物都是平等平衡的。他的视觉文本化，各种文体都以原样的方式进入。句子内部既是感觉的动态，又是断裂的碎片化，这种视觉中的世界不是现实而是主观化的选择。人的存在也不过就是现代社会中一个寓言，但并不充满意义。他说："作家是寓言的制造者，他的世界不是产生于现实的幻想中，而是产生于幻想的现实中。"实际这都是现代世界制造的幻觉。《未见过大海的人》是一个短篇小说，一个中学生离家出走，要看一看阿拉伯故事中描写的大海，大海果然神奇，大海被人格化、理念化，寓示着人类不喜欢自身的社会生活，向往着大海的自由。大海是另一种生活的召唤。《巨人》也是以寓言方式表现人类现代社会，伊佩尔波利超市就是巨人，以它的物的视觉观察一切。语言、机器、安宁、瓦瑞欧姆都是并行的主人，波果作为哑巴也可以自述，巨人不用词语说话但它是思想的主人，洞悉现代社会的一切。克莱齐奥还有一些重要作品：《沙漠》《战争》《飚车》《流浪的星星》《脚的故事》。

　　现在谈谈扎米亚京的《我们》，小说采用一种预叙方式，讲述千年以后我们的社会，我们人类。泰勒法制的社会体制浸透于一切社会细节，全部社会都统一化、机械化，同质同形，每个人都是过着同样的生活，彼此一模一样。我们逃脱不了同质化，一切都不可能进步变化。文本是一个社会整体寓言，采用了象征、隐喻、幻想、荒诞、意识流等手法，特别强化了属于身体的感觉化描写，作者非常注意特殊化感觉，所有事物都在感觉中幻化，所有声、光、色、味都是主观感受，而且充分让这种感觉附着于具体的物象，例如钝感、尖刺感，但人物却是符号化的。"I""狄狄""索菲娅""伊万内奇"，消弭性格以后，和"我""你""他"没有本质上的差别。我们共同走向美好社会。扎米亚京的"糜菲"，赫胥黎的"野人"，奥威尔的"无产者"构成了三个反乌托邦的艺术形象，是维护个性自由与人性尊严的代表。赫胥黎的《美妙的新世界》里描绘了用五种方法进行人类新生命的革命，一、取消胎生，主要人工培育生殖；二、潜意识教育，有睡眠与反射刺激方法；三、满足人的一切欲望；四、切断一切历史，统一成都市新的文化；五、大家都选用唆麻的幸福剂，一切都幸福了，社会也就不会有动乱。这就是美妙新世界。列宁娜、琳达不断有新的欲望和追求，同样让世界不安。另外从伯纳、赫姆赫尔兹理想中人看，世界也并不完美。这个寓言提出的是，一切都满足了以后，人是否就幸福了？《一九八四》以温斯顿·史密斯为线索贯穿，人们进入中产阶级过着千篇一律的生活，甚至连行为举止都模式化：礼帽、呢子大衣、黑皮鞋、同款手提箱，连所有人的幸福都是一样的，所有人生活都变好了，可看不到灵魂的鲜活。反乌托邦尽全力写我们的生活如何变得美好，构筑一个共同象征的美好社会，而存在主义寓言写作则尽量指出人类社会所有的荒诞性，阐明人类终结永远是痛苦的、宿命的。社会终将和人性是格格不入的。到底如何理解我们的社会呢？我们希望人类社会好起来，人人都充满美好愿望，然而我们的理想和希望是一回事，我们正面对的现实又是另一回事。我们有希望有理想是对的，但我们也必须面对实践中的邪恶现实。《切文古尔镇》写萨沙·德瓦诺夫考察全省革命政府建设的过程，所有人的乌托邦情怀都像做梦一样，但作者却有自己的社会理想，期望有一个帮助穷汉和乞丐的社会组织，他怀着一种矛盾的情怀，既反对乌托邦，又期待建构某种理想的社会。寓言写作总在探求自己认为正确的、合理的东西，实际有可能就制造了误区。

《蝇王》为戈尔丁的代表作，1954年写成，经历了十年，周游了21家出版社才得以面世，是作者获得诺贝尔文学奖的主要作品。故事讲一个 12 岁的小孩拉尔夫，和一群孩子带一架飞机参加未来核战争，飞机被击落后他们掉在一个世外桃源，刚开始同心同德，后来分裂为两派：本能专制派和理智民主派，表述一种文明和野蛮的冲突。苍蝇之王为万恶之首，取意为兽性对人性的征服，人性的黑暗也在于人性中有兽性的潜伏，使这个文本成为哲学寓言式小说。诺贝尔文学奖评奖词中说："他的小说用明晰的现实主义的叙述艺术和多样的具有普遍意义的神话，阐明了当今世界人类的状态。"人类自身是如何把乐园变成一个屠宰场的，这种启示意义够有普遍性了。《黑暗的左手》是一部极有意味的"思维实验"著作。故事发生在 1491 年的另一个星球，一个使者被派到雌雄同体者居住的星球上，去促进他们的和平与贸易，但在那里，性别是一种模糊的状态，时间也是错位的，作品主张我们有性别的人去爱雌雄同体者。小说还启示如下思想：一切事情都是我们无法预知的，所以思维根本是无用的，这就是人存在的基础。

　　我大致对世界寓言小说从古典到现代作了一个说明，对后现代的寓言小说却缺少说明。这里有一个极好的例子，就是巴塞尔姆的《白雪公主》，这是对一个经典童话采用了颠覆与解构的策略，企图在原有意象上增加新的意象。这种增加是代替，表明寓言的意义就是篡改与取代，就是补充。这和过去的寓言不一样，现代以前的寓言是文本在一个纵向发展的链条中，一层一层地堆积发展。寓言在当下的写作，其重心死亡：寓言文本的结构性处理，或者各种文本中寓言性的经营与策划，让寓意更加模糊抽象，更加象征性地指称。

五

　　中国现代的寓言写作是尴尬的，没有醒目重头的长篇巨制，新时期中和所有实验先锋小说混同在一起。能够拟出来的文本是有限的，例如王蒙的《杂色》、冯苓植的《驼峰上的爱》、孙犁的《新桃花源》、陈村的《美女岛》、刘心武的《无尽的长廊》、谌容的《减去十岁》、邓刚的《全是真事》、郑义的《老井》、王安忆的《小鲍庄》、宗璞的《蜗居》等文本，这些作品在意识形态叙述中增加了一些荒诞色彩，并不能像西方的寓言小说，有一种严格的体裁观念。

新时期以后，写作倒是强化了文本的寓言性，也就是说文本中具有寓言的结构性，或者在所写作中小说的寓言因素增强，我们也可以视为寓言结构。例如：莫言的《透明的红萝卜》、韩少功的《爸爸爸》、谌容的《大公鸡悲喜剧》、宗璞的《泥沼中的头颅》。莫言和阎连科的写作具有寓言的倾向性，文本的结构形态对当代社会功能有所隐射，有一种较强的隐喻和象征性，但是不是可以称作明确的寓言文体，这倒可以商量。

象征、隐喻、寓言性结构，是在文本中作为技巧的表现，还是文体的深层寓言，需要在具体的语境分析识别。总体来说，当代的小说创作，寓言文体越来越少。一方面，寓言写作是一种深度模式，具有各方面的综合技巧，今天的作者容易避难就易；另一方面，寓言写作的减少与后现代思潮有关，寓言是对特殊语境及状态的深度阐释，而当下，无论个人价值或者社会意义均处在被解构状态，所谓真理都是相对存在的，何必使用寓言呢？

六

寓言写作如何进行下去？这个问题何其重大，没有人敢贸然地预测未来，我们只能根据当下的实际状态来判断。可以肯定的是，当代主流世界与第三世界的矛盾差异造成了地缘政治的冲突，我们姑且叫作民族冲突，被压制一方的"他性"由此建构起来，这就有了自觉不自觉的"民族寓言"写作。

种族"他性"是如何被建构的呢？"他性"是指人性中其他的、非人的、野蛮的，同时又是解释民族同一性所必需的要素。种族中"他者"身份的不确定性，造成了紧张与不安，种族的"他性"便会在这种压制和危险不安中产生反抗与破坏，最终表现为一种强烈的斗争性。反映不同地缘的"他性"民族故事都含有寓言性，西方所说的普遍不变的人性，就可以看成通过对不同种族的"他者"的排斥、边缘化、强迫压制，从而在历史的发展中不断被建构出来。这样就有了民族寓言写作。

第一，主流世界里也存在着民族寓言。为什么呢？因为一个事物是另一个事物的对立面，这就意味着他们是相互依存的。例如白人的价值观、种族态度、优越习惯、人生态度都会针对"他者"而产生。所以民族寓言不仅仅是某个民族才具有的，"他者"是一个世界性的写作问题。

除了上述要素以外，民族寓言的当下写作，还包括以地缘政治和现代性的时间观的普遍性，与地域环境里生态学所产生的问题这一主旨。例如，无论是英、美、法，还是中国、印度都存在着环境污染的大问题；生态灾难、异域风情、不同民族所构成的乌托邦想象，在普世价值下都会具有寓言性，对任何写作者而言，都会有民族地域之外的视角，每个民族成员申述自我价值观，都会参照一个主流的价值体系，个人寓言就因此而产生。这一点是未来语言写作者首要注意的。

第二，我们是用汉语写作的，这就规定了我们民族写作的身份性与地方性。我们在民族区域内展示的是地方性和民族的风俗与习惯，而且我们是用一种民族语言来塑造形象的，这种形象所具的是一种特定的民族心理。

我这里讲的不仅仅是民族寓言的可能性，更重要的是我们如何展示这种富有特色的寓言性的关键所在。我以为最重要的是，要发掘中国传统的持久的意象与稳固的原型，不同民族的寓言必须建立在不同民族的原型思维与构型之上，这样才使我们的文本在众多民族中保持自身的特点而被区别开。今天的媒介网络时代让人误判了一种可能——我们完全可以从网络写作伸向对景观社会的考查，完全可以在国际视野内写作，民族寓言还存在吗？这是一种揪着自己头发想离开地球的想法。语言、地方、思维、心理，是你出生时就规定了的，因而民族原型是我们任何时候都不能忽略的，只有我们在自身的地域内构造具有民族特征的原型，才可能产生伟大的民族寓言杰作。原型是人类社会在始初状态给我们日常生活和事物的一种精神投影，然后一代代传承为一种思维、一种审美、一种习惯、一种精神信仰。它一般表现为固化的状态。例如《红楼梦》中的顽石，《西游记》中的通灵神猴，《聊斋志异》中凄美而善良的狐狸。说白了，寓言必须有寄托物，而寄托物必须是中国式原型，只有这样的文本才有永恒的魅力。

第三，关于寓言文本的写作与构成。中国的寓言文本起点很高，最杰出的莫过于庄子寓言。《山海经》虽不是标准的寓言，但它提供了中国式寓言的一种伟大的源流，《聊斋志异》又把寓言文本推到了一个异乎寻常的高度，但这都是传统寓言文本，离不开用动物故事写人及人生的寓言，这不能算对寓言的本体认识。我们要构筑新寓言派的写作，必须要建立文本特征。我现在不能确定哪一种寓言就是典范性文本，因为它还没有出现，但我们能肯定它必须具有哪些要素：其一，它必定是一种隐与显的双重文本，显文本是叙述故事的一部分，隐文本是潜藏在显文本内的，一种寓的线索，一种"言"的话语阐释，一种故意为隐而隐的暗示。所以显与隐的文本都会顾左右而言其他。其二，寓言文本必定是修辞性的，从寓言策略而言，它忌讳明言明说，使它有隐晦含蓄的风格，所以文本的修辞性是必不可少的。其三，寓言文本是一种智性写作，故事可以传统也可以新潮，有一些极不合乎常规的，文本要塑造一个没有的有。这什么意思呢？就是说寓言作为真实的客体对象可能不存在，但在文本的艺术世界，或构成的艺术形象，又是异常真实的，是让人相信的存在。构成寓言故事内蕴的是一种极为强大的理性力量，作者必须具有一种思想史的认知能力，有一种重新塑造世界的能力。因而新的寓言写作不仅仅是一种生活的启示、人性的启示，还应该是一种新的社会生活的启示与哲理的启示。其四，寓言是一种艺术的检验能力。按让·贝西埃的理解，一切当代小说的内部都不可能避免一种重言式，这意味着小说内部的一切元素，一方面是相关联的，另一方面是彼此隐指的。形象上的多重影像、结构上的多元平行，凡文本内的二重性或多重性均是一种结构重言。或语言、或形象、或结构都是互相隐指的重言式书写。"我们处在完全与独特性和范式性之二重性的瓶颈相混合的重言式中[4]"，而任何一种二元以上的设置与关联都可以彼此理解为一种极端性的寓意化，可证明当代性的文本展示都具有某种寓言性。值得注意的是寓言性不能滥用，不要动不动就玄幻、穿越、科技、童话、乌托邦，因为寓言是一种理性、高智商的写作，这就告诉我们寓言不能愚偶化，而是一种深度的、模式的对世界的重新塑造。自后现代以来，当代性文本所包含的寓言性，应该和今天的高科技有惊人的同步关系。寓言式写作不仅仅是一种简单的方法，更是人类在新环境里的能力，这种能力既是认知能力，也是一种艺术的检测能力。

4　贝西埃：《当代小说或世界的问题性》（史忠义译），北京大学出版社，2012年版，第205页。

严前海，博士，教授。有叙事作品《绝美时代》《欲火》《伤》《愤怒的爱情》《我的名字叫上帝》，有学术著作《影视文学批评学》《电视剧艺术形态》《影视见证》《戏剧：迷欲与诗意》等。

诺贝尔文学奖作品与电影：
政治、人性与神话

严前海

一、引言

尽管有托尔斯泰、易卜生、乔伊斯、普鲁斯特、卡夫卡、纳博科夫等等这样超一流的文学天才没能与诺贝尔文学奖结下奖缘（以下"诺奖"一词专指此文学奖），不过诺奖所建立起来的文学景观依然可以视为自二十世纪至今人类文学的一块了不起的高地，再说诺奖确也不是最顶尖文学的竞争猎场，它更多的时候是均衡考量与价值诉求的结果。

电影的商业特性一直是它的基因，虽然有的导演并不为票房而拍摄，这与他们内在的追求即拍出优秀的电影继而让更多的人进入影院享受高质量的声像艺术并不矛盾。对这些导演来说如果为票房而拍摄，那当然必须牺牲电影的艺术性，至少必须牺牲电影精神上的异度空间，即那种超越于庸常思想与惯性需求的意识形态，而精神异度空间的表达，很可能是这些导演所追求并认为从事电影创作的真正价值和乐趣所在。强调电影的艺术性，既体现在精神异度空间的构建或者承继上（如对杰出文学作品的重新演绎），也体现在表现手法的创新或者特殊意味中。这样的电影，从那些超凡脱俗的文学作品中找到资源，当然是最便捷不过。获得诺贝尔文学奖的作家一般而言是此类文学的代表，这自然包括了获奖作者的诸多作品。

这不是说电影势利到非要等某个作家获奖了，然后再去拍摄他的相关作品。电影对优秀文学作品相当敏感，同时，会以自我利益的眼光估量哪些作品适合或可以拍摄成电影，哪些作品几乎只能敬而远之或引不起丝毫的兴趣。事实上，导演或者制片方对文学作品的判断力总是变化不定的，没有非此即彼的标准，只是他们在文学作品的电影化方面有他们自己的认知，而这也体现在已经成名的作家虽然尚未获得诺奖，但电影导演已经先期盯上了他们的作品，并在这些作品里或发现潜在的商业价值或觉得这是一个好的电影题材，值得为此转化成影像，让更多的人从中体会到人类非商业电影所能涵括的复杂内容。

以中国作家莫言为例，在他获得诺奖之前，他的《红高粱家族》《师傅越来越幽默》《白狗秋千架》《白棉花》《姑奶奶披红绸》（分别拍成电影《红高粱》《幸福时光》《暖》《白棉花》《太阳有耳》）倒是拍摄成电影，反之，他获奖之后，特别是那些诺奖评委会认为的他的具有代表性也更为震撼的作品反而不为电影所青睐。从世界范围来说，这样的作家就数目可观了。2013年，好莱坞得知爱丽丝·门罗获奖后，各影业公司纷纷联系门罗，希望从她的作品中得到题材，因为她的小说大都短小，而且关注的又都是小人物们的精神世界，在改编的过程中可以有非常大的发挥空间。其实在她得奖之前，她的多篇作品已经以小成本制作的方式与观众见面。2014获奖者帕特里克·莫迪亚诺写于上世纪七十年代初的小说《拉孔布·吕西安》就被法国著名导演路易·马勒拍成电影（编剧是他们两人），这部电影还是1974年奥斯卡最佳外语片的最后角逐者，差点得奖。路易·马勒因为拍了这部有关二战德占法时期青年"法奸"的故事而触怒了整个法国（电影在影像上同情了法奸，刺痛了法国人在德军占领期间的非光荣作为，为此他不得不逃离法国远奔美国。他也是新浪潮导演中唯一出逃法国的才俊导演）。莫迪亚诺更为知名的作品如《星形广场》《环城大道》却与电影无缘。

电影《暖》。莫言原作的残忍化为霍建起的怅惘失落。

二、契合处：政治性

如果我们不再局限于作家获奖前后他们的作品与电影的互动关系，目光也许更加自由。但在获得这个自由的同时，我们却不得不落入另外一个局限，这就是发现诺奖与电影的高度契合处：政治性。这是诺奖的灵魂。当然诺奖的政治性是有它的价值观为引导，比如，它可以授给以哲学见长的鲁道尔夫·欧肯（1908 年获奖，以下同为获奖年份）、亨利·柏格森（1927）和帕特兰·罗素（1950），但是它不会授给同样以哲学见长的在以后的岁月中被证明比以上几位更有影响的海德格尔，因为他曾经与纳粹合作，并不符合政治的正确性。我们必须厘清的是，这里所说的政治性并非狭义的政治偏见或者特定的意识形态，而是指具有广义性的价值选择倾向，它不一定符合当下带有类型政治的口味，但它一定是与历史的人道思想具有相通处。

不要忘记，1991 年获奖的南非女作家纳丁·戈迪默的小说就已经在 1962 年由丹麦导演 H·卡森拍摄成《抉择》，抨击南非白人政权因种族隔离政策引发的一系列罪恶。当时的约翰内斯堡黑人孩子不准进学校读书，不准进电影院看电影。这部电影的拍摄千辛万苦，许多场景都是在暗中拍摄，以避免南非当局的迫害与惩罚。与此相对照，J·库切（2003）的《耻》发表于 1999 年，2009 年由史蒂夫·雅各布执导，约翰·马尔科维奇主演。小说和电影反映了南非在推翻了白人的种族隔离政策之后，白人在南非遭受到黑人侵略的故事，包括白人教授的女儿受一群黑人青年强奸而无能为力的状况。小说遭到黑人领袖纳尔逊·曼德拉的谴责，电影也概莫能外。真是时过境迁！昨天在政治上正确的群体到了今天却成为笔伐对象和影像反角。由此可看出，诺贝尔文学奖的政治正确大概可以理解为就事论事，而不是以人推事。它的政治性更多地体现为作家在作品中表现出的人道关怀，而并不太注重作家本

电影《耻》。卢里教授既诱奸了学生，他的女儿也遭几个黑人的强奸。

人的政治倾向，比如加西亚·马尔克斯（1982）就是一个左派，中国的莫言还是中共党员，更不要说萨特（1964）一度严重的左倾思想甚至影响了法国的政治思潮、社会运动和世界各地的知识分子。

回顾诺奖作家作品的电影经验，它的政治或带揭露性，或为反思，或为历史。从显克维支（1905）的《你往何处去》（电影《罗宫春色》〔1932〕、《暴君焚城录》〔1951〕、《你往何处去》〔2001〕）开始，克努特·汉姆生（1920）的《饥饿》、高尔斯华绥（1932）的《福尔赛世家》、斯坦贝克（1962）的《愤怒的葡萄》《人鼠之间》、肖洛霍夫的（1965）《静静的顿河》《一个人的遭遇》、亨利希·伯尔（1972）的《丧失名誉的卡塔琳娜·勃鲁姆》、托尼·莫里森（1995）的《紫色》、若泽·萨拉马戈（1998）的《失明症漫记》（电影名为《盲流感》），可以说都是政治倾向坚定的作品。人类公平、正义、和平、安康、幸福的追求一直受挫，也一直未曾停止，这也许是诺奖的最大政治。

萧伯纳（1925）的所有戏剧，大概都可以解读出一定的政治性。《皮克马利翁》（也有翻译为"匹克梅梁"，电影转名为《卖花女》或叫《窈窕淑女》）可以解读为对英国阶层固化的讽刺与挖苦，当然，它是善意与欢快的，《华伦夫人的职业》可以解读为表面光鲜的英国实际上并非光鲜，充斥着不为人知的交易，并没有那么高尚与尊严，同时，也许这就是人类生存的本质，只不过个人与国家一样，都需要一个光亮的外壳罢了。他的《不愉快的戏剧集》《愉快的戏剧集》《为清教徒写的三剧本集》，要么反映资产阶级家庭的瓦解，要么嘲弄英国社会的痼疾，要么愤怒于以英国为代表的帝国主义对他国的无耻侵略。作为费边社成员，萧伯纳本人社会主义倾向还是相当浓厚的。《圣女贞德》是他最重要的作品之一，多个导演将它搬上银幕，如 1925 年卡尔·西奥多·德莱叶导演、玛丽亚·费尔康奈蒂主演的同名电影，1950 年维克多·弗莱明导演、英格丽·褒曼主演的同名电影、1957 年由奥托·普雷明导演、珍·茜宝主演的同名电影，1962 年罗伯特·布列松导演的《圣女贞德的审判》，1999 年吕克·贝松导演、米拉·乔沃维奇、达斯汀·霍夫曼和费·唐纳薇主演的同名电影等。据说在米拉扮演的贞德之前，已经有 41 名演员在各种不同的影像作品中当过贞德（有时并非主角）。在萧伯纳之前，伏尔泰、莎士比亚、席勒、马克·吐温以及法朗士都写过贞德，但是，唯有萧伯纳不是从罗曼的爱情史、感情史方面来刻画她，同样不是将魔鬼、神道等超现实的因素加入创作中，而是将贞德作为一个宗教殉道者的形象来塑造她："虽然她是一个公开声明的、最虔诚的天主教徒，而且是反对胡斯运动的策划人，但她事实上是基督教最早的殉道者之一。她同时也是倡导民族主义的最早的先驱之一。"[1]尽管从电影作品上看 1950 年和 1957 年的版本，直接承接萧伯纳的原作，如 1957 年的电影的编剧有萧伯纳名，但他已于 1950 年去世。不过，当萧伯纳的这部奇作问世之后，所有的导演都不得不面对萧伯纳在他的剧作中的清晰指向：贞德的神启般的天才之力与当时的英国政治势力和欧洲大陆特别是法国宗教势力的对抗。前者使"法兰西"这个词首次具备了强烈的国家与民族色彩，后者则预示了半个世纪后德国马丁·路德开启的宗教改革的内在要求。萧伯纳当然也借贞德来思考那些超越于常人的生命力在历史中的遭遇，由此呈现他们与现实政治、宗教和社会结构的冲突，表达出对人类现实结构的怀疑与挑战。

1930 到 1940 年，美国俄克拉荷马仅有 3 个县位于沙尘暴地区，人口总共仅减少 8762 人[2]（不是死亡是远走他乡）。这个数字与我们在斯坦贝克的《愤怒的葡萄》中所想象的情景也许并不吻合。在这部小说中，也在日后根据它拍成的同名电影中，我们感受到的也许是整个美国都处于这样的不幸之中，不是八千多人，像是八千多万。如此说来，当《愤怒的葡萄》出版后，马尔科姆·考科认为，"《愤怒的葡萄》属于像《汤姆叔叔的小屋》一类的了不起的愤怒之书的范畴"，约瑟夫·沃伦·比奇认为它是"迄今为止我们所生产的在 30 年代被称为无产阶级小说的最好范例"，艾德蒙·威尔逊则说，"斯坦贝克要么是描写低等动物，要么是描写快要沦为动物的发育不全的人……《愤怒的葡萄》字里行间充斥着令人作呕的空话。"[3]真是仁者见仁智者见智了。亨利·方达扮演的汤姆在生活的重重打击下不是向秩序妥协，而是寻找工会组织。哪怕故事发生的情景不是一个普遍现象，但是人物对正义与公平的追

---

1 萧伯纳：《圣女贞德·序言》，见《圣女贞德》，胡仁源、李丽霞译，北京理工大学出版社，2015 年 7 月第一版，第 8 页。
2 R. Douglas Hurt The Dust Bowl: An Agricultural and Social History, P98.
3 方杰：《荣辱兴衰六十年——国外斯坦贝克研究综述》，《外国文学研究》2002 年第 3 期。

求，依然打动人心，虽然它的价值观不被美国主流社会所接受，电影依然被美国影评协会评为最伟大的百部电影之一。

据莫言《红高粱》拍摄的电影是当代电影的巅峰性作品之一。它造就了张艺谋。这部电影表面上是一个风俗性的故事，颠轿、野合、抢劫、尿酒，最后，它跟抗日结合在了一起，使境界增大主题强化，到此风俗成为一种伪装，成为欧洲中心论中迎合性的"他者"。

三、"生活、命运、人性"，通俗之名下的深度

人类生活是一张网。任何一个个体，有如网中的飞虫，有时死于非命，有时死于虚弱与老去，有的死于疾病，当然，有可能大部分都在过日子，不那么悲惨，这要看时代是否造化。这个网上的每一个网眼，如果可以命名的话，有政治之眼，有病症之眼，有横祸之眼，有时代之眼，有历史之眼……从另一思路，又可分为种族之眼、精神之眼、命运之眼、现实之眼、战争之眼……。一个作品的寓意与主题，到底倾向于何方，读者之眼与作者之眼既可大体一致又可南辕北辙。比如海明威（1954）的《永别了，武器》，在发表作品的年代读者与作者当然会更密切地关注战争本身，而现代读者则会有意无意地忽略战争，只是将它作为一个背景，更关注于男女主人公的感情与命运；网眼并非永远定格不变，它虽然不是万花筒那样变化不定，却依然必须从读者的投射之眼和体会之眼里实现它的意义，完成它的接受旅程——一部作品在一个读者那里，都会发生此段旅程与彼段旅程风景的截然不同的经历，更何况世界对作品的接受的丰富与多样。

2002年10月10日，当瑞典文学院将诺奖授给伊姆雷·凯尔泰斯时，没有多少人知道他是谁，没有多少人关注过他的作品。而且，根据他的代表性作品《无命运的人生》（又名《命运无常》）拍摄的同名电影，似乎也没有在这个消费与娱乐时代成为主导力量的电影市场中留下多少印迹、引起多大反响。没错，这部电影是在伊姆雷获奖后的第三年才问世，大部分观众依然并不买诺奖的账。那又怎样？世人匆匆，作品持恒。这部写奥斯维辛集中营

的作品迥然同类题材的魅力在于它并不用控诉的笔法。在这里，它平静地叙述繁重的劳役、拷打的严酷、毒气与火烧、秘密处决与挖膝盖骨，它平静地叙述饥饿感以及它带来的虚弱与死亡，好像这些东西都成为生活的一部分，再正常不过。而超越正常的，可以带来幸福的，是某一次从死亡中逃出的苏醒，是发现阳光照耀在树叶上的颤动，是看见湿润的土地里挣扎着出来的蚯蚓，是对另外一个不知死活的亲人的怀想与祝福。和原作品相比，电影的音乐与场景、拍摄与剪辑，则以感动观众为导向，试图用这些手法来唤起观众的情绪，让他们感同身受，让他们体会到人类在非正常时期的非正常生存与死亡的可怖景观。在导演拉乔斯·科泰看来，电影必须是大众艺术，它要打动观众，而原作中的那种平静坦然的气质却是电影所无法承受。电影与原作的诉求上的异同，不是此文所要探讨的，此文关注的是在这个非常政治化的题材，当它成为艺术事件时，它在去政治化，而回归于人类的可能自《伊利亚特》以来所一直在哼唱的生活与命运的关系。一个人是被投入到生活与命运的河流中的，而不是相反他可以选择飘荡的河流。但是，在这个河流中，他依然可以选择他的灵魂，或者说，他依然可以在这条恶浊的河流中为自己建造出干净与高尚的灵魂。如果他一息尚存，就不必放弃这样的冲动。这个冲动，会给他带来幸福，而不论这幸福可能多么短暂。卑劣的人也会认为自己的生活是快乐的，那不是干净与高尚的灵魂必须全力关注的事。区分于卑劣，体会到艰难中的好时光，引来对世界的爱，这是高尚灵魂所能做的，也是它的宿命。

托马斯·曼（1929）的成名作《布登勃洛克一家》故事本身的电影性先天地高于他的《死于威尼斯》和《魔山》。这篇小说发表于上个世纪初，写的是德国施莱斯韦格－霍尔斯坦州吕贝克城内布登勃洛克家族四代人从1835 年到1877 年兴盛与衰落的故事，被誉为德语文学中第一部具有世界意义的社会小说。虽然后两篇的先锋性要远远高于前者，而且许多推荐读本很少提到《布》，不过对影视业来说，《布》的情节之跌宕起伏具有魔般魅力，所以它六次登上银屏，1979 年德法合作拍摄，声势浩大。2008 年，德国人筹集了1600 万欧元，号召了德国一线明星，雄心勃勃，打造出史诗性巨片。这部电影选址就在故事的发生地：吕贝克城。这部电影极力往商业大片上靠，的确拍得气势磅礴、豪华高雅、色彩斑斓、情节跌宕、声亮音美、线索明朗，整体效果非同凡响。

布家的衰落并非是必然的命运，而是一个经济循环过程的不幸牺牲品而已。小说的好看当然不止于此，它对家族男女情感的叙述，是最令读者激动的篇章：为了家族的利益，主人公们嫁给不想嫁的人，也娶了不想娶的女

电影《布登勃洛克》。安东妮为了家族的利益，不得不下嫁一个糟糕的男人。

人；为了家族的利益，不能成为自己想成为的人；家族内的骗子与家族外的敌人轮番打击；家族成员之间的离心离德和他们的内心冲突。可见，这部作品具有严肃文学中难得的通俗性（重要的是故事情节），因此它至今销量超五百万，影视作品不断，就是力证。

故事与情节的通俗性，是大众理解严肃文学的桥梁，也是电影对此类文学作品投以热情的关键。它在生活与命运的旗帜下可以获得最为广大的受众

群，它远离精神分析、女性主义、结构主义、神话构建、符号解读、语义辨析、解释学、殖民主义与后殖民主义、现代与后现代等学说对作品的异样解读（学术上具有划时代的意义），它要直接打动受众的感官而不是诉诸理性和理念性的概念（这是它肤浅之处），观众要的是温暖的故事，哪怕故事是悲剧性的，也要叙事得惬意或者令人唏嘘，而不要如《俄狄浦斯》那样直面的冷酷与无情。因此，电影将帕斯捷尔纳克（1958）的《日瓦戈医生》拍成电影时，尽量将俄国的内战与政治斗争淡化，而突出两个人的爱情遭遇，海明威的《太阳照样升起》《永别了，武器》的电影拍摄可以将男女之间的感情纠葛放在首位而将悲剧归之于外在的力量，包括他的《丧钟为谁而鸣》突出的是个人英雄主义与男女主人公之间的特殊爱情，并力图避免法西斯的残酷和国际纵队内部倾轧等更为沉重更具时代的内容。赛珍珠（1938）作品《大地》《群芳亭》中对社会破败的描述在电影中化为主人公奋斗的主旋律。无独有偶，莫言的《白狗秋千架》由霍建起在2003年拍成电影时，故事中原来的对农村落后与愚昧的痛述被过滤掉了，代之而起的是优美的画面与抒情的格调和感伤的氛围，那种粗砺的现实批判成为城镇与农村之间隔阂的情感挽歌。

爱丽丝·门罗被称为当代的契诃夫，她没有长篇小说。她是一位默默成长的作家，许多读者是无意中读了她的书才问这个门罗是谁，为什么如此出色。像《熊从山那边来》（电影名《远离她》）《憎恨、友情、求爱、爱情、婚姻》《疯狂边缘》《感情游戏》等，迄今为止门罗已经有不下五部的短篇小说拍成电影，而且多部也在改编中，虽然出品的电影并不十分出色（大部分为小成本，虽然小成本有时并不意味品质难保），但是它们关注的人生的卑微感才常常可以真实地映射出普通人的真实境况，如《熊》，格兰特妻子患上痴呆症，却在养老院中恋上另一男子，这个男子的妻子玛丽安发现真相，将男子接回家，为此格兰特妻子非常痛苦，为了能将男子劝回养老院，让妻子满足，格兰特竟然和玛丽安做起了性交易。在这些故事和电影里不需要象征也不需要超现实，阿尔茨海默症、失亲、失爱、失业、寒酸、势利、性格缺陷、阴暗、虐待等等生活百态，人生是一幅幅夹杂着残酷、冷漠、温情、良善、虚空、寒冷、残骸的图景，它们试图唤醒我们对现实的再度敏感，而非让我们去感激生活，这种态度与库切高度一致，后者的《耻》成为电影后，依然没有改变对人性中深藏的恶的疑惑、人性软弱与贪婪的不安，它是库切对人性不抱希望的影像证明。门罗与库切成为我们这个时代人性的警醒者，不管这些人来自高层还是底层，不管他们接受过或多或少的教育，不管他们的体质强壮还是病弱。

四、象征的超现实寓言体作品的电影经验

现代文学的象征的或者超现实的寓言体写作甚至成为惯例。没有一个有抱负的作家只想在他的作品中复制现实，当作品以一种更具概括性更具包容性的多义与歧义特征出现时，它的喻性便会呈现出来，这就进入神话思维。寓言是一个道理的故事化，而寓言体或神话作品则是一个魔方，它千变万化，指归不明确。寓言是封闭的，寓言体或神话作品是开放的，寓言的形象意义较为单一，寓言体或神话性作品的人物则具有多面性。乔伊斯的《尤利西斯》以大借喻来指代二十世纪初爱尔兰的社会状态，菲兹杰拉德的《了不起的盖茨比》表面上是个爱情悲剧，但当它成为一个神话后，它的象征性便取代了普通谋杀故事，《鼠疫》在写作时就不是要写一个真实的现实故事，虽然它的所有细节都真实可信，《第二十二条军规》更以一种病态般的超现实写法，指喻现代国家机器。二十世纪发生的事太过离奇、残酷与荒诞，有思想的作家在把握这个世界时发现巴尔扎克、托尔斯泰式的描写已经无能为力，世界显示出强烈的超验色彩，故而必须以超验的方式指陈，所以贝克特（1969）的《等待戈多》和尤奈斯库的《秃头歌女》才会显示其极强的艺术真实感。

电影的象征性或者超现实感，虽然在二十世纪初德国的超现实主义电影中已经有所表现，不过它的美术与造型的确太具"超现实"性，因而只能获得形式上的意义，只有到了二十一世纪高科技虚拟艺术进入电影，真实的超现实性或者神话感才得到真正的实现，但这些超现实性的场景大都出现在商业片如《阿凡达》《美国队长》《星球大战：原力觉醒》《指环王》中，真

正将严肃文学中的超现实性或象征性场景表现出来的，少之又少，倒是伟大导演奥逊·威尔斯在他的《卡夫卡》电影中营造的象征性和超现实感是高科技出现之前的典范之作，可惜他没有用这一手法导演获诺奖作品。

伟大的彼得·布鲁克，这位戏剧舞台的天才，在他 1960 年代执导电影《蝇王》时，进行了尝试。《蝇王》发表于 1950 年代中期，是戈尔丁的代表作。1983 年，他主要因此作获诺奖。授奖辞是这样陈述他的文学的：因为他的小说运用了明晰的现实主义的叙述艺术和多样的具有普遍意义的神话，阐明了当今世界人类的状况。

"在一场未来的核战争中，一架飞机带着一群男孩从英国本土飞向南方疏散。飞机被击落，孩子们乘坐的机舱落到一座世外桃源般的、荒无人烟的珊瑚岛上。起初这群孩子齐心协力，后来由于害怕所谓'野兽'分裂成两派，以崇尚本能的专制派压倒了讲究理智的民主派告终。"[4] 这就是小说的故事。加缪（1957）曾说，那些经历过一战，之后"面对着西班牙战争、第二次世界大战和集中营的、受拷打的、被囚禁的欧洲。就是这些人，今天不得不要教育人并且处在原子毁灭威胁下的世界上进行工作。我认为，谁也不能要求他们是温情主义的。"《蝇王》跟加缪的小说一样，不会是温情主义的。

必须为这一切找到一个解释的出口。哪怕无法解释，也要描述出来。于是，戈尔丁想起了寓言。唯有寓言，才负担得起这样的解释和描述，才能在一个简要的故事里将人性的黑暗（嗜血和恐惧）提要出来，文明与野蛮的要点才能突显。说到这里，你要承认作家的气质是不一样的。海明威写战争，从不想什么寓言，诺曼·梅勒写战争，也不在意什么"狗屁寓言"[5]，因为人死的惨状无法上升为"寓言"。但是，戈尔丁无意于那些战斗的细节，无意于海明威如《永别了，武器》《丧钟为谁而鸣》中的那些夹杂着的温情。

荒岛既是一个文学传统，也是一个意象。地球从某个意义上讲，就是一座荒岛，而且是名副其实的宇宙荒岛，人类只是这座荒岛上的岛民而已。但是人类从未真正地好好地相处，相互争夺、陷害、残杀。为什么？在戈尔丁看来，这是"人对自我本性的惊人无知"。人的本性是什么？那就是，人的

4　威廉·戈尔丁：《蝇王》，龚志成译，上海译文出版社 2014 年 3 月，第 3 页。
5　诺曼·梅勒：《裸者与死者》，蔡慧译，江苏文艺出版社，2015 年 5 月，第 820 页。

贪婪与残酷这个可悲的事实。人类天性的恶，并非只在成年世界中，在六岁至十二岁的童年及少年中，早就存在。这就是人的本性。虽然这些小孩是从文明社会而来，但是，当他们面对恐惧时，他们就开始分裂，人性中的恶就开始发酵了。最可怕的是，这些孩子们的恶，却有十分漂亮的借口，这就是面具与口号。有了面具，孩子们开始发疯。有了口号，孩子们开始猎杀。面具与口号，皆来自于不敢承认真相，不敢正视人性中的丑陋。人们越是掩盖，面具越是多重，口号越是漂亮，于是，手段越是残忍。人们在面具与口号下，做着残忍的事，就像是过着节日一样的兴奋与快乐。中国的鲁迅曾说，救救孩子。但在戈尔丁那边，孩子也是救不了。当孩子们不想正视也没有能力正视自己的时候，喊救救孩子的人，是第一个要送上祭台的人。猪仔、西蒙就是这样的受难者。西蒙看清了怪兽的真相，要来告诉大家那是死了的飞行员时，他被乱枪戮死；猪仔要提醒大家事情的严重性时，罗杰从山顶上推下一块石头，将它砸死。人类必须解决一个问题：文明与理性在野蛮面前，如此脆弱、不堪一击。

这样的疑问在德国另一作家君特·格拉斯（1999）的代表作《铁皮鼓》（1958）那里同样存在。1979 年 5 月导演沃尔克·施隆多夫将它搬上银幕，并获 1980 年奥斯卡最佳外语片奖及日本、欧洲的多项电影大奖。这部小说和电影并不直面表现战争。战争也好，战争阴影也好，它们是政治斗争与政治策略的极度表现。在这个层次上，称《铁皮鼓》是政治小说政治电影也未尝不可。但是，当我们称它为政治故事时，我们又陷入悖论：它就是不讨论政治而且故意压抑政治，以此增强它的虚构与夸张元素。它以人性的极度放大为对象，以表现手法的荒诞无稽来实现其超越时代政治的目的。电影取自小说的上半部分，即纳粹德国战败之前的那个历史时期。

小说是第一人称叙述，奥斯卡·马策拉特因涉嫌谋杀护士道罗泰娅姆姆而被强制送进护理和疗养院，观察他是否患有精神病。他请男护理员布鲁诺去买"清白"的纸，随后在白漆栏杆病床上擂鼓回忆，记述往事，写下他的自供状……他在两个六十瓦的电灯和一只扑向灯泡的飞蛾的阴影下出世。他预感到人世黑暗（纳粹时期将临），想返回娘肚子里去，但脐带已被剪断……

小说情节跌宕，信息量无比丰富，而且充满各种各样的隐喻和历史事件的影射，进入电影后，情节简化、主题性明确。这是电影不得不采取的方式。在

奥斯卡的铁皮鼓参与严肃、荒诞、残酷、嬉闹的场合，以示存在。

小说中，我们只能通过文字想象"铁皮鼓"的声音，但是在电影中，我们被这个声音所覆盖，这是小说与电影的绝妙配合。对于电影而言，音乐是看的。人们当然在听音乐，另一方面，这样的听不是没有画面的听，而是画面信息的增强，或者画面信息增强了音乐的意图，因此，它是可以看的。音乐同时也是一种心理活动，它是创作者诉诸观众的心理活动，它调动起观众的感官，试图让他们融入叙事的多重意义中去。不管它是作为氛围元素，还是作为结构元素，它是电影看不到的形象，是电影闻不到的气味。电影开幕便是强烈的小背鼓合击声。这个鼓声契合了《铁皮鼓》的电影意象。铁皮鼓声的打击的有力节奏，令人振奋，铁皮鼓的焦躁与颤动，也令人不安。个人在世界大难来临时，一直是苍白无力的。于是，一种超越于现实，超越于既定世界的

虚构，便潜藏于人的无意识之中，它是人反抗这个世界的本能性能量，深藏于体内，不为人识，似乎只有等到光明日子的到来，它才出来欢呼或发泄。个人是如此弱小，如同奥斯卡，看着妈妈与舅舅偷情，心怀不满，他所能做的，便是击鼓，便是尖叫，至多让玻璃破碎，交通暂时堵塞，其他，无能为力。妈妈还会去约会，杀人的场面，不会因为击鼓或尖叫而停止，会出现的，依然要出现。于是，这种现实与超现实，成为人在世界中存在的一条通道。尖叫与鼓声，没有特定的意义，如果它如同语言那样是对纳粹的不满，它就无法存在，也因为它的含糊性，因为它反抗无法拒绝的现实，因而它就是一种沉默的反抗，正是这种反抗，表明普通人中富有正义感人群的珍贵与价值。

海明威的《老人与海》多次拍成电影，从真人的到动画的，都曾引来人们的注意，这恐怕是这部杰作的命运，本来就是一个更带寓言性的故事有关。虽然我认为麦尔维尔的《白鲸》在题材与创造性上要比《老人与海》强无数倍，怎耐得短小精悍，更容易为世人接受。这部小说中那句"你尽管可以消灭他，但你别想打败他"，支撑了许多人的人生。它并不涉及社会价值或者宗教的或者种族的问题，它直接观照的是每个人的人生。这就是一种人性的关注。黑塞（1946）《荒原狼》（小说出版于 1927，电影于 1974 上映，弗雷德·海恩斯导演），隐喻德国知识分子在黑暗来临之前惶惶不可终日的孤独状态，为了免于自己也变成一只害人的狼，他在五十岁生日时决定自杀。马里奥·巴尔加斯·略萨发表于 1973 年的《潘达雷昂上尉和劳军女郎》（电影于 2000 年上映，弗·隆巴蒂导演）叙述体面正派的潘上尉，因为丛林军队强奸风暴席卷，影响了国家形象，于是被任命组建一支劳军女郎。潘上尉为了完成任务，亲赴妓院谈判，亲尝春药，修改服务计划，终获高效率的成绩。但因巴西女郎的死亡以及服务对象的争夺和频率问题，引来陆海空三军矛盾，他成了替罪羊。这个表面荒唐可笑的故事，实质指向秘鲁军政当局的腐败与世人无处不在的堕落，它的超现实性和它的象征性，也可以看作是拉丁美洲独裁政权的寓言式展现。

五、结语

电影对诺奖作品的兴趣主要还是倾向于政治的正确性。因为这个政治不仅指价值观，还指对发生事件的立场，同时也具有更大的社会效果。效果事件是价值、文学和电影的共同参与时发挥效能的事件。虽然《蝇王》《荒原狼》《铁皮鼓》在形式上带有寓言体与神话色彩，但谁又能说其中没有价值的或者说政治的理念呢？

如果政治正确指的是社会价值观的问题，那么人性正确指的又是什么呢？人性是否有正确这样的说法呢？人性终究是人的动物性与环境、文化的结合体。它们的化学反应后产生的图式无穷无尽，有时艺术会更倾向于人的本能的权利，有时会倾向于环境与文化的反思、探讨。文学与电影所以成为艺术，不是因为它是政治或价值的图式，而是因为它们的呈现是形象或者是人物的图式，政治与价值是以密码的手法植入其中，但人物的人性更为直观，也更易为受众所感知。于是如耶利内克（2004）的《钢琴教师》、奥尼尔（1936）《榆树下的欲望》《天边外》《进入黑夜的漫长旅程》《月照不幸人》《奇异的插曲》、福克纳（1949）《喧哗与骚动》《我弥留之际》、海明威的《乞力马扎罗山上的雪》《获而一无所获》、川端康成（1968）《伊豆的舞女》《雪国》、加西亚·马尔克斯《霍乱时的爱情》等等，成为电影观照人性人生的活动对象，它们并不或较少地诉诸于政治想象，而是直面我们生命中那种挥之不去的难题与困境，它们在任何环境、任何社会、任何制度下都会反反复复地出现并由此考验生命存在和生命意义。这些质疑、追问、意志，便是艺术作品的灵魂，是艺术家价值观的映射。电影以一种观看的快感形式（观看本身就是一种快感[6]，而阅读则因人而异），将价值、心理、无意识的欲望与灵魂进行技术性配置，推销给观众，而语言产生的深度与想象则消失无形。

文学是极具个人化的写作方式与生存方式，诺奖作品大都是反抗式的写作的典范，而商业化的写作讲求的是迎合的技巧与层次，本来就与诺奖不相干，电影的商业化决定了它不可能将大部分的诺奖作品搬上银幕，不过电影

---

6 见劳拉·穆尔维《视觉快感与叙事性电影》，周宪主编《视觉文化读本》，南京大学出版社，2013 年 10 月版。

《奇异的插曲》体验女人的极限。
尼娜爱自己的丈夫、情人、儿子还有父亲！

世界确也有相当多的导演执著于深刻与艺术结合得很好的故事，并不一味追求利润，这就给诺奖作品转化为影像作品提供了保证，再说不少诺奖作品如果去除其文学意味（阅读时的魅力），其故事与情节也相当了得，间接地保证了优秀文学作品成为公共娱乐平台上的了不起的影像祭品。许多最能代表诺奖作家水平的作品未必能或者未必须成为影像作品，加西亚·马尔克斯的《百年孤独》、索尔·贝娄（1976）的《赫索格》《洪堡的礼物》、萨特的《禁闭》、莫言的《蛙》《丰乳肥臀》（我只能喜欢《透明红萝卜》《红高粱》，还是二三十年前的阅读经验）、阿列克谢耶维奇（2015）《我是女兵也是女人》等，这里有市场需求的、制度的或者人力上等诸多原因，但从理论上讲，已经没有哪部文学作品不能成为电影，问题是成为电影后能否与文学作品原来达到的深广度以及魅力相提并论。电影对文学真实性的模仿、异延、编码与解码，由于材质的不同，由于构建空间时间的不同，由于气质的不同，由接受的不同（从制作接受到传播接受），哪怕可以进行积极的对话，哪怕存在努力找到共识区域，哪怕不能达到全面共识甚至中心共识而只及其一面，仍旧会有展开的差异和差异的展开，且永无止境。文学与电影在叙事及其结构、情节与形象等方面的相似性和天然联系，而在文字呈现与影像、声音呈现等方面的截然不同，注定了它们的融汇与分离、对话与异延、共识达成的期望与游牧力量的无处不在。文学与电影的关系有时相得益彰，互文共助，有时电影对会对文学作品产生败坏的结果。可见，电影对诺奖作品并非投以全方位的热情，它对政治性、人性命运、寓言性的作品格外青睐，此种选择显示了电影媒介的建构策略与传播特性。电影的易识症候消解了诺奖作品的想象空间，确证了诺奖作品的现场感，在共识与异延中重构、撕裂、传播文学文化。以更久远的眼光看，任何对文学作品的改编都是好事，因为当把电影当作是对文学作品的一种解释，一种传播行为，而解释与传播本身是无穷尽和有高明与低劣之分的客观性时，一切也就可以释然：如果原著的风景足够迷人，崎岖与泥泞的道路依然存在于到达的方式之中。

05 虚构

学群，湖南岳阳人。上世纪六十年代出生在洞庭湖边一个农民家庭，现在一家金融机构栖身。八十年代开始发表散文、诗歌、小说。著有《坏孩子》《生命的海拔》《两栖人生》《走》等。

影子和实物

学群

我没有亮灯，听任凉水顺着身子往下流。凉水可以穿越黑暗。窗子开着，可以披着凉水向外望。我住十八楼，周围的住宅都比我矮，人间烟火全在我的身子以下。跟我差不多的，只有单位办公楼顶楼的会议厅。办公楼东边，从我这里看过去像是胖了一点。胖出来的那一点其实是另外一幢楼，另一个单位的办公楼，中间隔了一条长丰巷。下面，人朝两个方向流，车子只朝一个方向流。现在是周末，整幢楼都是黑的，那么一大堆，一层一层往上，一间一间切块，里面装的全是黑暗。会议厅在最上头，里头装的黑块块也最大。它正对着我的窗子，像一个有着黑水怪的湖。不知怎么就有了一种感觉，仿佛冲到身上的凉水，就来自那片湖。有什么东西亮了一下。大概看花了眼，把城市某处的灯火看到对面楼上。可它又亮了。这一回它亮得久些，一直亮得我把它看真切。那不是会议厅的灯，大概是手电之类。小偷？开会的地方有什么好偷的？会议厅往下，办公室里的保险柜、铁皮柜倒是值得去撬一撬。还会有谁呢？本单位的，除了坐主席台的，谁会愿意往开会的地方去？坐主席台也不会选周末没人的时候……

"十五楼好像在闹鬼！"白天在办公室，看我望着电脑不抬头，小王嗲声嗲气表达她的不满，"会议厅闹鬼，你这办公室主任也不管一管！"我说办公室主任又不是管鬼的，叫钟会文跟你去吧。钟会文从电脑边跳出来，做出拥抱的姿势：救美女算我的！小王耶了一声，让他捞了个空。

想到小王那一声耶，想到她耶那一声时，腰一扭屁股一颠胸脯颤几颤，从腹部包抄到两腿中间的凉水，突然就有了异样的感觉。莫非真的像小王说的，十五楼在闹鬼？像是在印证，那边又在一闪一闪地亮。会议厅的窗户好像半空里奔跑起来，鬼影幢幢的样子。家里就我一个人。想起长丰巷那边那个从楼上跳下来的人，落到身上的凉水不再是女性的软润，像一只冰冷的手摸得背后一阵阵发凉。我赶紧开灯拉窗帘。水龙头、洗脸盆、肥皂和洗发水全都安安稳稳摆在灯光下，没有半点要动的意思。穿好衣，我在窗口站了好一阵，没有再看到对面的光。

小王来找我，是在我洗完澡躺到床上以后。她问我十五楼有光怎么不管。我说我没看到灯光，只看到你从头发到屁股波光闪闪。小王笑，说她在点蜡烛在等我。一个女人原来也可以像玩龙一样，从头到屁股都亮着灯。睁开眼睛没看到小王，灯倒是有一盏在亮着。就黑了灯，把打牌回来的妻子"小王"了一回。

小王弓起身子在开门上的锁，我和钟会文在后面等着。弓在前面的女人，总是唤起人当野兽的渴望。可这是会议厅。把这儿叫作会议厅的是前任局长汪劲松。一开始，人们习惯叫它大会议室。汪局长不同意，还特意让人在门框上头刷上会议厅三个字。他说，叫大会堂太大，那是上头再上头叫的。叫会议室太小，前头加一个"大"字也还是室。你的办公室叫室，小王的更衣室也叫室。那不行，得叫会议厅！这会议厅独占着办公楼最高层，以前不上锁。开会的地方，没谁稀罕。可最近小王连着几次发现，有人上这里捣乱。以为是小孩子，小王就在门拉手上加了一把链条锁。加了锁还是不行，里头照样弄得稀糟。我没跟小王说昨天晚上的事，只是说上十五楼来看看。其实也可以不叫钟会文，想一想，还是叫上了。

钟会文把右手捏成一把手枪，在小王身子后头比划。小王知道他这一套，就在链条锁那头嗤嗤笑。我有些反感。我没笑。

"认真开锁，弄得田主任等老半天！"

"你在后头捣鬼，弄得钥匙对不上，怎么开？"

"对不上，让我来试试？"

"你就是这里头的鬼！你不捣鬼不行？"

门打开，只见主席台正中的桌子上，赫然摆着一把椅子。那架式，让人想起金銮宝殿里的龙椅。当然，椅背上没有龙。皮面靠背上粘着一张纸，纸上是一个又大又黑的帅字。电脑打印的。帅字居中，桌子两边各摆着两把椅子，靠里的贴着"士"字，靠外是"象"。台下的座椅和长条桌，第一排是車，第二排是馬，第三排是炮，第四排是卒。四排以后没有再贴，大概意味着都是卒。卒子应该比当官的多。

有一阵，我和钟会文只是望着，没有说话。小王张开嘴叫了半句，赶紧往我身子后面躲，还伸出一只手牵住我的衣。背上的衣一牵动，就觉得昨夜的凉水又在背后流。三个人都想到巷子对面那幢楼。那天我们在上班。有人看到对面楼顶上一个人；站在水泥做的围栏上，看上去人是斜的。有人朝他喊。他喊了一句什么就往下跳。开着窗的人隐约听到一个"万"字。他是喊着什么万岁跳下去的。后面那个"岁"字落到地上，摔得血肉模糊。那人跟钟会文熟。我们一起喝过酒，谈钓鱼岛也谈鱼塘钓鱼。他像钟会文一样，爱跟小王闹。闹起来不懂得节制。那时候小王就怕他，现在更怕。莫非是他老人家？他要闹，不到对面楼上去，跑到巷子这边来做什么？都说碰上活鬼，这鬼也太活了！动动椅子动动桌子也就罢了，还在纸上打字，写了字还会用塑料胶带粘上……

这天晚上又看到十五楼的光。赶紧给钟会文打电话。钟会文说两个人不够，又把新来的小刘叫上。手上的电警棒是我借来的，一头是手电，另一头一摁就丝丝地冒蓝光。这东西让人胆壮许多。不管是人还是鬼，这霹雳棒一样的东西总是一种威慑。周日晚上的办公楼空荡荡只装着黑暗。可是谁知道黑暗中藏着什么呢？我没有亮开手电，怕惊动楼里的黑暗。一个人由一条影子拖带着，三个人都带着豁出去的意思，沉入黑暗中。一楼大厅完全变了样。空空的黑暗与结结实实的黑暗，只有电梯开关那儿一粒蓝光在看守。可以听到自己和钟会文他们两个的呼吸。突然亮开的电梯，有些像太空中的宇宙飞船。我们没有直接上十五楼，我把电梯摁到十四楼。电梯载着所有的光回到一楼去，拉长了的下行声，好像把我们的心也悬在那里了。三个人踏着梯级往上走。每一步梯级倒是实实在在等在那里。脚步声从我们的下面蹿出，就蛇一样在黑暗中游开。十五楼没有一点声息，也没有光。可你分明感觉到，黑暗中藏着什么。链条锁够我把两扇门从中拉开一条缝。那两个人就在我的两只耳朵旁边呼吸。

同志们！

突如其来一声唤。三个人像同时触了电。跟着又是一道电光扫过全场。吓得跳起来的三个人，落地之后，心还卡在喉管里咚咚乱跳。从手里滑落的链条锁把门拉合，又弹了几弹。门里，跟在一声"同志们"之后，是一股水流落地的声音。钟会文抓住拉链锁一拉，朝里大喊：打鬼呀！"呀"字有些长，带着颤。我记起手上还有一根家伙。摁下去，几道幽灵似的光嗤嗤作响。掉过头，手电光射过去，只见那人手一挥，说一声散会，从主席台的会议桌上跳下，转身往主席台后面的休息间去了。电筒光照出来的背影，熟悉得让人不敢相信。我和钟会文同时"噢"了一声。

才想起休息间那儿有一架小电梯通楼下，刷卡才能用。开会的时候，领导们就从那里进到主席台后面的休息间，到时依次从那里走出。等我们醒过神来，才发现链条锁锁住的是我们。忙乱中半天才把门打开。奔进休息间时，电梯已经到了一楼。回到主席台，椅子还在桌子上。桌子前面一汪水，是刚才那一声"同志们"之后留下的。台上的木地板还来不及消化。夜气里，带着明显的尿味。鬼会撒尿吗？刚才那个到底真的是他，还是鬼借人形？

从窗口伸过头去，下面地坪里路灯很亮，一个人的头和肩像直接架在脚上。影子比他大，有时几个影子绞到一起。

"真的是他？"钟会文有些像是在梦里，自言自语。

"谁？"小刘新来，云里雾里的。钟会文没有接茬。我说了一句：

"他这是怎么啦？"

※

我很想知道汪局长到底怎么了，十五楼会议厅是他吗？他家里以前我常去。现在是王局长，不是汪局长。大概前任和后任之间，天生就容易有嫌隙，尤其像汪王这样。汪退下来之前，王是他的副手。两人关系本来就不怎么好。汪退下来之前向上面推荐的，也不是王。王做了局长，除了对汪不理不睬，也不能拿他怎样。我们这些还要在王手下接饭吃的人就不同了。好些人昨天还汪前汪后的，掉过头马上摇头摆尾姓了王。比如这钟会文，就只恨屁股上不能长出一根尾巴来。我不是那样的人，可生态如此，没有必要往相反的方向跑。我不想去汪局长家。你去追人家背影，说不定钟会文那小子早就在背后盯着你，等着你栽跟头。

　　我想到小王。她没想过要当这个当那个的。除了嘻嘻嘻哈哈，也不多嘴，让小王到汪局长家去看看，不显山不露水。小王去了一趟，没见着汪局长，见到他老婆刘姨。问她汪局长还好吧，她说好。真是这样，那就真出鬼了！鬼借了他老人家的身影？鬼手上有手电，还会使电脑，鬼也现代化了……

　　我在驴山晨练。自打山头上竖起一尊石像之后，这里已改称孔子公园。几个晨练的在一起开玩笑：明明是山，怎么叫孔呢？我说这是丘，孔应该是下面那个喷水池。没想到不久这话就传到王局长的耳朵里。十五楼会议厅，坐在汪局长坐过的那把椅子上，王局长没点名：要注意影响呢！建孔子公园，是市委、市政府的决策，怎么能拿来随便议论随便开玩笑呢？党员干部，要自觉地跟市委，跟局党委保持一致。我知道，会有人听着不高兴。

　　这以后，我在公园找了一个僻静的地方，独自晨练。打太极，猫着身子做出打人的样子，其实什么也没打。还有就是做俯卧撑。一个人，像一头动物那样四肢着地，憋住气慢慢地俯向地面。地不再是像你用皮鞋踩踏时那样生硬。地迎面朝你身子下面走来，亲切而友善。就感到人可以用这样一种方式，去跟地交流。地比人好。从地上起来时发现，一个人半蹲着身子在朝这边笑。看到我的眼睛，他跑了。第二天，我在背后留了一个心。感到又有目光，就一个猛子跳起来：又是那个人，一样的半蹲半起，一样伸着脖子，在笑。看他笑的样子，我骂了一句傻蛋。他撇了撇嘴，一脸不屑：

　　"还说别人傻蛋！下面连个人都没有，还在那里做做做！还学扒手，小偷小摸！"他一边说一边模仿我打太极拳的样子。经他傻里傻气一丑化，还真像扒东西。

　　我又好气又好笑，做出要追的样子。他撒开腿就跑。也该是要遇到后面那些事。我停下，他也停下，还亮开嗓门喊我傻瓜蛋。我可以不追。可我追了。山谷底下，一片林子，很多高大的朴树。它们总是从根部开始歪斜着身子，一人多高以后才慢慢长直。你从下面过，也得跟他们一样歪起身子。前面那个人，跑得有些傻。可那些突起的根、砖头石块、沟沟坎坎全都认得他。他也认得它们。它们跟自认聪明的人过不去，磕磕绊绊弄得你趔趔趄趄。林子里坐着很多人。

地上是树叶，他们坐在树叶上。那个人一闪，就坐进他们中间。他们在干什么，练功？他们差不多正好对着我这个方向，朝一个土堆上面望着。众多脑袋中间，还有一个竖起朝上的屁股，那一头不知在屁股下面干什么。这土堆我知道。早些年我还看到这里是一棵大树。树被挖掉成了一个坑。后来堆了一堆土。堆了一堆土之后，就成了周瑜墓。有一块碑石证明里头住的是周瑜。一个背影在上头说话。正是那天晚上十五楼的背影！冥冥中像是有一根绳，不知不觉又把我牵向他。

用一些歪歪斜斜的树把天空撑起，沿山坡撑到周围的山头以上，这地方成了他的天地。一堆叫作周瑜的土把他举高，高过地面许多事物。他手里拿着一根棍子，大小长短适合挥来划去。与办公楼相比，这里多了一根指挥棒。他说：

它，不是一般的棍子！帅是一般的棋子吗？连車都不是。连馬都不是，馬有四只脚。卒子才用两只脚走路。谁说它是棍子，谁就是反革命。反革命就只有用棍子去打他。你不打他就不倒。它不是棍子！你握着它，你就老大。比你爹，比你爷爷，比爷爷的爷爷还大。你的头发你的毛，你的胃气，你的喷嚏，你的细菌都跟你一起大。你就成了您，成了您老人家。您放屁，我们说是电闪雷鸣。您得了艾滋病，我们说与民同乐。您长得丑，我们说心灵美。您长得俊长得高大，那是仪表堂堂，巍巍乎栋梁之材。您脾气大，那是疾恶如仇。您慢言细语唯唯诺诺，那是举重若轻那是大智若愚。

你，就是你！他用指挥棒指着那个半蹲着身子东张西望的家伙：扣奖金！那家伙哭丧着脸，随着屁股往下落。屁股落地之后，头不见了。他接着往下讲：

什么叫历史？历史就死人。杨修不是死了吗？比干不是死了吗？老刘不是死了吗？李和王不也完蛋了？姓赵的留下来，遗臭万年也是一万年——一万年就是万岁！不说万岁，就说五五二十五。多活二十五年与少活二十五年不一样。我说不一样就是不一样！差别有多大？差别就是二十五乘以三百六十五，等于，等于，等于多少你们自己算。像算奖金那样算。一五得五，五五二十五。秦始皇就是这么算的。你说不行我说行。说不行的都不在了。剩下的都说行。你一个人，你哭倒长城又能怎么样？不许哭！我以这根棍子命令你：不许哭！叫你哭你就哭，叫你笑你就笑，不叫哭不叫你笑，你就不能哭不能笑……

笑我俯卧撑的那个家伙果然不哭了，拿手朝我指。其他人跟着他的手指朝我望，不哭也不笑。看起来有些像慢放的动画片。

　　站在土堆上的那个人朝我转过身来。他望着我，像当年望着一局人。他印堂发亮，满面红光，还沉浸在刚才的兴奋之中。这时候，土堆不再是土堆，它就是会议厅的主席台。好像回到当年，朝台上的汪局长走去。他手指有些发颤。手上的指挥棒似乎在指引我，却又拿不定把我指向何方。嘴角在颤动。从那儿开始，一抹阴云淹熄满脸红光。他嗫嚅着：

　　"你是，你是谁？"

　　"我是小田。办公室，您不记得了？"

　　他突然一个急转身，把手里的指挥棒往身子后面一甩：鬼子来了，撤！像一阵风刮过，地上的枯枝败叶一阵乱响。最先刮到的最先涌起，后刮的在后面跟着。大伙儿打着喔嗬，怪叫着朝山坡上奔去。有人把一只盆子扣在头上，一只手扶着。应该是在防弹。有人拖一条红颜色的宣传横幅，火车一样隆隆开过。背后横着"坚决"两个字，还有什么字在翻飞的树叶中依稀可见。还有一个热天穿一条棉裤。裤管是开的，两条腿从裤管里跑出来，裤管追也追不上。追不上照样在追。汪局长跟在裤管后面。有两人迈着正常的步子，簇拥着他。他们一边走一边往我这儿望，好像要弄清楚我是不是正常。

　　林子里安静下来，静得叫人怀疑刚才是不是真的。那根指挥棒就躺在周瑜墓旁边，跟别的枝条一样。就是它，刚才还把一帮人指挥得团团转。我有些奇怪：这汪局长身上有什么魔力，可以把这样一帮人拢到一起？就凭地上这根棍子？还有汪局长本人，他到底怎么啦？

※

　　王局长开始着手把我从办公室主任的位置上弄走。他可能不像汪局长那样霸气十足。他要做的事情他会不动声色，选准时机下手。市里搞扶贫，一个单位要一个科级干部去办扶贫点。他把我的名字报上去，市里文件一下来，我就成了办点干部。名义上还挂着办公室主任，实际上，副主任钟会文牵头主持工作。扶贫点上其实没什么事，到时从单位上弄点钱去就行。市委扶贫办的办公室里是有我一张桌子一把椅子，去不去坐都可以。我想到汪局长。一来闲着没事，

摄影 / 于坚作品
永仁高原

二来明摆着的，我也不再在乎什么，就过去看了看。

应该是好久没有遇着说话的人。上次小王来，在刘姨眼里大概有些探听的意思，她没跟小王说什么。见到我，这个一路陪同汪局长的女人一口气说了许多。后来又打来电话来，叫我过去听她说话。

事情得从汪局长退休那天说起——

六点半，汪局长准时起床。那双四十二码的鞋一如既往等在那里。刘姨已经把早餐备好：一杯牛奶，一只鸡蛋，一碟肉炒腌萝卜，还有馒头和稀饭。跟以前一样，每天这个时候，就是这些构成了一个局长的全部内容。一个局长装进去的是这些，屙出来的大概也跟我们没有太大的不同。不同在于，它们是装在一个局长的里面。屙出来也是。问题是，当一个局长不再是局长时，又会怎样？

吃完这些，时间大概是七点二十分左右。汪局长顺手拿起电视柜上的皮包，准备出门。那只包和包里的东西，刘姨知道。给他当过几年办公室主任，我当然也知道：一副眼镜，大部分管近视一小块管老花。大凡进入一个局长视野的东西，少不了要通过它。一部手机，139××××998。很多时候，就是这个号码代表他，在这个世界里出席。它像是另一个他，挣脱了形体在他的世界里来去。一两包餐巾纸，需要时用来擦嘴，也用来擦屁股。一支笔，一个笔记本。用来记耳朵听下的，也用来记嘴巴要说出去的。多半时候，说的都是听来的。笔和本子像一对老夫妻，做来做去无非是那一套。他提了包准备出门，刘姨叫住他：

老汪，还往哪里去？

他一下僵住。好多年，要么是科长，要么是副局长局长，尤其是后面那个局长。有时候，也叫他汪劲松同志。可背后有局长之类作潜台词。现在他只剩下老汪、汪劲松，或者汪爹、汪爷爷。这些都只与他自己，与年龄之类有关。没有那些带长的，前面再也没有一间办公室，一张桌子一把椅子等着他。打开门，也不知道把包拎到哪里去。他只好退回来。

窝在家里，那条路老是往他这里来。忍了几天，他忍不住了。七点二十出门，他没有朝身后望，刘姨也没说什么。这条路我陪他走过不少。那时候，他是为了健身，不坐车。从楼梯口到小区大门是一个"7"字，两三分钟的样子。门外两家早餐店，桌子总是把人带到人行道上来。手提包知道怎么走。他只需跟在后面，穿过包子油条和牛奶，穿过哗啦啦吸进嘴去的面条。可以想象，这天早晨的手提包不再像以前那样理直气壮。因此，他走得有些趔趔趄趄。包撞到椅背上，上衣险些挂住桌子角，把几个人的早餐连桌掀翻。有人从筷子上抬起眼睛，像是一眼把他看穿：你只是汪劲松，干嘛还拎一只包在这里穿？

　　街道转角，时间大概是七点三十分。一个半老的男人，走路像在念一部经书。他们老在这里相逢。他是汪局长，他们没有说过话。中兴街148号，希斯顿酒吧。他经过这里去开始一天的时候，这里的一天刚刚结束。酒吧的夜晚彩灯闪闪，一到白天就死气沉沉，像退了休的男人。酒吧可以复活，人呢？睡眼惺忪的门卫，不会知道门外走过的人有什么不同。就像他不知道那些保安服里面，守门的人换过几茬。

　　再往前，时间是七点四十分左右。一个女人从巷子里斜出来，交给他一个背。每天有那么两分钟，她在他眼前，由一个刚上班的女孩子变成妇人。以前就注意到，他的目光喜欢往那里去。现在那妇人摆动屁股，大概得稍稍用些劲。从妇人身上移开目光，前面是办公楼。那里没有他的去处。厕所他可以去。十五楼的会议厅，没人的时候，也许可以朝着桌子椅子讲几句什么。这条八点钟的路，不再通向那座楼。

　　回到家里，他只能摆弄他的中国象棋。那里有车有马，有亚洲象，猛犸象的后裔。马吃夜草，走日字。车可以载着嘴横冲直撞，撞上谁就把谁吃掉。炮隔着山可以打很多东西，从牛仔裤到喇叭裙。还有那些卒子，一只卒子一双鞋。这一切都得围着老帅转。老帅没了，一盘棋就没了。以前他说一个单位一盘棋。现在他是一盘棋一个单位。

　　我打量着刘姨，她不再是汪局长身后那个白白胖胖养尊处优的女人。她明显瘦了。以前撑得满满的脸，现在松弛下来成了皱纹。以前那张脸，在我的记忆中，是那种不痛不痒俯就式的笑。如今，这些皱纹也会笑。一种实在得多的笑，辛苦中透出操持事务的精干。

　　她说，一开始还怨他话少，越来越少。有时真窝火，问到眼睛窝里去了，他都不搭半句腔。还摔东西。杯子呀碗呀，就用这些东西回答你。流泪呀，有时候你就只能流泪。你想想，你想想，昨天还在台上，还风风光光的，一退下来回到家里，就成了这个样子！想不通也只能自己通。那时候人家围着团团转，围的是局长。现在你不是局长了，猫儿拉屎，只能自己用灰垄上。有好多事情，时间一长就通了。有好多人，一辈子什么没当过，就不过日子啦？你不也不做办公室主任了？不做了就不做了。什么都有不做的时候。以前做局长，跟着这么些年，该受用的都受用了。现在要讨回去一些，也只好这样了。

他不跟你说话。有话多半一个人说。跟他的棋子说。跟棋子什么都说，跟上班时候一样，叫这个这样，叫那个那样。还代替象跟马说话，说它比马强，走一步就两个日字。接着又是马说话：田字再大又怎样？田字再大过不了河，过不了河就只能在家里转来转去。就那几个田字，一下就转完了。还学炮叫，说一炮要打掉谁谁的屁股（不知道他要炮打的是什么人）。只好由着他。

也不知道什么时候，他开始往外面跑。那天晚上，明明看到他睡下了。过一会去看，床上没人，床底下也没人。卫生间也没有。出门去看，一街的人，哪里找起？后来他自己回来了。问也是白问。这以后，他天天晚上要到外面去一趟。还鬼得很，时时提防着你跟踪他。鬼知道他去了哪里在干些什么（她不知道，十五楼会议厅，他差点把我们吓成鬼）。突然一下，也不知怎么了，晚上不出去了，改白天出去。一开始，我还说白天出去好，白天出去好。后来发现，放在包里准备买菜的钱不见了。还以为不小心弄丢了。第二天留了一个心，包里的钱还是丢了。我不往包里放钱了，我把钱装在身上。我房间的柜子里有一只抽屉，平素买这买那的钱都从那里来。这下好了，袋子里没找到，那只手一伸就伸到根根上去了。还有谁呢？儿子儿媳和孙子都在深圳那边。未必真的出鬼了？要出鬼也是这个摆棋子的老鬼。他要钱做什么呢？他不买菜不买米不买衣不上馆子不泡歌舞厅，连理发都得我来管，他要钱做什么？你想不到，说什么也想不到！你问到底怎么啦？不是说好跟我到那地方去看看吗，看了就知道了。

她说我听。我坐的沙发，以前我来，大半都是汪局长坐这里。他坐在这里看新闻联播，坐在这里读报，喝茶，会客。坐在这里的时候，他喜欢把脚从拖鞋里取出来，搁在茶几上。沙发显然记住了他屁股的形状。局长的屁股比我大。坐在他的屁股印里，总觉得不自在不舒服。刘姨坐在她那张沙发里，老说个不停。

瞅了大半天，才瞅出一个缝隙。我站起来，说去看看汪局长的房间。原来的书房，床、书桌和转椅都是原来的。里头有他的气味，比以前浓。桌上很多象棋，至少有十几副。棋子在桌子上排着队。同一种棋子，比方说车和马，码起来像一根柱子。每一个棋子都用同一种弧度鼓起，这样垒起来的柱子有一种特殊的美感，叫人想窝起手掌，跟着旋上几旋。每一根柱子上头都有一个字，或红或绿，用金色花边框住：車马炮士象卒……卒子最多。众多的柱子排列到一起，组成一个大方阵，有些像古神庙。神庙顶上放着一只红颜色的帅，比下面那些棋子大许多，显然来自另一副更大的象棋。大棋子就这一只，其他不知去向。我找了找，下面的棋子里没有帅。帅只有一个，高居神庙之上，红方蓝方都管。我想起站在周瑜墓上头的汪劲松汪局长。刘姨说带我去看看，是去那片林子么？我拿起那只帅。背面一个汪字，用笔写了，再用锥子一笔一笔戳下。

刘姨说他拿钱，是不是拿去买象棋？

她说不是，象棋没多少钱。

※

墙上挂着一只黄挎包。那种以前流行，后来仿造的军用挎包。她起身的时候，右手一伸，左手一划拉，挎包带就到了右肩上。临出门，把玄关上的一只抽屉抽出一半，抓出一块红布往兜里一塞：走，去把他收回来！

果然是山谷那片林子。进林子的时候，刘姨掏出那块红布。原来是只袖笼子，街上流行的那种。创文明城市之类，刚刚还在跳广场舞的大妈们，将这东西往袖子上一笼，就开始管这管那。不同的是，这只袖笼子上头不是值勤两个字，上头就一个帅字。看到我探究的目光，刘姨笑了笑：对付他们，这东西管用。我点了点头，跟上她。

平底鞋踩在陈年落叶上，吐气似的咝咝作响。一只鸟在什么地方叫了半句，随即打住。风偶尔在林梢晃动，那是林子外面的事情。蝉一直在叫，像伴奏。和家里那个边诉苦边哀叹的老太婆不一样，原本有些枯干的脸开始泛出红光，皱纹也显得生动起来。或许对于有些寂寞的老人来说，有一片林子可去不是坏事。可是你自己呢？一个本当在办公楼办公，在会场开会的人，跑到这里来跟这样一些人厮混，是不是有些荒唐？这正常吗？也许该找一个借口从这里溜走。小王说过，你这人心太软。借口随手便是，可我开不了口。我倒是给留下来找到一个借口：现在王局长当政，仕途无望。学中文的，同学中就有两个成了作家。积累一些素材，将来也写上一两本小说。

林子里一阵阵闹哄哄的。这一次，那个被称作周瑜的土台子上是两个人：一个是汪劲松。还有一个头上戴一只葛藤编的箍儿，不知是不是紧箍咒。上身一件西装，有些长，西装里头好像没穿什么。下身一条短裤，整个儿看起来像个稻草人。可他不是稻草人，他在说话：

"我没有吞火，没有把太阳吃掉……"

他的声音被一阵嗷嗷的叫声打断。台下举着拳头在叫。有几个特别躁动，两只拳头一齐举，坐在地上的身子陡地被拳头拉起。刘姨要奔过去，我拉了拉，叫她等一下往下再看看。一个矮个子站起来吹了吹哨子。台下静下来。汪劲松清了清嗓子，开始讲话。那样子，比汪局长还要汪局长，他站的土堆比十五楼的主席台还主席台。他穿一件白衬衣，肚子以下用一根皮带扎进一条大西裤。讲话时肚子一挺一挺，鼓起来的衬衣显得肚量极大：

"我讲三点——"他挺了三下，"第一点，酒不是水！自来水管流出来是酒吗？太平洋是酒吗？对门池塘里是酒吗？那里不是酒，这里就不是水！倒着看顺着看它都不是水！谁说刚才喝的是水，谁就是反革命！第二点，酒在一个反革命那里是水，可是打火机一喊，就从水深火热中喊出火来。这就是说，它是火。太阳就在这水里头！说太阳是水，这是反革命的平方，反革命的立方！尤其这个人还把脑袋夹在胯里看天，那是妄想变天，是平方的平方，立方的立方！第三点，凡是反动的东西，你不打，他就不倒。把他打上×，绑赴刑场，执行枪决！"台下一阵动，大伙儿一齐伸长了脖子，大张着眼，一些还张开了嘴。台上的汪局长当真从裤兜里掏出一把手枪来，朝着葛藤下面的西装一扣扳机。一串红光沿枪管一路闪过去，听响声像有许多子弹射出。西装里的那个人应声倒地。他倒得太投入，倒得不是地方，从土堆上滚了下去。假如他像一根伐倒的木料那样，滚下去就滚下去，大概还不会有什么。可他忘了自己是个死人，带着一叠叫声往下滚。途中又因为磕着扎着什么，把叫声拉得很长很尖。叫声把台下的人刺激起来，好几个人提着拳头往那里奔。有人抓起砖头。那个披横幅的家伙操起一根木棒。这时候，台上那个人正在看自己的手枪，显然对刚才那一枪的效果十分满意。哨子声已经不起作用。刘姨叫了一声，奔到土堆上，亮出左臂的红袖章。矮子的哨子一下来劲了，狠狠吹了两把。一个大个子跟着大吼一声停。木棒停在空中，一堆湿牛粪似的乱发底下，坚决两个字跟着横幅一起不动了。那条剪开的破棉裤和腿一起被冻僵。举起的拳头慢慢垂下。那块跑到头顶去的砖头，在上头停了一会儿，又溜回地面。连死去的人也撑起西装，回到人群中。不知道什么时候，汪局长已经从台上下来，站在墓碑前，朝上面仰望。跟当年上头来了人一样。

这时候，那个站在高处的人，她还是刘姨吗？她就是十五楼的汪局长，就是恺撒，就是阅兵场上的大统帅。看看周围的人，看看我自己，我开始怀疑自己是不是还正常。可是，什么叫正常？正常不正常界线又在哪里？

自打汪局长退休回家，这应该是我们第一次面对面站着你看着我我看着你。这派头，眼前这张脸，这因严肃看问题皱在两眉中间的几条纹路，还有鼻孔里重浊的出气声，全是汪局长。我脱口而出叫了一句汪局长。他没有理会。他拿我从头开始往下看。从他皱起的纹路上可以看出，我是一个需要严肃认真对待的问题。从上衣看到裤子那儿，大概觉得需要进一步看清楚，他蹲了下去。蹲下去时用嘴粗粗出了一口气。我想起刚到局里上班那会，他还是副局长。我去上厕所，没想到他正蹲在那里出粗气。按规矩，见了领导你得打招呼。在这样的地方，他又正在做着这样的事，我完全没有准备，心里一慌，一句话脱口而出：汪局长，您在那儿蹲！话就这样出了口，觉得不妥也没有办法。尴尬。那是林子外面，那幢楼房里的事情。上一次，就在这林子里，他把我看成鬼子。办公楼和上次的林子都被丢到一边，他瞪着眼睛问：

"你是谁？"

很快就有几个簇过来。刘姨赶紧走过来：

"他是跟我的，怎么啦！"

那人马上换了一副脸："你跟着老帅，你是士还是象？"

"是……"

"士——你是士！你是士！我是车，有事请吩咐！"

我有些不知如何是好，嘴里嗫嚅出两个字："汪局……"没想到他接过话："我是汪车，帅士象马炮车。"

他的言谈举止，带着讨好的意思。其他人也换装似的，跟着换上另外的脸。一只车干嘛要讨好一只士呢？大概是士离帅要近的缘故。这跟办公楼里面一样，办公室主任也是科长，其他科长多多少少都要跟办公室主任套近乎。原因就在于办公室主任离局长近。办公室主任不得信任，那是另一回事，迟早要换的。想来有些好笑，以前做汪局长的办公室主任，现在成了刘姨的"士"。

在刘姨出现之前，这老汪似乎不是车马炮之类。一只车凭什么往土堆上一站，就讲三点意见？说是意见，其实是指示、命令、判决书。刘姨来之前，他是这里的帅。刘姨一来，他就到了土堆下。他说他是车。什么东西让他一下从帅变成车？那只袖笼子吗？一只袖笼子就有这么大的威力？还有，那只黄挎包是干什么的？

※

老汪和这些人一周要在这里聚会两次，周二周五下午。有了这两个下午，其他时间他就不再出门，关在自己的屋子里摆弄象棋。刘姨说，知道他在这里跟这些人聚会，知道他花钱买东西给他们，让他们来听他讲话，你不让他来不行，不管也不行。你不管，打破脑壳怎么办？一开始，真让人费了不少神。走顺了就好了。当然，那两个下午，得雷打不动。下雨穿雨衣也得来。她在老汪身边安了两个人，让他俩跟着他：一条大汉看着像河马。他只是有些笨。对他来说，挥动两只硕大的拳头远比动口容易。他动口，多半是有时候需要一声呵哼。在这片林子里，他相当于司法系统。老汪的司法系统。他听命于老汪，不前不后跟着他，是因为那只黄挎包里有他要的烟和酒。酒是他亲爹，烟是他亲娘。爹娘全在袋子里装着，他不听袋子听谁？换人换袋子呢？是只认袋子不认人，还是只认人不认袋子？不错，东西是袋子里来的，可袋子是抓在人手上的。我从刘姨那里拿过袋子，分发里面的东西。给河马的是一瓶二两五的酒、两包烟、一小包油炸花生米。他朝我和那只包翻了翻眼睛，就把我和它一起认领。二两五的酒瓶到他手上，就像拧掉谁脑袋似的把瓶盖拧下，头一仰，一下就把瓶子倒空。接着就跟在老汪身后。要么用两根粗大的手指把一根带嘴的烟架在嘴上，要么从口袋里抠出几粒花生米，往河马嘴里一扔。用刘一半的话说，他跟在老汪身后，要么嘴上冒烟，要么咬牙切齿。大半步的样子，他就这么跟着。除非老汪站在土堆上。老汪站在土堆上，他在土堆旁边站着，离土堆半步远。身后有这样一个人，大概很少有人不听他的。

还有一个跟老汪的，就是刘一半。在这片林子里，地位高低不由一个人的高低大小来决定。刘一半只及河马一半，地位甚至还在河马之上。他跟刘姨多少有点亲戚关系，是刘姨安到这里的亲信。刘姨不在，他等于这里的灵魂。他有一只哨子随时可以拿出来吹几下。有一支笔一个专门的记录本。谁迟到早退，谁打架，谁不听指挥，谁听演讲时讲小话做小动作，还有其他刘一半觉得需要记下来的，都可以弄到记录本上去。记下之后交给老汪签名。以前没有签名这一说。老汪发脾气骂娘差点调河马的拳头来砸人。事实证明，刘一半记录之后，再交由老汪签字，这一过程很能把下面那些人镇住。大伙儿全都不作声，鼓着眼睛望着。仿佛那是一本阎王簿，阎王爷往上头签了字，签到的那个人就会如何如何。名字上簿已是一件怕人的事情。最后分挎包里的东西，簿上有名的，一律按有关规定扣减。给钱的扣钱，给糖果和烟之类的扣糖果和烟。阎王爷的威权不用说，在众人眼里，给阎王管簿的那个人，自然比河马大了许多。本子他有吗？笔他有吗？哨子他有吗？是的，他有两只很大的拳头。可那东西不常用，他也不能随便用。多半是刘一半记下什么叫他用，他才用。

在下面那些人眼里，刘一半处在现在的位置上算得上廉洁，而且讲原则。不用说，记名字的时候，同样有人向他行贿。有人送他楠竹叶子。在送东西的人眼里，这可不是一般的东西。这个山谷没有楠竹，楠竹在另一个山谷。他当然知道，楠竹叶相当于鱼。很多鱼，新鲜鱼和干鱼。也有人不知从哪里捡来红砖红瓦送给他。那是肉，牛肉和猪肉。还有人吃过糖果之后，要把包糖果的纸送给他。有人甚至连糖果带纸一起送。这跟钞票和硬通货有什么区别呢？刘一半一样也不收。那次听讲的时候，那个披横幅的家伙尖叫了两声。他把披在身上的横幅解下来送给刘一半。刘一半没要。最后，那家伙没有抽到他想抽的草花牌香烟。打火机代替他一冒火，把那条"坚决"的横幅烧了。横幅成了灰，他发现他不能没有横幅。有一条红布披在身上，他感到自己是一条龙。背上没有一条红布，不管穿不穿衣服，不管冬天还是夏天，他都只是一条虫。不久，他又从哪里弄了一条披在身上。这一回，上面是"严厉打击"四个字。刘一半说，这家伙只认得"打"字。他总是把有"打"字的那一段弄过来披上。

最严厉的处罚还不是扣钱扣东西。一个人老是被记下名字，认罪态度又不好，可以批斗也可以把他从林子里赶出去。那个西装配短裤的家伙就被开除了。穿棉裤的家伙重下面，上面可以打赤膊，夏天也得弄一条棉裤穿上，他叫热带鸟。这一个恰好相反，下面光着也无所谓，上面无论如何得弄一件西装穿上。西装罩下来，下面的东西自然有了着落。至于西装里面，穿背心打赤膊都没有关系。他以教授自居，证明就是那件西装。西装就像留学的洋文凭。这样一个穿西装的家伙，免不了要摇头晃脑说三道四。还时不时竖起屁股，从胯里看东西。一个拿了笔等着把人往簿子上记的人，他会发现，不管他动口还是动手动脚，差不多都可以记上去。他的名字没少往刘一半的登记簿上去。去了还不服软，说什么我是影子，我怕什么。最后他被开除球籍赶出去。他没等河马挥动拳头，就往街上跑。一边跑一边打哈哈，高喊牛屎万岁，面包盒和垃圾桶一齐万岁。他没有往楼顶上去，也不会去跳楼。他在街上转了一圈，圈子转得有些大。转到后来，大概发现不能老是一个人，得有人听他说，朝他看。如果不行，那就让他看别人听别人，从胯里看胯里听。街上是有很多人，他们既不听他说，也不要他来听。他们好像走在电视里。除非你把电视关了。可他不能把他们关了。用嘴用手都不行，穿上西装脱掉西装都不行。他们好像商量好了，全都不理他。一个人把头夹在胯里看了半天，觉得怪没意思的。没有人跟他一起。他只能跟影子在一起。影子也不听他的。有时候好几个在打架。走着走着，它又不见了。踢它踩它，痛的是你自己。甩它还甩不掉。进林子的时候，影子逃走了。没有球籍，即便西装底下挂着两只球，一点用处也没有。他一个人坐在那里哭。他不能再说他是影子。他只能听人家叫他烂西装。

这下轮到刘一半搬出簿来往上头看。一件烂西装是不是有球籍，全在那上头。他不紧不慢一页一页往后翻。所有记过字的都翻过去了，他还在往后翻。他停下的那一页什么也没写，他硬是从上头看出几条几款来。问过几个人，他们都相信上头是有字的。没有字，刘一半怎么念出来了？他念出来就说明那上面有。

有却说没有，也是反革命。烂西装的话没人信。他们信刘一半：第一条打屁股。至于打几下，得由他刘一半来请示汪大帅。他问：局长你说打几下？汪大帅伸出一根指头。他又问了一下。大帅把倒下去的手指头再竖一遍。他说那好，一加一等于二。刚好两边屁股，一边打一下！最后一句是对河马说的。比他大一倍的河马，听到自己的二分之一发出的指令，拿眼睛朝老汪望了望。老汪没说什么。没说什么就是同意，他把嘴边的烟头一吐，提了两只拳头过去。拳头落下，地上的声音陡地升高四倍。第二条是批斗。有关批斗的事，我们已经知道，批斗他的理由，不是他犯法乱纪太多，不是他认罪态度不好，也不是没有球籍却在地球上乱跑。不知怎么的，罪名是喝酒，把太阳吃掉一块，还把酒说成水。当然不会有人出来问什么。话是土堆上头说的，他们只要跟着热闹就行。热闹之后还有东西吃。问多了没东西吃。至于烂西装本人，刚刚打了屁股，嘴巴还在为屁股叫唤。就算嘴巴空出来，还是不说为妙。接下来还有几条几款，比方说宣誓悔过自新什么的，那就看到刘一半是不是接着往下念，那就看汪大帅接下来是不是要讲历史，讲政事。也有这样的时候，念着念着，刘姨来了。刘姨一来，簿上的字也就没了。她一来，他会赶紧拿了哨子，两下两下一吹。听的人一听就明白：红袖章来了！黄挎包来了！

　　也许该说说那个偷看我做俯卧撑的家伙。刘一半叫他老鼠。他东张西望，一会儿这里一会儿那里，倒也像一只老鼠。我帮着刘姨分东西，他就像十八代的亲戚那样望着我笑，根本就没觉得上次骂我傻瓜骂我小偷小摸有什么难堪。仿佛那是一件让人亲密无比的事。他常常因为做小动作、无缘无故发笑或者早退，被刘一半记入登记簿。扣东西的时候，他会哭丧着脸。一转脸，他又喜笑颜开。倘若糖果没有被扣，吃糖果时，他会咯咯笑出声来。仿佛糖果在嘴里爆开了。

　　他违规最多，像西游记里边的猪八戒。他老在行贿，虽然人家不受贿。和那个穿西装的家伙不一样，他受的处罚并不重，也像猪八戒。神界也一样。

　　我是影子。

　　烂西装朝我走过来，第一句话有些像。美国人见面先报名字。看他认真的样子，我笑起来。他没有笑。那样子，好像他认为不好笑的事，他决不会陪着笑。我有些尴尬，便不再笑，便问他怎么老是倒着看。他说喜欢，喜欢不是很好的理由吗？之后，一阵沉默显得有些长。我发现，我不能跟他有效地沟通。好像我手里拿着一只黄挎包，我是"正常人"，就该高高在上。他不高兴。我想起以前读过的那点心理学：跟比你矮的人说话，要学会蹲下身子。我说我也喜欢从胯里看天。小时候喜欢，现在还喜欢。只是有些忘了。脑袋只知道向别人致敬，朝别人垂下。不会朝自己，尤其不会朝自己的两条腿。这一头老在这一头，老喜欢高高在上，不喜欢跟另一头平起平坐。他高兴起来，他喊起来：你不说，你听我说！他说，脑袋在上面呆得太久，错的太多。汪大头，老在上头。得让它下到基层去锻炼。脑袋好色，其实做不了什么，具体事情还得由下面去办。还贪吃，吃进去的东西去了哪里？还不是统统往下。噼里啪啦往下。它上电视它做演讲水落石出出人头地头头是道头领首领首长首相砍脑壳都是它。他说树不是这样。树头不重要，重要的是树屁股。头可以砍掉，屁股得留着。屁股在地下。树根会问：为什么老是天在上地在下？为什么天就不能下到地上来？为什么不重要的反而在上头？所有这些问题，都得向屁股请教。位置决定看法，说的就是这个意思。把倒过去的倒过来，看能不能把那个楼上跳下来的人看回楼上去。武打片不就是这样拍的吗？明明往下跳，拍出来是往上飞。因此有一天，这些树就会往天上去，把树梢树叶和枝条栽到天上去。这样，我们这块地方就会挂在上面，飞过城市上空。热带鸟不用横幅也可以飞。要不，这些树怎么歪着下半身？我为什么是影了？ 个人的影了就是他栽到天上去的风筝，飞到地上来的云。很多人不知道这一点，喝酒或许还有救。你干嘛不试试，像我这样看一把？带着身上的血，带着酒的精子往地上来。屁股留在上头，天上的事情，全由它做主。

我把手里的挎包交给刘一半，学着他往胯里看了一把。小时候也这样看过，感觉就是把天拿到自己胯里来，按自己的意思把它和地掉一下个儿。这种感觉很奇妙：这样一来，世界就成了你自己的。没有老师和路队长，没有谁来吹着口哨叫你立正，叫你一二一踏步走。没有人在你玩得开心的时候，喊你去睡觉。没有人准备好小竹条，等着抽你的屁股。太阳和月亮，也不像父亲和老师那么高高在上。它们倒是像某个表哥和邻居的姐妹。脖子再伸长一点，就可以跟他们一般齐。

把天地掉一下个儿，好些事就都可以做了。只要掉个个儿，人就变得跟影子一样轻。烂西装是这样，老汪也是。那幢十五层楼的办公楼其实可以不用。他要站高，三国时候的大人物都可以拿来垫脚。他不高兴了，他要批斗谁，烂西装稻草人随手就是。他要讲话，有好多耳朵都在等着往里面装。还有签字，最能代表那座楼，那间屋子，那张桌子那把椅子的是签字——一口气把汪劲松三个字签到纸上！那三个字一签上去，一些事情随之发生：有人要挨揍，有人要挨斗，有人哭有人笑，有人吃不到糖果有人抽不到烟……他把汪劲松三个字写得快要飞起来，要多痛快有多痛快。刘一半的登记簿，他一路签下去，越签越痛快，每一个人的名字后面，他都把它签上。到末尾，还多签了三个汪劲松。最后那个松字，像滚滚波涛没完没了往后涌。这般狂草，大概只有梵高燃烧的丝柏跟他比得。那感觉，就像一个人站在很高的地方拉下一把尿，流下去是一条河。想起十五楼那一声同志们，何其壮哉！那快活劲有时真让人心动。这事儿比俯卧撑来劲……

　　跟他们一起待久了，我有些担心，怕有一天自己也弄得跟他们一样。不是刘姨打电话，我不会再来。毕竟我还没有准备好，要把这边的世界丢到一边去。

※

　　电话是钟会文打来的，通知我到局里开会。这小子，自从当上副主任，牵头办公室工作以后，说话的口气不知不觉就把那个"副"字去掉。你甚至可以从中听出副局长、局长的味儿。小王拿眼睛在一旁望着。我压低声音，对手机说：我在市里开会。我的意思，这边是市里的会，那边只是局里的会。这小子就是不识趣，还问了一句：扶贫的会？这时候，老汪正在他的台上讲话。他听出来是在开会，我没再说什么。老汪说的当然不是扶贫。他将右手握成一只喇叭在训话：这不是我在说话，这是喇叭在说话！高音喇叭谁也不能辩驳，事情由分贝大小决定。一二一，就两个字。管住你们这些手这些脚，不用多，两个字就够用。就两个字，从一数到二，跟着又从二回到一。循环往复，可以转上一万年。一二一万岁！计算机——计算机是什么？就是一二一。这说明什么？这说明，不论古今中外，不论亚历山大还是机器人。都是两个字：一二一。一就是你的左脚和右手，接下来二就到了右脚和左手。卒子两条腿，马四条腿，车有几匹

摄影 / 于坚作品
喜洲附近田野上最后一个农夫

马——几匹马就是几个四条腿。帅就是一座房子，房子里的椅子桌子都是四条腿。不管几条腿，都是一二一。

小王把嘴伸到我耳边："他比在会议室时讲得好耶！"我的脸感到一股热气，感到她潮湿的唇。背横幅的热带鸟，摇头晃脑的小老鼠，头夹在两腿中间的烂西装，这一切让她感到新奇刺激，又稍稍有些畏葸。在那棵大朴树后面，她尽量靠近我。每看到什么，不能像平时那样叫喊和笑，就把这些全放眼睛里，朝我望。她的出现，招引了越来越多的目光。他们不再安心听上面的人讲话，场面变得有些乱……

刘姨要到深圳儿子那边去一趟，中间有个周二周五。她说，家里吃饭什么的还好办，主要是林子那边，缺了人怕出漏子。想来想去，实在找不到其他人。还说，刘矮子在他们中间，帮衬一下还行。让他来排布什么，其他人不会听，老汪更不会听。像小王说的，我有些心软，最后还是答应试试。她叮嘱，进去要戴上袖笼子。她叮嘱的时候，我只是笑。我越笑，她越叮嘱。像她戴上还不怎么显形，街上多的是。我要戴上，连我自己都会觉得脑子有问题。决定这片林子里好多事情的，无非是黄挎包。我不知道，有了这只黄挎包，还要红袖章做什么。

我和小王站在一棵大树后面。一开始，什么也没发生。刘一半还朝我做了一个手势。老鼠不时露出头来，朝我和小王笑，仿佛他早就知道，我会跟小王一起来。小王打电话给我说钟会文不是人。我愿意听人说他不是人，尤其是她。她就过来了，跟我说他怎么不是人：他以为他牵一下头，就主任了，就什么都得听他的，就什么事都可以做了……还说你倒是好，一走了之，撂下我们不管了。她说我听。听到吃饭的时候，就一起吃了一顿饭。以前我们也一起吃饭。那时候不一样。那时我还在办公室管事，她在我手下办事。一起吃饭，是因为加班，或者别的什么。现在是因为钟会文。因为钟会文，两个人中间好像多了一点什么。比方说，她不找其他人，独独找了我来说钟会文。她知道我愿意听。我一听就听到吃中饭的时候，还一起吃了一顿饭。吃饭的感觉也跟以前不一样。以前吃饭就吃饭，随便哪里都行。现在觉得吃饭得找个地方避避人。找着地方，又觉得这地方，连服务员敲门进来的样子，都像是两个人之间有什么。以致吃饭时，得不停地找些什么来说，表示我们之间没什么。钟会文说得差不多了，我说起林子里的事情。她说她也要去。我说你不能去。你怎么能去呢？她问为什么，我不说。她一定要问为什么。我说他们那么多人，没有一个吃素的。她说刘姨怎么能去？我说你不是刘姨。你怎么能跟刘姨比呢……我这样说的时候，越过餐桌望了望那张红扑扑的脸，又把目光往脖子下面的胸脯移了移。我在想，钟会文是要从这里开始呢，还是往下直奔主题？她一定注意到我的目光，把头偏向一边，还把身子扭了扭。目光待不住了，从上面跌落下来。她知道，我不是钟会文，她也没把我当钟会文。她赶紧递过来一句话：我就不信，他们能把我吃了。又说还有你呢，你是干什么的呀！我说你硬要去，出了问题莫怪我。她一笑：出了问题就怪你。

正好刘姨去深圳。我带上那只黄挎包，还带上小王。

事情来得有些突然。越来越多眼睛朝我们望。最终，老汪也在土堆上转过身来，朝我们站着。跟我那次一样，小王怯怯地叫了一声汪局长。他像是从三国时候望过来，有那么一阵，没有动也没有吱声。他一定是在自己的棋谱上寻找：眼前究竟是两颗什么样的棋子，它们来自何方？那只女棋子显然不是以前来的那个帅——没有一处地方像帅，也没有一样东西证明她是帅。她不是帅，旁边的士或者象也就成了问题。只有一种可能：敌方的棋子攻入！它们化装成这边的士和象，甚至装成帅的样子。女的说不定是敌方一匹马，男的是什么，马后炮？他叫一声马后炮，转身朝他下面的棋子手一挥：给我上！

整副棋子一齐喊叫起来。叫声好像都化作幢幢黑影簇拥过来。黑影连着林子一起倒下，一起压到身上的。还有让人作呕的气味。身子下面软绵绵地在动。那是一个女人的身体。我能够做的，是尽量把她护在下面。什么东西勒得我肩臂生痛。原本集中在我身上的重量开始滑向那一头。他们要把我从小王身上吊起？崩的一下，他们一齐飞走，那根带子也嗖的一声从我身上溜走。我记起那只黄挎包。他们在旁边垛成一大堆。他们在抢那只包，抢包里的东西。我和小王只是一小堆。哨子在旁边响。哨子没有用。不是那只包，我会挨更多的拳和脚，说不定还有砖头棒子。还有小王，不知道他们会把小王怎样。漫过堤岸的洪水，遇到什么就会冲毁什么……

我站起身来之后，小王也从地上爬起来。我偷偷扫了一眼，她红着一张脸，垂着眼。刚刚被我压过的躯体，此刻显得格外真切诱人。那里头似乎有什么被唤醒。我不知接下来该怎么办。我不能说对不起，好像我有意压在她身上。我不能解释什么，解释什么呢？我也不能什么都不说，像根木头似的。我想不起说什么，就在喉咙里咳了一下。她抬了抬眼，朝我望了半眼。光是那半眼，就足以把一个人融化。她没等我融化，捡起她掉在地上的包，慌慌张张往林子外面去。有一阵，甚至在跑，仿佛要跑掉刚才那些。

老汪在笑。坐在土堆上，大模大样地笑。我一踊而起，手握成拳，脚跑起来，嘴里骂着。提到土堆上去的拳头，最终没有落到那个人身上。那张从办公楼从主席台移过来的脸，那种笑，那领袖一般梳向后去的发式，太像汪局长了！我知道他不再是汪局长，可是我的拳头不能往那上面去！我打开左边的手掌，让右边的拳头在上面砸了一下。

"袖笼子呢？怎么不用袖笼子！"

是刘一半。

河马一屁股坐在地上，两只拳头散开着。两只酒瓶倒在地上。一只烟头在他嘴上冒火冒烟。断了背带的黄挎包，像是被人揍扁了，贴在地上。老鼠在笑。烂西装在往胯里看天。披横幅的家伙凭着半条横幅在试飞。小王走了。刘姨在深圳。

※

周五下午我还是没戴那只袖笼子。不戴它，多多少少跟他们还有一点区别。戴上它，自己都不知道自己成了什么。我用一根棍子挑着。有些像鬼子进村，刺刀上挑一面旗子。这次我不会站在土堆后面等着。我倒是要试试，这只印着帅字的袖笼子，到底有多大用处。一进林子我就直奔土堆，将那根棍子往上面一插。正在土堆上头当大帅的那个人朝我看一眼，随即转向那根棍子。吊在上头的袖笼子动了动，仿佛在告诉他它是谁。原本顶天立地站在那里的身子，突然一下变软，稀里索里从土堆上溜了下去。感觉就像一只老虎突然变成老鼠，看到猫吓得屁滚尿流。跟上次刘姨来一样，他绷直身子站在墓碑前，目不转睛朝上头望着。我有意偏开一点，他的目光没有跟着我。他只是望着他心目中的帅，一脸忠诚。大概对于他来说，不管是人还是一根棍子都一样，他只认那只袖笼子，只认袖笼子上那个帅字。到底是什么，把这只袖笼子如此牢固地烙进他的脑子里？不，是血液！脑子会糊涂，血液不会。过上一百年也不会。血液会感染，会遗传。我不知道这中间有着什么样的密码。我试着把棍子拔起来，让它跟着我在土堆上移动。再没有比这更神奇的了——就像阳光牵动向日葵，我手中的棍子仿佛有某种魔力，牵住他的目光。在他身后，其他的脑袋也跟着他一起在转。那个把头夹在胯里的人，也在一拱一拱地挪动屁股，校对自己的方位。他一挪动屁股，就把这片朴树林，和树林上面的天空一起挪动。我不知道，我不知道，他是不是把我连同这个土堆也一起挪动。这么说，是他用屁股在挪动我，也把其他人一起挪动？到底是他挪动我还是我挪动他？天啊，我是不是也跟他们一样了？我怕我已经疯了，我得赶紧停下。棍子插到土堆上，一切都跟着停了下来，世界又回到原来的样子。风来到袖笼子上，袖笼子很快活。拱起的屁股不见了，屁股变成脸。为了证明这一切是真的，我拍了一下手，又拍了一下。啪啪，下面跟着一齐拍，也是两下，又整齐又响亮。跟着，两边的山坡也在响在应。再来两下，下面来得更来劲，更响。一个人的声音可以带出那么多声音，连周围的山都跟着在响。袖笼子在飘的时候，天上的云也在飘。我得说，这让我感到痛快。假如小王这个时候来，她会怎样？钟会文那小了，他以为他很牛，顶多也就一个刘一半！拿掉那个副字，小王也不会跟他做那个。就算做到汪局长，那又怎样——也是一只车！小王这时候在就好了。

到了分发东西的时候。我从土堆上下来，降临到人间。刘一半拿出登记簿，站在我旁边。这是他的时刻，全场的目光都集中到他的本子上：

老鼠做小动作三次，外加讲小话。

——老鼠的笑脸顷刻遭了霜打。

烂西装大动作！

——烂西装若无其事。

热带鸟，也是大动作——热带鸟抬了抬两条手臂，做出飞的动作。

二刘违章一次，三坨违规两次……

　　老汪望着刘一半手上的本子，在搓手。左手搓右手，拿笔的手搓拿本子的手。周二这两只手在干什么呢？一只手叉在腰上，一只手一挥：上！现在，它们在痒痒，在等着汪劲松一路往下写，写成一泡尿写成一条河。我知道。我不管。他要屙尿他上哪里蹲着去，这里不是他喊"同志们"的地方。

　　刘一半念完了，我把手一挥：今天的记录全免了，开始发东西！老鼠第一个跑过来。十二生肖，老鼠最快。他笑着跳过来，笑着跑开。河马走过来，两只拳头打开来是两只很大的手掌，上面可以放很多东西。我在一边放了两小瓶酒，另一边放了两把烟。烂西装来了。我问他要什么，他问我有什么。我给了他烟，给了他酒，还给了吃的。其他人排了过来。我把袋子交给刘一半。我叫住烂西装，他让我感兴趣。我给他钱，叫他买一条长裤子穿上。他摇摇头。他说他不要裤子。他说他只想用两条腿看世界。穿上裤子，世界要小很多。还说裤子都是别人裁的缝的，说是装两条腿，其实是要把你的天空装在里头。你要把你的天装在那里吗？把你的天交给别人你放心吗？我的天，只能夹在我自己的胯里。不管它是抹布还是天花板。我说这上面不是有一块天么。大家不都住在这块天底下？他把开了的酒瓶停在半路上，定住两只眼球：大家？大家是谁？是你吗？是我吗？我是影子，我不是它。你说的那个大家，不是你不是我不是他，要它做什么！我说我不是说大家，我是说上面的天。他说上面的天能住人么？天黑了，你还得住到你的屋子里去。我住我胯里。胯比屋子好，可以带着走。我说你不穿裤子，上面干嘛老穿着西装不脱。他一笑。他笑起来像个孩子：我把它隔开，上头是上头，下面是下面。上头怎么样有西装管，我不管。下面是我自己的，我自己管。我问他：上头有星星，有太阳还有月亮，你知道吗？不知道是吞那半块饼干的缘故还是什么，他停了好一阵：上头怎么样我不知道呀！你知道吗？我一笑：我知道上面有太阳，有星星。他打断我，很机密的样子：谁知道星星是不是鱼，不是说银河吗？月亮，他们一会儿说她是美女，一会儿又说它是癞蛤蟆，还说它是卫星，不发光。你信吗？他们总是这样，东说一下，西说一下，说什么都不打草稿，还要人家信。至于太阳，它应该是老头子抽剩的烟屁股……老头子你知不知道？皇上是万岁，所以老。万民之上，所以头。是天子，所以子。比干的侄儿一万岁，比干只有几十岁。比干不是老头子，他侄儿是。我笑起来：这跟不穿裤子有什么关系呀？他一笑，把个空酒瓶从他的天空里丢下来，跑了。

他想签字！

刘一半拉着老汪的手，远远朝我说。老汪畏畏缩缩的样子，走到离我几步远的地方再不肯往前，猛地躲到刘一半身后。刘一半的身子不够高不够大，挡不了什么。可以看到他垂着眼在搓手。刘一半说：

"他想签字，又不敢跟你说！"

初到办公楼去上班时，我也这样怕着。我说：签吧！

本来蔫着的人，像突然充足电，手臂两扇翅膀似的一挥，两只脚不停地踏腾。刘一半赶紧拿本子，拿了本子又拿笔。刘一半的背就是他的桌子。桌子不高，也不够牢靠，他只能一只手扶住本子，一只手悬在上面往下签。那支出水肥大的宝珠笔，一到主人手上就活了。可以想见，汪劲松三个字正成串成串龙飞凤舞。老汪也从这支笔上头活了转来，像一幅陈年标准像突然放光。记得我们小时候写作文是这样描写：精神焕发，神采奕奕。

字签完，刘一半收拾好桌子又成了刘一半，往袋里放笔放本子。还跟老汪说话，跟我说话。

那些人都走了，林子里变得空阔而安静。下周刘姨就回来了，这一段经历也该告一个段落。要不，老跟这些人混在一起，人家还以为我也那个。

※

刘姨打电话，我没接。后来又打了第二遍。手机第三次响起，我有些生气。可这次不是她，是小王。自打那次压在她身上，再没见过她，也没通过话。突然见到她的电话，心里一动。准备接时，铃声断了。把电话打过去，她在那头笑。笑是个好的办法，梗在两个人中间的东西，一笑就没啦。她说：还以为你不接电话呢！我也笑：你的电话哪能不接呢！还以为又是刘姨的电话。她哎了一声，说她下午到公园散散心，到了那片林子的边边上，里头空荡荡的一个人也没有。问她散什么心，她说还不是钟会文。我说不就一起办点事吗？她说不办，跟神经病办也不跟他办。我说那我就当神经病。她说你还用当神经病。她又开始嘻嘻哈哈。她嘻嘻哈哈，才让人觉得一切都是正常的。她跟钟会文大概是不会嘻嘻哈哈了。

刘姨第三次打电话的时候，我和小王正在市委扶贫办的办公室里。三办公楼，临街。档案局、社科联，一些边边角角的机构大都在这幢楼。晚上这里不像其他楼有人出出进进。街道上热闹，楼内安静。整座楼就我们两个。临街亮着的窗，混入满街灯火，一点也不显形。我们说话，我们笑，有些像临河撒点儿水。不说话的时候，整座屋子就只剩一架时钟在摆动。时钟在我桌子对面的墙壁上。无论我们说不说话，那只钟摆就在小王的后脑勺上头晃来晃去，晃来晃去。我想要的那个故事，与这只钟摆有什么关系呢？我时不时地朝它望望。她就站在那架钟下面。她说她不想坐。那是一件白衬衫，不长。胸部两处突起的地方，又把它往上提了提。那条深颜色的紧身长裤，得以更加完整地显身：沿着腿两边膨胀的弧线，可以清楚地感觉到它立体地在后面隆起，尤其是，尤其是两腿中间那种满当当的感觉……

我们在外面一起吃晚饭。小王说你知道的，评先进一直轮流坐庄，今年应该轮到她。钟会文说先进不能轮。不轮也就罢了，就投票。多数把票投给她，他还说不行。硬是把先进给了那个新来的机要保密员。她也知道当不当先进都一样，只是气不过。想吃野食，吃不到还报复！副主任主持工作，瞧着都恶心！王局长到党校那边讲了一课，你知道他怎样？王局长的讲稿，他用毛笔一个字一个字地抄，抄了一大本，到处拿了给人看，说抄是为了加深理解。两个人一边喝酒，一边骂。骂过姓钟的，接着往上骂，骂到姓王的局长。越骂越开心。酒喝完了，两个人意犹未尽，就记起扶贫办的办公室里还有一块上好的茶砖。小王鼓掌：去市委喝黑茶去！市委比局里大，那地方不要说钟会文，连王局长也管不到。进到那里，会觉得自己也成了市委，可以长长地出一口恶气——让他们瞧瞧，让他们瞧瞧这是哪里！小王很开心，就像扇过钟会文巴掌。小王走前头，拉开步子往前，把两条腿拉得人心惊肉跳。就想起旋转的天堂这个词。就想，假如把头从那里伸过去，世界会是什么样？又想怎么把头往那里伸，那是头要去的地方……

市委的大门，有表明它是市委的牌匾，有戴头盔戴袖章的保安，有门禁系统。我身上有 IC 卡，我们刷卡进去。进了门就发现，小王的步子收紧了。连步子带人一齐收紧了。影子比人大，比人放得开。路灯和树影下，两个人的影子时前时后，一大起来就相互扭到一起。一辆汽车开过，车灯带着影子奔跑起来。仿佛这不是市委，这是那片朴树林，仿佛它们要双双从我们身上跑开去。影子发着疯，人在一旁生生地走着。市委是市委，我们还是我们。市委很大，我们很小。我们不能拿王局长怎么样，也不能拿钟会文怎么样。我们顶多是到里面喝上两杯茶。进楼以后要好一些。楼不像院子那么大，大得人心虚。楼里也没这么多灯，照得你原形毕露。楼房里只盛着黑暗。后来亮起灯，这灯也是为我们而亮。可是两个人无法回到喝酒的时候。喝下去的酒，似乎全都跟着刚才的影子跑了。两个人都在努力，想找一些回来。

桌上一本画册，里头是扶贫点、养老院的照片。喝茶的时候，小王随手翻看着。没想到在一张照片上头看到我。当然是边角上，露出半截身子。小王叫起来：哎呀，你，这是你！我凑过去，两个人一起看那上面的我。我一笑：不就半截身子吗！她说：是啊，还有半截干什么去了？老实交代！我用左腿碰了碰她的右腿：在这里——里头装的全是酒！她笑。我又碰了一下。她不反感。想一想，这地方不会有别人来。想过这些之后，我从后面抱住她。从腰那里伸过去，两只手在她的腹部会合。柔软的小腹在翕动，在起伏。显然，手在这里没有问题。问题是下一步它们该往上还是往下。往上是山坡，往下似乎太快了……就在这时，一阵铃声响起。铃声在腿上，右边裤兜里。突然响起的电话铃，尤其它响的部位，两个人都像被击中要害。有那么一阵，两个人都没动。两个人都记起很多东西。那些好不容易放到一边去的东西。原本柔软温热的身子，在我手下变硬变冷。她一动，那两只手就像撒手人寰似的，听任她走出拥抱，走出房门，走出三办公楼，走进窗外灯与影的世界里。

电话是刘姨打来的。

老汪不见了。刘姨在哭。不只是老汪不见了，林子里那些人都不见了。刘一半手上是有一部手机的，刘姨给他，是要他保持联系。可现在，手机都快打爆了，就是没人接。后来就干脆打不通了。她去过好几趟，林子空荡荡的。她没有办法，她不知道上哪儿去找，只好一遍一遍给我打电话。她说我是实在没有办法！我儿子还在深圳来的路上。我只能求你，小田——田主任！我也不知道上哪儿去找，只好陪她再去一趟林子。我们打着手电。仿佛那么些人都是些蚕豆芝麻，需要一点一滴去找。土堆上面被脚步踩得光溜溜的，手电光落到上面，一下亮了许多。只有脚步没有人。土堆下面，我们找到一截横幅，"严厉打"三个字还在，披横幅的家伙不知道去了哪里。后来找到一个本子，刘一半的登记簿。里头有刘一半记录的谁谁谁，有汪劲松的签名，横着签竖着签斜着签。这一切都在向手电光证明，这些人确实存在过，现在不知道去了哪里。

只能上派出所报案。刘姨并不想报案。一报案，全世界就都知道他们家老汪脑子进了水，堂堂的汪局长成了神经病！她不但不再是局长家属，还成了神经病家属。说不定就有人上门来，要把他送到精神病院去。可现在只能报案。决定去报案的时候，刘姨的眼泪一涌而出。毕竟，找到人才是最重要的。派出所值班的是一个老疙瘩。他坐的地方，还有那顶帽子那套服装都证明他是值班的。他在那顶帽子底下一笑，露出一口烟熏黑的牙：一群神经病，一窝蜂想上哪儿就上哪儿。现在找不到，说不定明天又蹦回来了。有一点只管放心，这么多人又不是一群蚂蚁，没听说哪里出车祸出人命。他望都没朝刘姨望，也没往报案本上登记。我想我得说点什么。我朝他递了一根烟，顺便说了一句我在市委三办公楼上班。他立马找了本子出来登记。还问了联系电话。登记完了，还送我们到门口，说一有情况，马上给刘姨打电话。

我送刘姨进她家的小区。远远地，她就看到窗子里有光。她说她不知道是她忘了关灯，还是那个老东西回来了。她走得很急，一进门就急颠颠往老汪的屋子里奔。屋子里没人，只有码得很高的象棋。一看到象棋，她又哭起来：这个晚上，她只能跟象棋一起了。我不想再留，安慰了几句，侧着身子从那张沙发前走过，匆匆出了门。这条路我走过不少。老汪从这里消失了，街道上和街道两边，一切照常进行。局机关的办公楼也是，少了汪局长，少了田主任，一切照样。我叹了一口气：刘姨要的是跟以前一样的夜，可她只能过一个跟以前不一样的夜。而我，只能走向跟以前一样的夜了！它本来是要有一点不同的。

老汪的儿子儿媳一起来了。他们去过派出所之后，好像只能找我。我只能带他们去公园，往那片林子里去。人是哪里丢的，好像就只能往那里去找。林子在变样。一些树被连根挖起。挖一棵大树像一项工程，连吊车都用上。弯曲的树身，吊挂起来更方便。一台挖土机在林子里修路，卡车在往里头拉石头。

林子成了工地，一片热闹繁忙的景象。他们要在这里修上水泥路，用水泥引领游人围着那个土堆打转转。那个土堆不再是老汪的，它叫周瑜墓。我看到，刘姨那双眼睛在她儿子脸上望着我。这双眼睛上头，是老汪的额头，老汪的眉毛。老汪不在林子里。他们留在林子里的痕迹，正在被机械和水泥删除。他倒是在他儿子身上，时不时在某些地方，某个动作上显露出来。一个念头一闪：老汪是不是已经不在人世？可是，其他那些人呢？

下午小王给我打电话。第一个念头是：她还想跟我谈钟会文？如果这样，在接下来的时间里，我得把手机静音或者关了，就像开会时主持人所说的那样。她说的不是钟会文王局长，她说的是老汪。她在办公室，刚刚接到一个电话。电话是爱卫会打来的，问汪劲松是不是局里的退休人员。之后就有些正式通知的意思：经临床确诊，汪劲松犯有精神病，正在精神病院授受治疗。请转告汪劲松家属，叫他们放心。

※

爱卫会其实就是卫生局。爱卫会的全称是爱国卫生运动委员会，主任是管卫生的副市长，副主任是卫生局长。爱卫会下设办公室，爱卫办设在卫生局，卫生局长兼爱卫办主任。卫生局有了这么一个爱卫办，就可以往其他局打电话甚至发文件。说话的口气，就是副市级架子。

我到卫生局的时候，刘姨和她儿子已经到了。他们已经从某间办公室拿到"标准答案"，跟小王接到的通知一个样。他们要求见老汪。人家告诉他们，现在还在强制治疗阶段，到时候会让他们见面的。他们还想多说几句什么。人家就说病人以前是领导干部，你们是干部家属，要带头的。叫他们放心，病人会得到很好的治疗和护理。尤其像老汪这样以前当过领导干部的。知道老汪还在，还在这座城市的某些墙壁里面，他们总算放下心来。他们当然还想知道得多一些，甚至还想问问，为什么早不告诉病人家里。可人家一句话堵上他们的嘴。卫生局这边，他们又没有熟人。

卫生局的办公室主任我熟。他说，探望可能还得过几天。他可以先往那边打个电话，人家毕竟是当过局长的。他告诉我，那天新来的市长到园林局开会，顺便上公园转了转。刚好一帮人在周瑜墓那儿闹腾。一看就知道精神不正常。开会的时候，市长把卫生局长也叫了过去。市长说：周瑜那个景点要弄出来。那些精神病人，卫生局要管。有病要治疗。不是说又修了一个精神病院吗。市长这边发了话，卫生局那边恰好也收到上头来的文件，要求加强对精神疾患人员的管理与治疗，病人入院治疗率还有具体指标。这是他们进医院以前的事。他们进的那所医院叫做爱民康复医院。我把这些告诉刘姨和她儿子。他们没有再说什么。他们说有领导在管，他们就放心。他们谢谢我。

刘一半在里面待了三天，就被放出来。他出来以后，待在家里没吭声。刘姨从一个亲戚那里听到，是在几天以后。刘姨的亲戚后来说，刘姨当时很气，一路都在念叨：见了要骂他，骂他，狠狠骂他。可她见了他，一句也没骂。刘一半仰在一张破沙发上，一副打农药中毒的样子。问他怎么先回来，问他里面怎么样，老汪怎样，他慢吞吞从贴胸的地方掏出一张纸。他照着纸上念：我们在里面很好治疗好吃得好睡得好请××放心。最后那一句，他连两个叉叉也照念：请叉叉放心。刘姨没有骂他，转身出了门。

她找到我，求我，说她还是想见老汪一面。说我卫生局有熟人。哪怕看上一眼也行。

那是在老汪他们进去两个星期以后。爱民康复医院在城郊，刘姨来过，没见着人，地方倒是摸熟了。周围是山。山不高，可墙外边的山壁切得很陡。四围的水泥墙足够高。进病区有 AB 两道铁门，A 门开时 B 门关，B 门开时 A 门关。AB 门之间，有一条十来米长的过道。过道一边有一间屋子，带卫生间。亲友探访时，在这里跟病人见面。一旁会有保安，护士陪同。保安一色青壮男子，统一着装。包括帽子。

先进入 A 门。A 门全是钢板。B 门上半部有一些栅栏，透过栅栏可以看到：里面是一条很长的走廊。两边有好些开着的门，朝走廊透着白光。没听到声音。B 门打开后，老汪像条影子朝这边移来，后边跟着护士和保安。刘姨痴痴地望着，老汪到了面前，才一惊似的。想起穿条纹服的这个人是老汪，她鼻子皱了几皱，想哭。老汪手一挥：哭什么，注意影响！刘姨一下没了主意，拿眼睛朝我望。

老汪漫不经心扫了我一眼。显然，在他眼里，我无异于一张桌子一把椅子，或者干脆是一根木头。即便这根木头穿了衣服走动起来，他也无所谓。他的目光在护士身上变得柔和起来。护士长得不差。护士问：汪局长，你现在是老几？他竖起一根大拇指，接着指了指印在胸前的 1 字，又往背后摸了摸——背后的 1 字更大。护士又问：1 号是干什么的呀？

立正！老汪突然亮开嗓门，接着就一二一喊开了。喊声直扑 A 门，在那儿的钢板上打一个转身，穿过 B 门上的栅栏，在走廊里传响。从那些透着白光的门洞晃出一条条人影，在走廊里排起长队，一下一下原地在走。老汪扔下刘姨，连护士也不顾了，朝着门上的栅栏喊开了。护士显然习惯了，笑了笑，拍拍老汪的背：1 号，你家属来了，你要到这边屋子里去！老汪转过身，脸上还带着喊口令时的严厉：这是你说的？护士说：是我说的，也是他说的。她指了指一旁的保安。老汪垂下眼睑，乖乖进了旁边的屋子。保安朝栅栏那边喊了一句解散。一条条人影游回门洞的白光里。剩下的走廊，像一场梦幻之后的遗迹。这边老汪进接待间之后，又进了卫生间。从那里传出来一声喊：同志们！

一天有两次，上午一次，下午一次。男病号、女病号全都集中到病区的运动场，由老汪来喊操。他要喊的就是三组数字：一二一；一二三四；一二三四，二二三四，三二三四，四二三四。他在升旗台上喊，手里头还有一只电喇叭。从那里传出的声音，在高墙围起的山谷里震荡——那是谁的声音？是他老汪汪局长的声音。他已经把周瑜的大土堆，连同十五楼的会议厅一起忘掉。他的全部人生，都到了这只电喇叭上。他喊一二一，下面那么多人，有男还有女，全都在那里动手动脚。是原地踏步，还是绕着场子跑，全看他的。他可以让他们像梦里一样，走了老半天，最后哪里也没去。也可以让他们跑起来，男队追女队的屁股，女队追男队的屁股。一直追到男队里有女人的屁股，女队里有男人的腿。他怎么喊，他们就怎么动。他的声音跑到这么多人的手上脚上，成了他们的动作。不管老头子还是恺撒大帝，不就是这样吗？不，他们没有电喇叭。电喇叭只他老人家有。手上有了一只电喇叭，站到台子上，老汪就不再是原来老汪，甚至不是原来的汪局长。有时候，我们的汪大帅觉得需要欢呼，需要响应——站在高处的人好像都需要这个——他就喊一二三四！下面的一听，从一到二之后，跟在二后面的不是一，而是三，最后是那个孔武有力的四！他们赶紧从自己的身子里面出发，把那四个字一下一下往外丢，丢得围墙和周围的山一齐响应。每个人都感到出气解恨，感到痛快过瘾，感到振奋。他喜欢一二三四，他们也喜欢一二三四。一口气连着冲过二冲过三，一齐奔向四，就像一只和山一同抡起，砸向天空的拳头。

还有做操，四个四拍：一是把两只手举起来，二是把两只脚跳起来。他们要以为他只能动他们的手，动他们的脚，他们就错了。他喊到三，他们得弯腰驼背低头向前伏。让他们记住，脊椎是用来弯曲的。接下来是四，他们抬起身子向后仰，脸像葵花，不管女葵花男葵花，朵朵葵花向太阳。太阳在旗杆顶头。旗杆下面是谁？是他汪大帅汪老头子！假如我是他，喊过一，喊过二，我会带着那只电喇叭向右转，那边的条纹服上面，头发要长一些。俯下身去时，长头发瀑布一样直往下泻。另一头翘起来，雌斑马的尾部甚至没有一条尾巴遮遮掩掩。猛地一声"四"，她们往后仰，往后仰，就像躺进云层里。或许他老人家年事已高，即便有想法也已没了办法。后宫佳丽三千人，看一眼也是好的呀……

我在心里扇了自己一耳光，让我不再想入非非。我得找找我认识的人。

在斑马群中，把他们认出来有些难。只能让人领着，到房间里去找。很大一间间房，墙是白的，地是白的，房顶是白的，一张张单人床上被单是白的，日光灯放出来的光也是白的。从偏暗的走廊进去，只觉得好些条纹在白色里面游动。人没动也像在游。

老鼠还在笑。以前也是痴痴地笑，笑的时候眼睛里透着亮，多一点生动。现在不是，空空洞洞在笑。烂西装不再穿西装。出操的时候他会去做操。不出操的时候，他喜欢椅背朝墙，人朝着椅背骑在椅子上。头上还顶一只洗脸盆。护士说，有时也会顶一张报纸或者枕头、毛巾。一看到我，他就在洗脸盆底下说：我不是影子！我没有从胯里看天！我没有！我不是！四句话一组。我想跟他再说点什么，拿了一把椅子像他那样坐着。坐了一阵，他拿眼睛朝我喵了喵。我问他是不是还认得我。他说：我不是影子！除此不再说什么。背横幅的家伙也不再背着横幅，牛屎一样的头发也已剃光。几乎不认得他了。护士说他治疗效果好，表现也好，做操喜欢把一二三四喊得山响。没有看到河马。医生说他

摄影 / 于坚作品
腾冲，一个乡村的中午

的病情最严重，还在重症室。动不动就拿拳头往什么上砸，看到什么砸什么。他们不肯让我去看。

老汪在这里过得挺好。问他想不想家，要不要回家，他一个劲摇头。在家的时候，一个星期站到高处喊话只能喊两次。其他时间，就只能在桌子上把棋子摆来摆去。棋子再多也是棋子。棋子是木头做的，棋子不会动，不会喊一二三四。棋子不是肉做的，因此也就没有女棋子。在这里，一天就可以站到台子上喊两次。在这里，有些棋子是女棋子。我注意到，那些女病人中间，有一个长得还真不差。条纹服里头和上头，你想要的东西一件也不少。老汪的眼睛喜欢往那里去，人也喜欢往那边凑。女的好像不怎么在意他。她拿了一个糖果（我们带了些糖果分给他们），手伸得老长，直奔我而来，把我吓了一跳。我还没回过神来，老汪伸手去接。她不给他。她把糖果丢在我脚下。

刘姨当然看到了。以前当局长时她盯老汪盯得紧。眼下的情形，她不好再说什么。她叹了一口气：他喜欢这里也好。也只好这样了。离开时，我们朝他喊再见。隔着栅栏门，他喊了一句：解散！

※

老汪已经说过解散，刘姨也已说过感谢的话。老汪他们的事，到这里也该打住了。我自己也弄不清楚，怎么一下又跑到爱民康复医院来了。大概是因为老汪他们上了电视，电视把他们的影子送到千家万户。那么多影子在跑步，在做操。我打了一个寒噤，影子就跟着凉水溜了下来。它们斜斜穿过院子，往办公楼去。一会儿是小王的影子摆过来一只手，拖住我一条腿。一会儿又是她的另一只手牵住钟会文的衣。世界上总有这样的人，他们就像你的必修课。你想做个好梦，一不留神，他的影子就溜了进来。影子不怕火不怕水不怕踩不怕跌打也打不死推也推不开甩也甩不掉，你一点办法也没有。一切都是路灯说了算。路灯把我们的影子配成不同的图案。不同的图案可以配上不同的情节。可是两条影子，没有一条拧得出水来。有些地段看起来有些潮湿，那是上头的灯老得有些发昏。

十五层楼，没有一层用来装你想要的那些。有一阵，老汪以为十五楼是。

其实不是。离开办公楼，钟会文的影子就没有了。两条影子直接去了故事的中间地带。上帝把最好最关键的都安置在中间。从上头开始的，最终都要往这里来。下头的腿脚跑来跑去，最后发现，要找的地方就在腿上头一点，中间的部分。两个人在那里喝酒。一瓶红酒，分到两条影子上。酒在呼喊，它们要重逢。影子差不多发了疯。它牵着小王的高跟鞋，把高跟鞋上面两条腿拉成一个个八字。八字连着八字。连路灯筛下来的树影，连树影筛下来的叶子，连树影和叶子上的风也一起牵动。把喝了酒的影子装进一座楼，就发现，没有姓钟的影子，也还是一样。发酒疯的影子一定是压进一块茶砖里。要不怎么叫黑茶？说是黑茶，泡出来却像是红酒。最后，两个人进了两个不同的厕所，用的是不同的姿势，不管酒还是茶水，都进了同一个下水道。

我没有办法，我只好独自往前走。一排路灯。一条影子拖得很大，有半条街差不多是它的。人似乎奈何不了它。大到一定时候，它开始变小。你以为可以奈何它了，它一下跑到前面。另一盏路灯把它接过去。前面一个影子，后面一个影子，中间是一双鞋。影子一会儿大一会儿小。路灯接二连三地把一个个影子点亮。影子一直连到城郊。人自己不好发疯，就打发影子去发疯。影子连到我的脚，走着走着，就被它牵到这里。

他们问我来找谁，我愣住了。有一个好像还认得我，问我是不是找一号。再一看，原来是刘一半。我很奇怪：你不是出去了吗，怎么还在这里？他说：你不也在这里？要看一号？他在这里好着呢！我问他是不是看着里面好，又回来了。他一笑：1跟2，跟其他数字是不一样的。就算我想当过局长之后，再来当神经病，可是局长位置已经让人家占着了——好像姓王，比汪少了三点水。还不如半字。半字上头至少还有两点：墨水和口水。可位置人家占着了，只好回来。回来连2都没当着，弄了个附2。问他2让谁占去了，河马吗？他说河马早死了。2号是以前那个叫烂西装的。人家当过博士，在里边可吃香了。我哎了一声：那就见见烂西装！

烂西装现在不是烂西装，不是影子，他是2号。他一来就高高举起两只手：左手是1，右手是1，中间的脑袋代表一个加号。扛在他肩膀上的，实际上是一道算式：$1+1=2$。他说，人是因为不能把头栽到天上才这样的。头悬在空中，人在空中的位置，就看他在地上抓到的是什么。抓住好东西，其他人就得匍匐在地。

只管抓紧——脚抓紧了，手就可以在上头挥来挥去。

喵的一声，门关上了。B门A门全关上了。如果还有Y门Z门，一定也都关上了。与此同时，2号和附2全不见了。

我很怕。我开始跑，却发现脚不在了。它们连带腿根和腰一起没有了。只剩下两条棉花。或者压根儿就是一条影子系在身上。手也没有了。只剩心脏，因为怕，在那里狂跳。我想喊，拼了命要喊。心脏以上，嘴还在那里。可它张不开。不到吃饭的时候，它不会打开。我想，我这是死定了。

可我没有死。哪能呢。一转身，我又活得好好的。有一种说法，他们给我换了一个心脏。换一个心脏之后，手和脚还有嘴巴什么的又回来了。可见问题在心脏。据说当时有两种方案：一是找狗要一颗心脏。狗从狼那里进化来，连人屙下的东西都吃，一点都不恶心。狗有颗强壮的心。还有就是换一颗牛的心脏。理由是只要吃草，牛屁股下面就会流出奶来。他们觉得这一点很高尚，因此理由很充分。他们做了决定。我躺在那里，我的心脏，没有人来找我商量过什么。他们认为这是没有必要的，甚至是不允许的。心脏那么重要，哪能自己想要什么就什么呢！假如你想要一颗河马的心脏呢？他们给我换了一颗牛心。我不知道，屁股下面产那么多奶，小王她愿意要吗？

没想到小王也在这里。她怎么也来了？是不是看错了？刚才明明是她在朝我笑，现在怎么成了那个送糖果的疯女人？她一边招手一边笑。还好，过一会儿换了频道又换成小王。不知遥控器在谁手上。我抓住她的手，两个人的影子马上绞到一起。我的影子是一条牛，有足够的奶水来喂她。可是整副象棋里，好像没有牛的份。車应该是牛在拉。可是棋谱上没有说到牛。那就馬吧。馬离牛很近。馬走日字。馬字下面四点水。一二三四的四。四点水泻下去，就是一条水。先是一条溪，后来一条河。大江大河浩浩荡荡浮起巨轮奔流到海。濑户内海，地中海。爱民没有了，康复没有了。只有暴涨的我，还有一个是小王。风很大。风在后面掀动我。我把它传给小王。小王的前头，是滚滚波涛……

我醒过来。可是我不知道梦是从哪里开始的。因此也就无法找到我现在。

假如在故事开始的地方它就已经开始，那么我还在办公室主任的位置上。我得赶紧去办公楼，听王局长的话，他叫做什么就做什么。赶在钟会文抄讲稿之前，赶紧抄。或许汪局长还没有退下。他要抓紧时间，在十五楼会议厅多开几个会。我得赶紧去给他准备好。我还得抽时间想一想：汪局长之后会是谁呢？换上王局长，他会不会一朝天子一朝臣？

也可能它是从中间开始。故事的前半部已经成了事实，后半部还没有开始。梦是一个提醒。好多地方，还可以重新开始。比方说倒在林子里头，压在小王的身子上——平时我们背着沉重的现实，背得很累却又没有办法。现在，一帮精神失常的人帮了你一把，给了你一个好的开头，就得把它用好，把它进行到底。又比如那天喝了酒，影子走乱了，就不要往三办公楼里面钻，就往乱作一团黑成一块的地方去。这个世界上之所以还要有黑夜，就因为有好些事情要放到那里去做。偷东西是这样，偷人也是。人活在世上，好些时候，他（她）并不是他（她）自己的，得从别的什么地方偷回来。

问题是：还有一种可能，梦从结尾的地方开始。前面那些都不幸成了事实，后面那个带点儿色彩的尾巴却只是梦。你当然不能跑到前面去从头开始。至于后面，失去的机会或许不会再来，结果就只是梦。里头是有一些情节，那只是我们的影子在动。

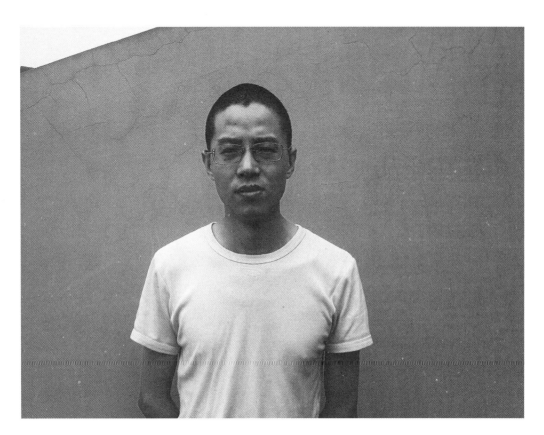

　　陈集益，1973 年生，浙江金华人。主要从事小说创作，作品有《城门洞开》
《野猪场》《哭泣事件》《吴村野人》《人皮鼓》等，见于《十月》《人民文学》
《钟山》《花城》《大家》等刊物。出版有小说集《野猪场》《长翅膀的人》
等。现居北京。

狗

陈集益

　　儿子把那条脏兮兮的狗领回来了。说领回来当然抬举它了，说捡回来还差不多。但我没有想把它赶出去。相反，我想收留它。将它收拾干净了，养得白白胖胖的。其实我一直想养一条狗。属于自己的一条狗。现在养狗不是很时髦吗？在我居住的小区，每天早上或天色渐暗，当形形色色的狗主人牵着形形色色的狗出来遛弯的时候，不论是在楼角、树干或者电线杆下，都可见此种动物翘着一条腿撒尿。那尿撒得滴滴答答，就像患了前列腺增生。

　　其实我并不喜欢养狗。当我去拜访一位老师或者领导，刚一敲门就听见有狗朝我汪汪叫，或者看见路边蹲着一条狗拉屎，一副慌慌张张唧唧歪歪的样子，那一刻我是讨厌狗的。可是，比方说我们单位吧，同事们都养狗。他们也是普通人，养的狗却名贵，什么金毛、阿拉斯加、泰迪、圣伯纳，动辄上千块钱一条。有一个叫阿翀的会计，是有名的吝啬鬼，没想到他也养了一条价值不菲的狗，取名拿破仑。闲来无事，阿翀在内的几个养狗人就凑在一块谈论怎么养狗，他们谈得火热，我硬生生地插不上嘴。

　　我这人本来话就少，话少的原因不是嘴拙或者孤傲，而是稍稍有点"主观的自卑感"。我是农村出来的，尽管在城里生活多年，可是追求某些高雅时尚的生活情趣上，不得不说与世代的城里人隔着一层。还拿养狗来说吧。我极不喜欢某些人养的某些狗：有的狗满脸满身的褶皱，面相呆板而苦闷，仿佛得了早衰症；有的狗天生无毛，头顶却钻出一大撮，看上去很像清朝官员帽子上的翎羽；有的狗个头矮小孱弱，体形比一只母鸡还要小；有的狗体格倒是健硕，外表俊朗而高贵，但如果你因此靠近甚至抚摸它，那么它也许会以咬断你的喉管作为报答。

不管怎么说，儿子领回来的这条狗，至少它具备狗的基本模样。我认为狗就应该这个样子的。它不应该是不同品种胡乱杂交、致畸致怪的产物，更不应该集丑陋与凶残于一身。它的外形接近于其祖先狼的外貌，但是它的性格比较温顺，不会主动攻击人类。此刻，站在我面前的狗就是这个样子，它或许真的是一条纯正的中华田园犬，也就是我父亲养过的土狗呢，以至于看见它的第一眼，就感觉特别亲切。当然，我是不好意思在同事面前说我也养了狗的。养了一条不明来历、身微命贱的土狗，有什么值得一提的呢。但是，阿翀他们几个再次凑在一起谈论养狗的趣闻轶事时，我竟不合时宜地参与到了他们的话题中去。他们几个就瞪着我："'威猛先生'你不是不养狗的吗？"我一时语塞："我以前是不养狗，不养狗那是妻子反对，是她讨厌养狗……""那意思，是你现在也养狗了？"他们的惊讶，仿若看见猴子终于进化了……

从此我去上班，同事们见到我的第一句话便是："'威猛先生'，你家哈士奇还好吗？都吃啥牌子狗粮呀？"我的脸从两腮红到耳根，我说："哦，那个，是一条中华田园犬，而已……"他们就相互看一眼憋着要笑出来，最终噗嗤一声，说："是嘛，这……得花不少钱做整容吗？哈哈哈。"我感到尴尬至极，一阵发烫刺痒的感觉进了五脏六腑……但是骑虎难下。因为上一次他们问我养的是什么狗时，我明白问话的目的，随口说养的是哈士奇。其实我对哈士奇并不了解，仅仅有一个印象，说是某地发现了一匹狼引起恐慌，公安局派出二十名警力将其捕获，结果冒出一个狗主人去认领，说那是他家养的哈士奇。我想，土狗与其祖先狼的特征多少有些相似，那么它与哈士奇的长相差不到哪里去。自此有了第一个谎，就像从毛衣上扯出来一根线，结果越扯越乱。

难堪之下，我还真他妈想过花大血本买一条比他们还名贵的外国纯种狗养养呢！买一条狗总比买一辆车便宜多了！可是我的工资卡永远不在我身上。就像中国千千万万的丈夫一样，我能领取的仅仅是财务室发给我的又细又窄的工资条。你说财务室也真邪门，每次把工资条裁剪成半截鞋带似的，为了便于保存我不得不把它卷成蚕豆大小，塞进一个存钱罐内。我曾经天真地想，钱我固然拿不到，但是当我老了，我还可以把存钱罐里的工资条全部倒出来，作为这一生奋斗的总结。然而自从养了狗，似乎连这个小小的愿望也难以保全了。

我的妻子是一位优秀的幼儿园老师，童真犹存且富爱心，却不喜欢动物，尤其害怕长毛的动物。她说看见长毛动物皮肤过敏。由此可以想见，当我决定收养儿子领回来的狗时，妻子接连几天与我争吵："呆胖（这是妻子对我的昵称），我限你在半天之内把狗送走——"等到傍晚回家，妻子见狗还在桌底下蜷着，就气得浑身哆嗦，可她又不敢亲自撵狗出去，最后只得警告我："你会后悔的！你如果一定要养，就连狗带人从这个家滚出去！"好几天她锁上卧房门不允许我进去，我也只能这么哄她："既然儿子把狗领回来了，那就养吧。太孤单了，独生子女，就算给他找一个玩伴吧。"门里边连跺脚带喊的："呸，你别找理由！你是恨我，故意用养狗来折磨我！你晚上跟狗睡去吧！"

我低头不语。因为我害怕失去妻子，更害怕失去这个家。从此只要她表现出对狗与人的厌恶，我就尽可能地把狗牵到楼下去。

我还记得刚开始遛狗，别提有多别扭：一个郁郁寡欢的男人牵着一条半大不大的狗，瞻前顾后的不敢走；而那条被儿子取名为贝克汉姆的狗呢，欢实得很，一会跑到我前面，牵着我走，一会儿又落到我身后，拽住我手中的绳子。这时偏偏遇上对面有人牵狗而来，是我最难堪的时刻。以前我不养狗，两眼一翻不认狗主人，现在两条狗相遇了，不管阶级敌人那般狂吠，还是中学生那般亲热，作为狗主人总得打个招呼。我最怕对方询问"嘿，你养的这啥呀"之类，有了前车之鉴，我不得不实话实说，于是难免又要费一番口舌。

"中华田园犬？怎么从没听说这名字呢，新品种吧？"不少养狗人依恃自家狗的"贵族"血统，带着一股子傲气。

"不、不，是学名。"

"真名呢？"

"大黄狗。草狗。柴狗。土狗！"

"哦豁，我说看着这么眼熟呢！多少年前我吃过！"

我的脸白了，我在心里说，你吃过怎么啦，我偏要养一条土狗，养土狗有什么不好？！——不过没多久，我就越来越不喜欢牵着它在小区里转悠了，因为整个小区牵土狗溜达的，只有我一人。这样子显得过于特立独行的事，显然不是我的性格。于是我宁愿穿越小区，到外面乱糟糟的人行道上去遛狗了。

  那一天，记得是一个晴朗的周末，我照例牵狗出去。我想牵狗到一公里外的运河边去遛遛。当我和狗走过离小区不远的一片工地，毫无预兆的，大门内有人朝我喊了一声："来福！来福——"我很纳闷，这人眼睛有病吧？我的真名叫李伟梦，单位人戏称"威猛先生"。我没理会他，继续走。可是，我手中牵着的贝克汉姆听见这叫声，却站住了。

  只见一个满身石灰的人从工地上走出来，还没有走到我身边，贝克汉姆就窜上去，在那人脚边嗅着，使劲地摇尾巴。那人激动地说："来福，来福，你真的是来福哩！"我有点不耐烦："你这人谁呀……"又唤狗道："小贝，小贝！咱们走！"贝克汉姆却没有跟我走的意思，扯住绳子还在摇尾巴。

  那人就有些胆怯又有些鲁莽地看着我，结结巴巴道："这、这是我的狗。"

  "你说什么？！"我心里有点儿吃惊，嘴上却淡定，"我养的狗怎么变成你的啦？"

  "这、这是我家的来福呐！"

  "什么来福，它叫贝克汉姆！让开！"

  我拉下脸，一副不可侵犯的架势，牵着狗继续往前走去。那人跟了几步，嘴里嘀嘀咕咕的，见我不理睬，突然抓住我："这是——我的——狗——"他急得吼起来。我狠狠地拍掉他的手，瞪他一眼。

  他继续跟着我，然后掏出一只手机，对着它喊起来。我知道遇上无赖了。他喊的话我听不懂，但是明白他在叫人来。这时我如果丢下贝克汉姆逃走显然太窝囊，留下来恐怕要挨揍。我与他拉扯着牵狗的绳子，狗在拉扯中仰头看我们，一副犹豫迟疑模样。顷刻间几个工人冲出来了，其中一个推了我一把，说："偷狗贼！把狗留下，乖乖的！""为什么要留下？""因为这是张师傅的狗！""凭什么说是他的狗？""因为这是他从老家带来的狗崽子，整个工地的人可以作证！"

  我有点害怕，真不在乎狗的归属权了，但是被人当作贼看待极不舒服，僵硬地说："那你们想怎么样？要打架吗！"可能我的个子有点唬人，那个自称狗主人的家伙出来打圆场，说："我只要你把来福留下！"我担心再不顺着台阶下来会被他们打，只好说，狗是我儿子从街上捡回来的流浪狗，这种土狗我其实不想养，既然你们认定它是从这里走丢的，我保证明天给你们送回来，但我要牵回去让它和我儿子有个告别（其实我是不愿就此认输）。他们不信任我，要我留下三百块钱押金。我不屑与他们纠缠，扔下两百块钱后牵狗走人。

说实话，我极厌恶这些人的说话态度，一个个苦大仇深的模样，尤其想到以他们卑微的身份竟然逼迫我屈服，真是郁闷透了！我心不在焉地牵着狗在运河边走了一圈，吐了很多痰，再绕过那个工地回到家，儿子已经上完英语辅导班回来了。见到贝克汉姆，他习惯性地摸摸它的耳朵、捋捋它的毛。贝克汉姆低着头，轻摆几下尾巴，就像在应付他，过了一会儿，它就躲在一个角落躺下了。

屋里很静。儿子念了几句单词，突然扔下课本问我："老爸，小贝病了吗？"我问他为什么会这么想。他说："它刚才没站起来舔舔我的脸。它好像没精神。""它累了。"我没好气地回答。

我感到很矛盾：在我和儿子的精心喂养下，贝克汉姆慢慢地大了。它原本那么脏那么瘦，现在胖了，换了一身缎子般油亮的皮毛。它很听话，知道女主人怕它，从不挨近她。女主人呢，虽然反对养狗，至少目前逐渐适应了它。甚至可以说，贝克汉姆已经成了这个家的成员。可现在，我却要将它拱手相让给工地上的民工，我不知道如何跟儿子陈述这一变故。当然，我完全可以不送狗回去，那些人图的不就是两百块酒钱吗？

晚上，我的思想却发生了变化。仍记得那夜，妻子很晚才回家。回到家对我不冷不热的，就像我是家里的另一条狗。其实这种事不止一次了。问她，总有理由，比如她班里有孩子没人接走不开，比如见老同学去了，陪着逛商场去了，等等。问急了，就反问我："你不知道我很讨厌养狗吗？我现在讨厌回家！"我说："你别找借口。"她说："我就是出去了，你想怎么样吧？你呆胖从来不陪我逛商场看电影买衣服下馆子，你不愿陪，还不允许我自己去吗？我卖给你了吗？"这话可以把我的不满消解掉。

是的，我的确很少陪她出去，首先是我性格的原因，我不喜欢热闹；其次是我不舍得花钱。再说，我哪来那么多时间金钱用于消磨呢？我的生活一直是这样的：每周五天雷打不动，早上六点半起床，做好早饭送孩子上学，出了校门挤公交车上班，下午四点半急慌慌出单位，赶往学校接上孩子，再去超市买菜，回家后进厨房做饭，忙到晚上七点半一家人吃过饭，洗完碗拖完地，再监督孩子做完作业洗过澡，这就十点多了，然后十点半睡下了，又想起要准备第二天

摄影 / 于坚作品
滇池畔的古村牛
恋乡的下午

的领导讲话稿，这就需要加班熬夜。终于挨到周末，多数时候还要陪孩子去上各种辅导班，或者清洗积压一周的衣服，厨卫大扫除，或者换桶装水煤气罐，交水费电话费……庸庸碌碌的生活本来就像压缩饼干挤不出水，后来又稀里糊涂收养了贝克汉姆，还得腾出精力见缝插针地牵它出去……

当然啦，世界上朝八晚五的人多了去了，为什么他们就能活得跟鹅毛沾水那般洒脱呢？这我就不知道了。人各有命，冷暖自知。总之我思前想后，还是决定把狗送回去。我不想因为养狗，加重生活焦头烂额的程度，又落下话柄任由妻子埋怨。既然养狗带来如此多的麻烦，为什么非养不可呢？

第二天，我起了个大早，牵了狗蹑手蹑脚地下楼，把它牵回了工地。那是几栋中道败落的楼。几年前房地产热的时候，有人下令把一个旧工厂拆了。该工厂在我刚搬来住时还有人上班的，后来十几台推土机就开进去了，十几辆警车也开进去了。我当时看到强拆现场很是气愤，当然气愤之余一如既往过着我的小日子。反正一场血腥之战后，开机器的工人不知去向了，造房子的工人大量涌来了，有一两年这里是尘土和噪音的污染源。可是没等楼盘盖好，买了土地造楼的开发商活该倒霉，国家接连颁布了打压房价的"限购令"，造楼工程不得不停滞了。

这会儿，工地上有人看我牵狗走进，朝我点点头，大声说道："喂！你还当真送来了，恐怕押金已被张师傅花掉了吧。"我问道："他在吗？"那人指指前方："在呢，他老婆有病，躺在那边楼里。"

那是一栋裸露砖头、钢筋生锈、没安窗户的楼。我走了两步，很想掉头说："你帮我把狗牵去吧，我就不要二百块钱了。"我隐约感到空洞洞的烂尾楼很恐怖，白天适合拍枪战片，晚上拍恐怖片。在满目狼藉的楼道，我正想退缩，不料贝克汉姆汪汪叫了两声，一个门洞上的破麻片掀开了，一个头探出来："啊，来福回来啦，来福回来啦！请、请进来！"那个人既是招呼我，也是招呼贝克汉姆。

房子出乎意料的大，但是没有粉刷也不打扫，仅在客厅位置架了几块木板，上面铺了被褥，被褥里躺着一个人，睡着了。屋里有一股酸味儿。那人尴尬地说："没想到，您、您会来。坐，坐。"他指着砖头垒成的"凳子"。我想，立刻扔下狗就走显得不礼貌，而且我又有点舍不得扔下贝克汉姆了——让它重新回到原来的生活，它能适应吗？它的主人会像我一样待它吗？我看了看贝克汉姆，又瞟了他一眼。那人站立不安，也在看我。

"过、过年前，没拿到工钱，就把来福留在工地了。"那人好像一直等着说话，可临到说话时，又结结巴巴、语焉不详，好像要说的话全堵在喉咙里，推推搡搡，不敢承担，但他要表达的意思我听明白了：这几栋烂尾楼虽然是要继续建下去的，但由于错过最佳销售时机卖不出去，工程不得不开开停停，以致工人的工资从未结清，他们被工资套住，不得不留下来边干活边等工资，于是腊月走时留下狗，让它看守工地。没想到过完年回来，狗不见了，以为被人打死吃了，他曾四处寻找。如果不是因为凑巧遇见我牵着它，如果不是凑巧被我这样的"好心人"收养，说不定狗早饿死了。

他说得没错，儿子把贝克汉姆领回家时，一身脏毛，骨瘦如柴，好比乞丐。但是我不想与他深谈，我还要赶回家送孩子上学呢。他见我想走，就显得为难，支支吾吾说，他这次来打工，顺便带妻子来看病，昨天就拿钱买药了。其实，不管是他生病的妻子还是一塑料袋的药，我早看在眼里，所以压根就不打算要回两百块钱了。可他把这件事看得很重，以至于我要逃跑似的离开时拽住了我："兄弟！你留一个电话，等我领、领到工钱……"

我说钱没关系的，我不要了，但是你们要把狗养好。此时他妻子已经醒来，夫妻俩不知道怎么感激我才好。不过我最终没有留电话。倒不是"做好事不留名"，而是怕他们穷困到极点时会求助于我。

问题是妻子对我始终不冷不热的。这事让我很头疼。养狗本身就没有错，现在我把狗送回去了，她还想怎么样？我觉得我不能再忍让了。即便惹她生气，也要弄明白我哪儿做错了。我想跟她谈一次心，就跟领导找我谈话一样把问题严肃地摆到桌面上。可是那天下班接上孩子后，他就为狗的事跟我闹别扭，仇人似的质问我狗的去向。我之前跟他撒谎说狗被警察抓走了，理由是没有办养狗证。他就缠着我去派出所赎狗。我被他搞得火冒三丈，打了他几下，他哭个不停，我只能如实相告。他就非要我带他去工地把狗要回来，我懊恼得又打了他，他哭得更伤心了。妻子回家，见儿子哭成那样，不分青红皂白对我一顿痛骂。此时不要说跟她谈心，就是看她一眼都让我害怕。

我感到很孤独。这倒让我有些怀念起狗来了。如果贝克汉姆在，这个家里至少还有一条狗与我同病相怜。因为我们都是被"女主人"厌恶的对象。毫无疑问，我与妻子的感情肯定出了问题。可我能怎么办呢？首先我是害怕离婚的，不论从感情的难以割舍、建立这个家庭的艰难，害怕生活方式的改变，还是担忧婚姻破裂导致流言蜚语……都让我在情感纠葛的对峙中处于下风。那么只有两条路可走，一是改善夫妻关系，通过种种努力让妻子回心转意；二是搁置问题，继续在一个屋檐下生活下去。纵然爱情逝去，至少还有亲情。

事实上我既没有去改善关系，又不能容忍她对我冷淡。于是矛盾逐渐升级。我怀疑她在外面有情人了，可是没有证据也不想去收集。我害怕当证据出现在眼前，我们这个家即刻分崩离析。因此我活得很痛苦。有一个晚上我吃过饭，不想看她冷若冰霜的模样，就到外面找一家羊肉串摊点喝酒了。我其实不爱喝酒，喝了半瓶啤酒就晕乎乎的。不过晕乎的感觉真好，人轻得好比变成了一根羽毛。我付过钱，哼着歌，本想再去大街上遛遛的，可走过工地门口时，突然有什么活物蹿上来吓我一跳。定睛一看，正是贝克汉姆！它看到我蹿前蹿后，满地打滚儿。

"嗨，嗨！你过得还好吗？"我好像看见老朋友那般，心里充满快活。回答我的是那个工地上的民工，他从简陋门卫室钻出来，喊我一声"兄弟"，然后告诉我，他这两天正想找我呢。我虽然微醉，脑子却异常清醒，警觉地问，你找我有什么事吗？他就像第一次见面那样紧跟着我，支支吾吾说，他们至今没有领到工钱，所以上次的押金还没法还我。又说，狗吃惯了好东西，送回来后养起来费劲，人吃的饭菜倒给它都不吃，还经常往外跑。见我认真地听，他竟然说：他老婆的病又重了，现在他要到外面打零工，来福它要不……送、送给你养吧……

我的心一下子乱了，这家伙是在拐弯抹角地向我索取狗粮，或者捐助的吧！第一反应是我不可能接手狗的抚养，也不可能再给他钱。尽管他看上去挺可怜，贝克汉姆跟我还是那么亲。可他是不知道我的内心活动的，还在说着：说他的妻子患了直肠癌，两年前做手术后身体一直衰弱，身上要终生插着管子，不能干活；他有一个孩子上高中了，很懂事，学习很好，将来就指望他了……

我真搞不懂，他为什么要跟我说这么多，似乎向我索取什么之外，还想找我倾诉。而我呢，很为他插在我和贝克汉姆之间感到扫兴。我本来还想跟贝克汉姆多待一会儿的，现在就很有些想离开的意思了。尽管从道义上说，我是要帮他的，然而在这节骨眼上，我能怎么办呢，我必须向妻子妥协，所以此刻我能做的也只能是装聋作哑。总之，那次"偶遇"后，我就有意躲着工地走，养狗的事告一段落。可是后来的某一天，我差一点又收留了它——

那是一个日复一日的早晨，七点零一刻，我正准备送儿子去上学，当我开门出去时贝克汉姆畏畏缩缩地躺在楼道里，它脑袋贴地，我差点儿踩中了它。那一刻我有些惊慌失措，踢了它一脚，狗腾地站起来摇着尾巴。"走呀，走呀，你怎么跑回来啦？！"我正要呵斥它走开，见它发出呜呜的低鸣，就像老年人的叹息，心里一阵翻腾。我不忍心抛弃它，这是真的……可是当儿子从门里出来，见到贝克汉姆高兴得扑上去亲热，我却又挡住了他。因为贝克汉姆又瘦又脏，怕是满身细菌。而我，就在那一刻作出了决定。

"老爸，我们给小贝洗完澡再走吧！"儿子还想把贝克汉姆领进屋去，但这次显然不能满足他了，我迅速地把门关上，然后狠狠地踢了贝克汉姆一脚，贝克汉姆哀叫一声，用类似幽怨的目光睒睒我，我分不清是乞求、畏惧还是怀恋，当我准备再次踢它一脚，它才夹起尾巴，连滚带爬，消失在了楼道。

一路上儿子都在为贝克汉姆担忧，为它不平。儿子哭哭啼啼的："爸，你为什么要撵走它？它到底做错什么啦？它逃走了，再也不敢回家啦！"我不知道如何跟他解释，也不想解释，问急了，就说贝克汉姆是别人家的狗，已经还给别人家，我们不能要。可儿子说，它太可怜了，肚子扁扁的，一定又成流浪狗了，就算我们不收养它，至少也要喂饱它再让它走。儿子恨我心黑手辣。

我知道喜欢动物是儿童的天性，只要观察儿子同贝克汉姆玩耍时，脸上流露出的发自内心的兴奋神情，你就知道他把贝克汉姆当作亲密的朋友甚至是自己的兄弟姐妹了。可这事我不能依着他来，家里不养狗就从此不养了，就像历史翻过不光彩的一页，永远不想重蹈覆辙一样。

而且，像我这般一辈子只能住几十平米、疲于奔命的工薪阶层，没有时间和空间养狗，何况养狗还要花钱买狗粮，如果我把养狗的花销节约下来，说不定够一家人到度假村泡一次温泉呢。——这么一想，不禁忆起和妻子结婚十余年了，从来没有带她出去游玩过。有时候想起她嫁给我几乎没有享过什么福，内心会隐约有一丝不安。可是我毫无办法。一则我不可能从单位出来做生意，赚大钱；二则去做生意也不一定能赚钱，所以只能盼着国家统一涨工资，另外就是领导提拔我。既然我是一个写材料的，也只能指望写材料改变命运了。

于是我把心思更多地花在写材料上了。

那么写的时候就要搜肠刮肚、竭尽所能了。

功夫不负有心人，不多久领导就发现了我的进步，以至于常常念着念着，抬起头来脱稿发挥。刚开始我为领导脱稿发言捏一把冷汗，担心脱稿是因为念不下去，一直等到他发挥完了再回过头来接上材料，悬着的心才会落下来。原来领导脱稿是因为我的材料写得好，文字的节奏与他的思维合拍了，激发了他的哪怕挤压在脂肪堆里不多的才情，给了他诸多发挥的余地。由此我对领导讲话、文件起草、材料汇报等等，越来越有把握，领导开始把更多的任务交给我。

与此同时，由于大量材料压在身，我与家人相处、交流的时间就更少了。可是我已经无法停下来，有时候为了赶任务，我无法提前下班赶往学校，只能打电话到学校让孩子自己回家。好在儿子十岁了，他完全有胆量自己回家。这样过了一段时间，他就习惯自己回家不要我去接了。有一次我回家较早，发现儿子放学后并没有按时到家，我才担心起来。他去哪儿啦？会不会发生不测？我跑到学校去，学校大门紧锁。我跑到他妈妈任教的幼儿园去，发现他妈妈早下班了。

他们上哪儿啦？我去了几个他们可能去的地方，均没有找到。等我心急火燎地回到小区，恰好看见儿子手中提着半袋狗粮上楼。我扭住他耳朵进了屋，问他放学后去哪儿了？狗粮从哪儿来的？儿子呜呜哭着，说他放学路上拐进工地喂贝克汉姆去了，狗粮是用平时攒的零花钱买的。还说贝克汉姆没人喂，跟从前一样在垃圾堆里找食吃，连沾油腥的食品袋都吃，如果他再不去喂，它会饿死的。它现在瘦得皮包骨头，常常被别的狗咬得满身是血，还被路人追打……

从儿子去工地找贝克汉姆喂它这件事，能够看出他是一个重情重义的人。同时表明，饲养动物是可以培养儿童的爱心的。但是站在监护人的立场上看待他放学不归，跑到没有安全保障的地方去喂狗，这么做是危险的。

遗憾的是，在再次拒绝贝克汉姆的日子，我的生活并没有因此变得幸福。相反，它离理想中的轨迹越来越远了。我想我一定是踩到狗屎了。老家有一种说法，一个人要是一大早踩到一堆狗屎，半年内都将倒霉透顶。

首先是单位换了领导。这事是突然发生的。原来的领导当然说不上好，甚至是让人讨厌的，他终年摆出一副官架子，做事当面一套背后一套。而这位新上任的领导呢，他是一位个子矮小，鹰钩鼻，眼珠子略带墨绿色，头发灰白略带卷曲的领导。他说话时喜欢使劲地眨眼睛，脸上的肌肉偶尔抽搐一下，就像跟你扮了一个鬼脸。我至今不知道他是从哪儿冒出来的，他简直是我上辈子结下的仇家，上天派来折磨我的。

我在办公室工作多年，遇到多数领导对会议纲领其实是胸有成竹的，稿子起草前会主动向起草人交底，或听一下意见。这位爷却不是。他打破鸡蛋不是为了挑出骨头，他没有这个能力，他打破鸡蛋仅仅是为了打破它，弄得你一身黏糊糊的蛋黄蛋清。其实，领导让人代劳"讲话"已经不高明，而他呢连最基本的属于他自己的主张都没有，全凭写材料的人打补丁似的帮他编缀。刚开始我还以为他需要时间来赏识我，后来发现他简直是昏庸、猥琐、阴险和猜疑的混合体。一次他照本宣科念我的稿子，念不出"恪守职责"的"恪"（kè）字就以为是我故意刁难他，从此写稿成了我的煎熬。

我从来没有那么害怕写领导讲话、汇报材料、工作总结、简报、文件、方案。它们就像朝我纷纷涌来的水蛭，密密麻麻。它们雌雄同体生活在池沼或水田中，能吸人畜的血。我的每个毛孔都被它们吸附了。我想拔断它们，掐断它们胀鼓鼓的身体，血从它们断裂的身体里冒出来，可吸盘还留在我的毛孔里。我感到虚脱无力、身心木僵，如同噩梦无法摆脱。我甚至想过，要是我沉沉睡去永远不再醒来就好了，那样子就解脱了。

我甚至想过，我撒手不干了。可是我不干，上哪儿去呢。写材料的人在材料堆里打转，接触社会就少了，对许多新兴行业不了解，怕适应不了；又由于在领导身边待久了，性格已经变得谨小慎微，做任何事都畏手畏脚。假如我不干了，家里断了主要经济来源不说，双方父母那里都不好交代，更别提妻子有可能闹离婚。可我还是把辞呈写好了。辞呈放了几天，就像巨石压在胸口，我偷偷哭过。后来就把辞呈撕掉了。我照旧上班，接送孩子，洗衣做饭，熬夜加班。唯有自己清楚，撕过辞呈的人就像被人摘过肾，体魄看似健壮，其实内里被掏空了。

那段时间我在单位忍辱负重，在家愁眉苦脸，妻儿见我一脸"旧社会"的样子，更加懒得跟我说话。我呢，仿佛看见自己就像一棵被剥皮的树裸露在寒风中，尽管没人去想来年春天它是否还能发芽，事实上它几近干枯了。我说的其实是一种心理状态。我恐怕真的要在毫无希望中度过余生了。

那我还能不能从单位调走呢？有没有兄弟单位接收我呢？不敢辞职之后，我曾有过平调工作的念头。其操作的难度全在于所谓的编制。如果我要带编制走，一方面要找到新单位接收我，另一方面还要说服"猫头鹰"放人，除此之外市人事局还得有熟人。这水中捞月、缘木求鱼的事，于我而言比吞下药丸长出翅膀更难。就这样，我也硬着头皮、拿热脸去贴冷屁股。

"啥，你想调走？去哪儿？""猫头鹰"翘起二郎腿，扭过头，不足百斤的身子随硕大的老板椅转过来，又转了过去。我恨不得拿起他桌上的削笔刀将他宰了。"我必须换一个工作了。我不想再写材料！"我毫无章法地说。

"哦豁！你都写半辈子材料了，是你不想给我写你早说嘛，明天起你就可以不用写了嘛。"他那卵袋一样打皱的眼睑神经质地眨着，脸上的肌肉抽搐了一下。

那天起，我照常上班却无事可做，单位不给我安排具体工作，让我"被吃空饷"。表面上此事于我无害，可是稍微动点脑子就会明白：单位故意不给我安排事做，使我长期处于和单位日常工作脱离状态，这样就能在年度考核时把我列为不合格，将我开除。我被拿住软肋了。而且，原本还能勉强维持的上下级关系也彻底撕裂了。我郁闷之极，干脆请了两周的病假。事实上我也的确生病了。孩子上学、妻子上班后，家里没人打搅我，我便终日躺在床上，半死不活。有时候睡过去做了一通噩梦，醒来四肢发软，尿黄黄的，泡沫很多，就以为是噩梦化在尿里了。可是吃过一包方便面再躺下，还是做相同的梦。那梦里有许许多多人追杀我，我跑不动，就拼命地喊：救命，救命啊——

这样，就算我二十四个小时都在睡觉，精神还是不好。

有一天黄昏临近，我在该去学校接孩子的时候竟然睡着了。这一回睡得出奇得香，一个梦都没有，但照样被一阵急迫的呼喊声喊醒了。我就纳闷，梦也可以在人体外继续吗？醒来发现，原来是儿子背着书包回来了。他迈进门，大声责怪我："爸，你怎么还在睡觉！贝克汉姆要死了！"儿子的话我没有听清楚，生气地说："刚才是你在咒我？"

儿子说："一个叔叔把贝克汉姆捆起来了！要打死它！"

我一惊："你说什么？！"

儿子重复一遍，说："千真万确，他们要杀了贝克汉姆！"

我懵了。其实我完全可以说这事与我们无关，既然你放学回来了，就在家里吃饭吧。可是在儿子如临大敌般的催促下，我穿鞋跟着他下楼了。

工地上出乎意料的静。大概年底了，工程又要停工了。我和儿子急匆匆地走进去，看见几个工人手持铁棍木棒，在乱糟糟的建筑废料间搜寻什么。显然是在搜寻狗。狗藏起来了，或者逃跑了？我暗自庆幸。然而没过多久，我正要趁机劝儿子回家，贝克汉姆突然出现了。原来它就在那帮人的眼皮底下，一只破破烂烂的水泥袋子保护了它，这会儿它可能见到我和儿子了吧，径直朝我们奔过来……

它的确是朝着我们奔过来的，有一条腿略微瘸着。我想它的出现肯定与我和儿子有关，它抱着希望！那一刹那，我的心热了一下。我很久没有心热了，这一下让我有点惊慌，悲怆，真想冲上去将贝克汉姆救回家。但是那帮人比我眼疾手快多了，我没跑上几步，贝克汉姆就被他们撵上了。他们下手极重，我听到它的短促的惨叫，感觉有尖刀从我的心脏上划过，人有点儿打晃，然后就看见贝克汉姆倒在地上了，但是它还在挣扎。

我真后悔没有事先呼喊起来，这时候，当我再用声音去阻止暴行的时候，一场杀戮已经接近尾声。凭直觉，贝克汉姆已经垂死。就算没有死，也不可能活了。当我意识到这一点，就不再呼喊了。我急切地想找到那个狗主人，问他的心为何这么狠？！他曾经希望我把贝克汉姆带走的，现在为何要杀死它？我想跟他说，我后悔了，现在我要花钱买下它的尸骨，埋葬它。谁也没有权利吃它。可是在场的几个人中没有他，而且态度极不友好。

"出去！到底想说什么的？听不懂！"其中一个粗野汉子，一只脚死死踩住贝克汉姆的头部，唯恐它活过来，一边瞪着眼珠子对我说："狗肉不外卖，自己吃都不够呢，走吧你！别在这儿胡搅蛮缠！"

我的鼻子有点儿发酸，沟通为什么那么难？我最后又看了贝克汉姆一眼。它的鼻子已经停止流血，鼻子下方的地湿漉漉的，眼睛是半睁开的，我想帮它

摄影 / 于坚作品
大雁飞过群山

闭上，可是手伸出去又缩回来。过了一会儿，那帮人就把贝克汉姆拖走了。我在贝克汉姆的血迹旁呆呆地站着，直到听见儿子的抽泣声，才想起来回家。

我有些内疚地说："走吧，小贝它已经死了，没有办法！过了年，我花钱给你买一条狗养，妈妈会同意的……"儿子没有理我，走出十步远，突然回过头哭吼道："都是因为你，都是因为你！当初他们把狗送回来，你不让它进家——是你，葬送了贝克汉姆的命……"

我的心在儿子的哭吼声中战栗。他说得没错，狗也有一条活生生的命啊。

晚上，我躺在床上辗转反侧。贝克汉姆死了，按理说跟我没有什么关系，但是内心还是不安。我想它死的时候肯定是不愿意离开这个人间的，当它向我发出求助的时候，它一定还记得在我们家度过的短暂光阴，那应该是它向往的。可是我几次想帮它又放下，是我放弃了它，我的心从什么时候起变得这么硬？硬得没有人情？……从此往后，儿子会怎么看待我，在他更小的时候，是我亲口教他背诵《论语》《三字经》，讲雷锋的故事，之前教的那些岂不是没有了意义？

贝克汉姆的生与死，这事在儿子的心灵深处该留下多么坏的印记啊！

我不禁自责、难过起来。妻子就有些不耐烦了。

"你怎么还没有睡着，翻来转去干什么的？"

妻子和我各睡一头，各人一条被子，同床异梦久矣。

"没什么。想事呢！"

其实我多想说说贝克汉姆的事，因为我们不愿收留它，现在它死了。其实我多想说说它是那么温顺，一双眸子干净而机灵，即使它碍手碍脚地躺在脚下，看着它那副懒散的样子也是喜悦的……可是我知道，妻子宁愿看书、看电视剧、看新闻报道感动而流泪，也不愿在现实生活中理解我的这份心情……

意料之外的是，第二天凌晨我听到了轻轻的敲门声。这才几点啊；是不是送牛奶的人敲门收奶费啊？我边穿衣服边摸索口袋。开门一看，站在门外的不是送奶人。我不但惊诧，而且有些紧张：狗，狗不是死了吗？他来干什么？——我不知该把门打开让他进来，还是我走出门去将门掩上。显然他也有些局促彷徨。

"我、我是来跟你告别的。"他在我半开不开的门外头，一如从前那般结结巴巴，说他要回老家了，走之前和我道一声别。我有些不太理解，问他怎么知道我家就住在这个楼上的？他说之前，他跟随来福来过，那时候他想把它送回来养——也就是我把贝克汉姆赶走的那次，他就等在一楼没有上来。

"现、现在，它没了。"他并不知道我亲眼目睹狗的被打死，所以告诉我来福让几个工友杀了，他自己下不了手。因为他走了后，来福迟早要被工友杀了的，所以他就想，不如在走之前把它杀了，大伙聚一次餐。他的理由是：大伙虽然没有挣到什么钱，毕竟在工地上一起干活这么久，他们见他困难，也帮助过他……再说狗大了，不好养了，喂不饱，常常跑出去，伤痕累累回家，火车上又藏不了这么大的狗，所以他就让他们择一个他不在的时候杀了。这样他也好安心回家。

我不怀疑他对狗的感情，可是他结结巴巴的时间长了，不免担心他下面有什么话没好意思直接说出来。我想他不可能真为了与我告别，然后告诉我狗被杀了吧。我与他仅仅一面之交，有什么必要跟我告别呢。而且我对他暗中打探我家住址这件事，嘴上不说什么心里还是不愉快的。它涉及一户人家的隐私与安全感。他可能不太了解城里人平日里连对门都不交往，更何况陌生人？那么他一大早找上门来，一定有迫不得已的事要办，可能是没有路费回家之类的吧。而我口袋里恰好还有一点钱，如果他说出来，那就给他吧。

可是他说到工程拖延、包工头跑了，说到工人们要闹事，话题又转回到狗的身上来了。我真觉得这个人有些不识趣了。如果要借钱为什么要没完没了地绕呢，门老这么半敞着，冷风直往家里灌。在农村或者工地上，这个点当然早起来干活了，可是在城市，尤其这样的周六早上，大多数人还在睡觉，我怕他把妻儿吵醒了。我就直接问他，你找我是不是有事需要帮忙？还特意问他火车票买了吗？他说火车票买了，是九点钟的火车，所以才会这么早打搅我。

说着，他就蹲下身解开手中的塑料袋。我一直没有注意到他是提着一个塑料袋来的。当我看他把塑料袋解开，心就一下子提起来，仿佛被一双利爪攥住了。这是我没有想到的：怎么说呢，我是一个从小就吃过狗肉的人，——父亲当年总是将自家养大的狗骗到拱桥上，用绳套勒住狗脖子，然后飞起一脚将它踹下去，狗活生生地垂吊在绳索上挣扎，惨叫……但是现在的我不会再吃了，甚至有些抵触。因为，我仿佛又看到了贝克汉姆的身影，它躺在楼道里，它想回来。

然而这个人是不知道我的感受的，他把塑料袋重新系好并且交给我说，这是他特意给我留的两条腿。"您、您也养了来福那么久，两、两百块钱，我也没有能力还给您了。所以，昨晚上就特意留了，两、两条腿……昨晚上，大伙忙了一晚上，煮熟了，很香。冬天吃狗肉，补身子呢……"他结结巴巴地说着，可怜巴巴地看着我。

我很有些不舒服，想生气，但是理智教我克制。我委婉地拒绝了他的好意。他可能以为我是"客气"，就想把塑料袋硬塞给我，我几次推辞都没有成功。他是固执而且真诚的，这一点能看出来。但是我真不想要，想发火。这时他先着急了，说这是他妻子的意思。他越急越说不出话，最后眼圈红了，语气才顺溜了。他说前些天他妻子死了，死在医院里，妻子生前一直念叨着我给他们的两百元钱，叮嘱他一定要还。可是他拼命挣钱，出去打零工，到头来连送妻子去火化场的钱还是工友们东拼西凑借他的，所以他只能，留了两条腿给我……

我沉默着，想安慰他几句，又不知从何说起。倒是他安慰我说，他妻子的病是绝症，他心理早有准备，之所以把她接来城里，一是方便照顾她，二是让她心理上觉得跟医院近，图个盼头。最后几天在医院，也就是给她打打盐水，但是他尽力了。这次他将妻子的骨灰带回去安葬后，永远不会再回来了。他要守着妻子的墓，并且在当地学养殖、搞种植、打零工，准备给儿子攒学费上大学……又说时间不早了，他要去火车站了，在城市这么久，他和妻子、还有来福，从没有遇到过像我和我儿子这么好的人，得感谢我们一家。说完这几句，他趁我不备将塑料袋往我怀里一塞，就跑着下楼去。我这才想起口袋里的那点钱还没有给他，赶紧追下去，他就像有东西烫了他的手，没几步就到了一楼，出了楼道。

我目送他渐行渐远的背影，回到楼上时内心五味杂陈。或许，在他看来我养过他的狗，帮助过他，唯有把狗杀了，把狗身上最好吃的部位留给我，才能表达他最诚挚的谢意。但是在我看来，吃狗肉是残忍的，我怎么可能吃贝克汉姆的肉呢？这么想着，我轻轻地合上门，真不知该如何处置这位农民"兄弟"的馈赠。正发愁时，听见妻子在卧房内嘟嘟囔囔的，我无意细听，她一定在抱怨我跟一个民工啰啰嗦嗦这么久，吵醒了她睡觉吧；或者她以为我已经把钱给了人家，骂我钱多得没地儿花。那一刻，我真想冲进去质问妻子嘟囔我什么的？

我和一个民工交往哪儿做错了？！但是我压抑着内心的怒火，什么都没有做……

不过，这个周末终究过得不痛不快的。我就在自己家用一瓶啤酒把自己灌醉了。醉意朦胧中，我真想离家出走啊，就像一首诗里写的："从明天起，做一个幸福的人，喂马、劈柴，周游世界……"但是我办不到，我头昏脑涨、心情沮丧，胸闷，气短……我敢肯定我喝下去的不是酒，而是很苦的汁。我是暴饮失意、痛苦、绝望、厌世，将自己灌醉的。

这时单位却打来电话，通知我去上班，说之前打了很多电话我都不接。我这才想起病假早已到期。可我现在成了这么一副有气无力、虚胖臃肿的样子，怎么去上班呢？单位就下了最后通牒，说三天之内再不上班就要将我除名。我说我他妈的不想去，除名就除名！可是半夜里我想了很多，最终起来了。我准备好第二天要穿的衣服，还有人造革背包，然后开了很烫的水。尽管人胖了搓澡有些困难，但是搓下来的一根根黑色条状物，从来没有这么丰收过。我感到热水的痛快淋漓和身体的鼓胀舒展，整个人像海绵吸足了水，精神好了许多。

于是第二天一大早，我叫醒儿子，如从前那般送他到学校，然后挤公交车去上班。当然，我必须要认错、写检讨。这是一个男人臣服于一个组织的过程。然后，我还是给"猫头鹰"写材料！——之所以如此，是这期间"猫头鹰"把另一个写材料的人也搞成精神抑郁了，那人脾气比我暴躁，有自虐、自杀倾向，以至于不得不将我召回单位接替他。自此，我的生活才渐渐复原了。

如果有什么不满意，唯有中午吃饭时阿翙他们几个还爱拿我开玩笑，怪腔怪调地问我家里的哈士奇怎么样了？我装作生气的样子，面红耳赤地跟他们吵，他们发现我不像以前那么"好玩"了，只好隔三差五地猛戳一下我的肚子，提醒我：

"嗨，'威猛先生'你再不减，就你是单位最'重'要人物了……"

"这不，看你往我前面一站，手机信号都挡住了……"

减，我当然想减，只是越想减越是胖，就跟越想吃素越觉得肚里没有油水那样。我尝试过跑步减肥，每天晚上九点过后坚持跑步四十分钟。前几天还咬牙坚持，后来就无法忍受身体的疲惫，不想跑了。我开始节食减肥，这个过程同样痛苦，每天除了喝水，就吃水果和酸奶，半夜里肚子饿得咕噜噜叫，只能寄托于睡觉。可是怎么能睡着呢，如果那时候枕头上恰好出现一只蟑螂我也会捉了吃的。

此后的日子，我的体重不但没有减下来，还从一百七十五斤发展到一百八十五斤以上。关于失意之人患上抑郁之症，我不奇怪，可身体为何要不断地胖起来，我感觉连身体都在捉弄我——我竟莫名其妙地长成了我曾经痛恨的某些官员的模样！以至于被脂肪控制的我，脑子真的被肥油占据一般，不知不觉变得混沌、疏懒和随遇而安了。我不但迁就于新领导的丑陋、昏庸、猥琐与不可捉摸，而且放弃了平调工作的念头。不光如此，我也逐步接受了妻子的背叛，习惯下班回家只有儿子默默地陪伴我。朝这个方向说，我已经像一堵被雨淋湿的泥墙那样垮下，无声无息，匍匐在地，垮得踏实了，或者说我这辈子也就这样了。

事实上这样的生活也说不上是好还是坏。只是偶尔，想到妻子背着我做那事已经很久，想到她有一个情人，那是一个孩子的家长，几乎每天开宝马车去接她，我表面上漠然置之，事实上那种痛苦，用摧心剖肝来形容也不为过……还有就是每次上下班，看见那些养狗人一如既往地牵着他们的洋派十足趾高气昂的狗，我会情不自禁地想起命运多舛土里吧唧的贝克汉姆——没错，在杀死贝克汉姆的罪魁祸首当中，难道就没有我吗？

现在，它那两条硬邦邦的腿还冻在冰箱里，有时候准备做饭，在冷屉里不经意翻到，眼前仍会出现贝克汉姆垂死的样子，想起它在铁棍木棒的围剿下径直朝我奔来。这时候，我会突然感到一阵瘫痪一般、陷在泥沼里的无能为力，仿佛要杀死的是我。

>>

摄影 / 于坚作品
晚秋，腾冲田野
中的一头老牛

桑克，1967年9月出生于黑龙江省，著有诗集《桑克诗选》《桑克诗歌》《转台游戏》等多部，译诗集有《菲利普·拉金诗选》《学术涂鸦》等，曾获天问诗歌奖、《人民文学》诗歌奖等多种奖项，曾被评为当代十大新锐诗人，汉语诗歌双年十佳等。

手指

桑克

每天早上郭林都会啃掉自己的手指。

郭林不知道自己为什么会这么做。

第一次望着光秃秃的，仿佛被砍光树林的土丘一样的手掌，郭林忍不住哭了。

郭林昏了过去。

当郭林下午两点醒来的时候，他的秃手掌重新长出了手指。

郭林没有笑，没有叫，而是挨个手指头咬了一遍，直到每次都疼得直咧嘴，他才确信手指头真的回来了。

郭林认为这是奇迹。

当然奇迹是不包括啃掉手指的环节的。郭林怀疑啃掉手指的人并不是他本人，而是别人冒充的。

郭林庆幸手指头回来了，就没有去想自己为什么会啃掉自己的手指。他竭力回避这个问题。反正手指头回来了，再去重复这个噩梦就太没有必要了。傻瓜才会不停地回忆痛苦的经历呢。

第二天早上郭林发现自己又啃掉了自己的手指。这回他比昨天还要抓狂。

他不停地用头撞墙，直到头上长出许多肿块。

他不停地用嘴撞墙，直到嘴巴流出红色的血汁。

他疼昏过去了。

当他下午两点醒来，他发现手指头又长回来了。

郭林哭了。

郭林回过头来。身后一个人都没有。

他去衣柜里找，去抽屉里找，甚至从一只旧鞋盒里找到了一双少年时期珍爱的回力牌球鞋，他也没有发现可疑的东西。

他打开电视，里面一个嘴唇涂得通红的女人向他微笑。

虽然她的微笑可疑，但是她这个人并不可疑。

郭林的脑子里一万吨的糨糊被风吹起巨浪。

郭林睡着了。

郭林第十一次看见自己光秃秃的手掌的时候没有吃惊，而是用光秃秃的手掌抹抹自己的嘴唇，意思好像是说我已经吃饱了。

郭林不明白自己为什么不感觉恶心呢，手指甲又不是什么太好消化的东西。

郭林趴在马桶边缘呕吐。呕吐的东西中除了昨晚喝下去的米粥和六必居的酱菜，黄绿色的胃液什么的，并没有指甲，当然更没有可能早已消化掉的皮肉。

郭林觉得这是在一个梦里。

他想掐自己，但是他没有手指，更没有指甲。在原来手指与手掌结合的部位没有参差不齐的断面，而是光秃秃的，好像长手的时候就长成了这样。

郭林见过类似的东西。刚刚进入初冬的时候，他戴过那种露出十根手指头的半截毛线手套，发个短信什么的非常方便。

郭林还见过长蹼的人脚，但是手指方面的奇迹郭林以前确实没有见过。`

郭林第五十四次还是第六十四次啃掉自己的手指头的时候，他开始认真地想自己为什么会这么做。

我恨我的手指，所以我才在不理智的疯狂的状态之中啃掉它们。

郭林不相信这个解释。因为以前郭林恨过别人，但是他从来没有啃掉过谁。郭林小时候恨过毛毛虫，但是从来没有吃过一条。

他吃过榆钱，但不是由于恨，而是由于爱。

因为爱而啃掉手指——当郭林这么想的时候，他自己都想给自己一巴掌，因为这显得有点儿荒唐了。

郭林晚上临睡之前，在自己的床头柜上架了一部摄像机。

这是在郭林第一百三十八次啃掉自己手指的时候。

第二天上午，郭林用嘴巴启动摄像机。他看见自己正在安静地睡着，除了偶尔眨动的睫毛，几乎没有任何东西在动。

郭林按快进。他看见自己的右手突然抬了起来。郭林按暂停，倒带，然后像监视特务那样自己盯着自己正在抬起来的右手。

郭林的右手扬得越来越高。它会主动接近嘴巴吗？

郭林的呼吸急促起来，没有手指的手掌想象着虚幻的手指正在手足无措地捻动着。

右手没有向嘴巴伸去，而是扑向了镜头。

郭林看见自己的右手从镜头前面滑过，然后看见自己的脸向右上方升起，然后就看不见自己了。

郭林看见床头柜的柱脚，在柱脚和地板之间起到缓冲作用的海绵垫圈，缠绕着一些絮状的灰尘。

郭林下午三点去附近商场买了三部摄像机，临睡前架设在床铺的周围。

第一百四十个早晨，郭林用嘴巴依次打开四部摄像机。

四盘磁带火烧火燎地走到人生的尽头，郭林也没有看见自己的手指有什么变化。

郭林计算了一下自己睡觉的时间，想出了一个主意。

郭林下午服了一粒安眠药，然后呼呼大睡。当他晚上十一点醒来的时候，发现自己的手指头还在，不禁欣喜起来。

他走到客厅，打开电视机。

然后他给自己冲了一杯越南咖啡。

夜里两点的时候，手指头还在，嘴巴无辜地闭合，对它们似乎没有任何兴趣。

天马上就亮了，郭林实在熬不住了，他把四部摄像机打开，又鼓励眼皮坚持了一会儿，就在沙发上睡着了。

醒来的时候，郭林赶紧去看手指，手指还在。

电视里一个男人在报道热点新闻，关于下水道与公务员之间的复杂关系。郭林盯着右上角的数字——16：05：12——后面的两个数字迅速变化着，比机场航班牌子翻得都快。阳光从对面楼的阳台窗户上折射进来，照在郭林的白脸上。

手指头是一直都在还是曾经不在而后归来？

郭林的脑袋比五个篮球绑在一起还要大。

郭林的作息时间变得混乱。他有时看见光秃秃的手掌，有时看见完整的手。

渐渐地郭林掌握了一个规律，手掌光秃秃的时候就是早上，完整的时候就是下午或者晚上。当然下午和晚上是比较好区分的，看看太阳在不在就行了。郭林觉得手掌可以代替手表，不过这种衍生出来的新功能让郭林有点儿哭笑不得。

第二百天来临的时候，郭林把脸洗干净，冲破羞涩和怕被人嘲笑的障碍，带着自己光秃秃的手掌去医院挂了专家门诊。

医院是医大附属三院，离郭林家只有三站地，但郭林还是找了一辆出租车。他担心没有手指帮忙，他站在公共汽车上会斗不过喜欢玩急停游戏的司机。

三院的大堂非常宽，除了淡淡的消毒水的味道，基本上接近香格里拉酒店，只不过接待小姐都是穿着白色的长衣，脸上的微笑之中掺杂了一些冰块。

挂专家门诊的队伍排得很长，轮到郭林的时候已经是上午十点多了。郭林身后一个戴眼镜的胖老头帮郭林从衣袋里掏出钱，并且替郭林填写了一堆表格。

郭林说着谢谢，然后用嘴巴叼着表格去找外科的金属牌子。

"你怎么了？"一个戴着近视镜的中年医生问郭林。

郭林说："我的手……"

"你的手怎么了？"医生问。

郭林把藏在袖子里的手伸出来。

郭林说："这事儿有点儿奇怪。你能不能听我先讲一讲？"

医生把手里的圆珠笔一丢，说："讲什么？"

郭林说："这事儿有点儿吓人。其实也不怎么吓人。希望你别以为我是胡说，我说的都是真的，虽然我有时喜欢撒谎，但是这个事儿我没必要撒谎。这是真的，我绝对不骗你。我也很困惑。"

医生说："把手伸过来。"

郭林一边伸出光秃秃的手掌，一边说："昨天下午和晚上我的手指都在，今天早上被我啃掉了，每天下午……"

医生说："什么？停。你说什么呢，你？你说你的手指昨天还在？被你啃掉了？你有病吗？"

郭林突然笑了，看了医生一会儿，说："你看呢？"

医生盯着郭林的脸看了一会儿，说："你没病。把手伸直。小孙，你过来。"

坐在医生对面的小孙早就停了手里正在翻阅的病历，把脸转过来看郭林。

医生和小孙，一人摆弄着郭林的一只秃掌，翻过来掉过去地看，好像两个研究鞋印的警察，又像两个算命的先生。

医生忍不住叹道："从断面来看，这个伤起码有十几年了，是陈旧伤。"

小孙望着郭林，说："赵老师，你不觉得这个断面根本不像是受到器具或者其他什么东西的砍削造成的创面吗？"

赵医生迟疑了一下，说："是，你这么一说，好像它一长出来就长成这样一样。"

小孙说："我就是这个意思。"

赵医生说："你是说昨天你的手指还在，今天不在了？"

赵医生盯着郭林，希望能看出郭林的慌乱，但是郭林的脸和他自己的脸一样紧张而焦躁不安。

郭林说："是呀，让我啃掉了。"

赵医生说："你啃掉了？真恐怖，你……"

郭林说："别怕，是我啃掉的。"

赵医生说："啃掉的应该不会形成这么整齐的创面，这好像是非常快的刀砍掉的啊。你不是精神有问题吧。"

郭林说："肯定没问题。开始我觉得我有问题，但是我真没问题。"

赵医生和小孙对望一眼，都希望对方能让自己的情绪安定下来。

郭林接着说："其实啃掉的事我也没看见。我只是觉得是我自己啃掉的。"

两个医生心中的石头向下落了落，但是还没落到地上，又飘了起来。

小孙问："你这是什么意思？"

郭林说："每天早上我都觉得我的两个腮帮子，我的嘴巴，特别累，就好像吃了几碗没有煮烂的牛蹄筋似的。我想你们明白我的感觉。"

赵医生不想再问了。小孙摸摸自己的鼻子。

郭林开始讲自己第一天看见光秃秃的手掌时的难过。

赵医生和小孙的眼珠越瞪越大，就在即将瞪破眼珠的紧急时刻，郭林说："每天下午两点，手指头就会自己长出来。"

小孙哎呀妈呀地叫了起来。叫的同时，小孙也跳了起来。如果没有天花板拦着，小孙可能就像孔明灯一样融化在被阴霾笼罩的暗色天空里了。

赵医生求证说："这么说，你每天早上啃掉手指，每天下午又长出来，而且是准点儿？"

郭林说："差不多是这样。"

赵医生说："小孙，你给松风打个电话，订几个菜，然后去工会老刘那里借台录像机。小郭，中午就在这里吃吧。下午我们再观察一下。"

小孙按动油腻的方块键。

中午，赵医生、孙医生和郭林一起兴奋地

摄影 / 于坚作品
羊之舞蹈

吃了饭。赵医生给郭林要了一瓶啤酒。当然喂饭、夹菜和往嘴里倒酒是孙医生帮的忙。郭林感动得想哭，因为他很久都没有吃正经的午饭了。自从奇怪的事情发生后，他每天中午都是吃面包，点心什么的充饥。

赵医生让郭林坐在自己后面的椅子上，然后和小孙轮流给病人看病。离下午两点还有五分钟的时候，赵医生走到门外告诉值班护士，暂时别叫病人。

赵医生和孙医生盯着郭林的秃掌。

门口上沿的电子屏幕出现14：00：00的时候，郭林的秃掌没什么变化。孙医生沉不住气，说："没长出来。"

赵医生摆手让他别出声。

直到下午三点，郭林的手指也没有长出来。

赵医生和孙医生一起把郭林推出了门外。

郭林出门就哭了。

坐在出租车里，郭林望着秃掌，神情沮丧。出租车司机是一个染着黄毛的小个子，厌恶地瞥了郭林一眼。

回到家里。郭林用秃掌捅开电视机。电视新闻在说，房地产上涨的幅度下降了百分之几。郭林用鼻子哼了一声。

郭林的秃掌始终都没有长出手指来。

郭林恨死了医大附属三院。

现在郭林每天都盼着下午两点快点儿来，因为他发现自己越来越习惯没有手指的生活了。没有手指，他照样敲键盘，炒菜。中午他也不吃点心什么的对付了，而是炒两个热菜，喝一瓶啤酒。

他掌心的肌肉任意收缩，完全能够控制锅铲之类的工具。

他不知道自己的手指为什么不再回来，就像当初不明白手指为什么会被自己啃掉，又在下午长回来一样。

生活之中确实有许多不能解释的事情。

但现在手指的事情已经不在此列了，因为郭林已经习惯把自己看成是一个没有手指的正常人，甚至相信新来的邻居小丁姑娘说的，郭林的手指是在一次意外事故中失去的，因为只有这个解释才是合理的，所以郭林选择相信合理的解释，虽然他在心里对自己清楚地说，这不是真实的。

第九百六十五天到来的时候，郭林仍旧和其他日子一样睡到自然醒，只不过他没有立刻上厕所，而是站起来，望着窗外正在长绿叶子的柳树，望着正在胡乱唱歌的麻雀，然后喝了一口昨夜喝剩的爱尔兰咖啡。

当电视屏幕上出现 14：00：00 的时候，郭林下意识地望向自己手掌平滑的边缘。那里原来是有东西的。

第九百六十六天到来的时候，郭林正在炒菜，溅起的油点子落在他赤裸的左脚上。郭林抬起左脚在右腿的腿肚上蹭了蹭，他没有注意左脚上一百五十六度的热油的攻击被他的软皮游击队轻松地挡在了外面。左脚仍旧那么光滑，一个水疱也没有。

　　何小竹，1963年生于重庆彭水县。1980年代参与"第三代"先锋诗歌运动，为"非非主义"代表诗人。代表作有诗歌《梦见苹果和鱼的安》《送一颗炮弹到喜马拉雅》《不是一头牛，而是一群牛》，短篇小说《明清茶楼》，中篇小说《圈》，长篇小说《潘金莲回忆录》。中篇小说《动物园》获2015年"双柏查姆杯"首届《大家》先锋新浪潮大奖。现居成都。

恐怖片

何小竹

你看过的最恐怖的电影，是哪一部？

我不知道。我其实很少看恐怖片。鬼片算是恐怖片吧？算吧？《画皮》，最早香港拍的，当时看着觉得挺恐怖的。《午夜凶铃》，日本的，我看过，有点恐怖。你呢？你也说说你看过的最恐怖的。你是看过很多的吧？

我其实也看得不多。就是专门标明是恐怖片的那种，我看得不多。但我记得有些电影，不是恐怖片，但其中有些镜头很恐怖。至少当时看的时候让我觉得很恐怖。

比如说？

比如说《红灯记》。

《红灯记》？不是革命样板戏吗？怎么会很恐怖？

有个情节，当时看着觉得挺恐怖的，以至于电影散场后都不敢一个人回家，半夜起床上厕所，一想到那个情节，头皮就发麻，很害怕。嗯，就是李奶奶痛说革命家史那场戏。当时李玉和被日本宪兵抓走了，好像是这样，气氛就开始有点紧张，然后李奶奶就对李铁梅说，你知道吗，你爹他不是你的亲爹。听到这句话，不仅电影中的李铁梅很吃惊，我也惊了一下。李奶奶接着又说，你奶奶（就是李奶奶自己）也不是你的亲奶奶。听到这一句，我一下就毛骨悚然起来，加上李铁梅突然拖长音调大叫了一声"奶奶"，那种恐怖的感觉真是到了极点。李奶奶接着又说，你姓王，我姓李，你爹，他姓张。这一段带京剧韵白的说辞，配合着鼓点的敲击声，一句赶一句，一直说到一天半夜，李玉和怀抱一个婴儿闯入李奶奶家（这时电影里的那个门突然被风吹开了），那个婴儿就是李铁梅……

等等，你那时候还小吧？多大？

嗯，大概五六岁的样子吧。

你这个感觉挺特别的。我想起来了，我还看过一个很恐怖的，但不记得片名了，也不知道是哪个导演拍的。就是男主开着一辆车在公路上走，发现后面老是跟着一辆大卡车，男主就有些疑心，开始加快速度，那辆大卡车也加快速度，男主慢下来，想让那辆大卡车超过自己，但那辆大卡车并没有想要超车的迹象，而是跟着慢下来，尾随在他的后面。男主开到一个类似服务站的地方，去咖啡店喝杯咖啡，那辆大卡车也停在了服务站。男主透过咖啡店的窗子看着外面的那辆大卡车，那辆大卡车就那样无声无息地停在那里，并不见有人从车里出来。男主喝完咖啡继续上路，那辆大卡车也跟着启动，继续尾随在他的后面……后面还有一些情节，都差不多的，就是那辆大卡车一直在公路上跟着男主的车，像个幽灵一样，男主的精神（从他的眼神和面部表情看出来）已经濒临崩溃的边沿，后来影片的结尾好像是在一个拐弯处，那辆大卡车自己冲下了悬崖。或者是男主驾驶的小车冲下了悬崖，我记不清了。这个我觉得挺恐怖的。你知道这部电影吗？

《飞车杀机》，斯皮尔伯格导演的。

你看过？

看过。

觉得恐怖吗？

当然。但我觉得，还是没有《红灯记》那个场景恐怖。

你这感觉很怪。你有想过自己拍一部恐怖电影吗？

想过。我是觉得这个电影类型有发挥的余地，我喜欢这个类型，但就是找不到好的故事。我是说，我不太擅长编这类故事，编织一个有说服力的恐怖情节，这个有点难。我也看了国内的一些恐怖小说，企图改编，但都没有满意的，那些恐怖小说没让我感到恐惧。

生活中你有感到恐惧的吗？

生活中？

对。生活中。有没有什么让你感到特别恐惧的？

我今年五十四岁了，好像不太怕什么了，死人啊，鬼啊，这些东西，真的不像小时候那样让我感到害怕了。

那你小时候除了你说的《红灯记》那种电影里的情景，生活中还有什么是让你感到恐惧的？

小时候，那应该很多了。比如，房梁上突然掉下一条蛇……也不是真的看见这个情景，那种恐惧，是想象出来的，想象房梁上突然掉下一根蛇，我觉得遭遇那样的情景会是十分恐怖的。我小时候常常幻想这一类恐怖的情景，就是在想象中将自己置于这种绝境之中，比如，夏天走在树下，突然一只猪儿虫从树下掉下来，掉进我的脖子里。知道猪儿虫吗？就是那种绿色的，肥嘟嘟的软体虫。还有老鼠，我也想象过老鼠钻进我的裤管里。有一次，我年轻的时候，还在歌舞团，半夜被老鼠吵得睡不着，就跟妻子起来在房间里找老鼠，一人手里拿了一根棍子。这是真的，不是想象。我们拿着棍子在床底下，衣柜底下，东戳一下，西戳一下，突然，一只老鼠（很肥硕的）从床底下窜了出来，我吓得，真的是魂飞魄散，一声惊叫，双脚就跳上了茶几，吓得，就那样站在茶几上，不敢下地。这是真的，不是想象。但想象的时候似乎更多一些，更恐怖一些。

还有哪些是你想象出来的很恐怖的事情？

想象的，很多，但一时又记不起来了。那都是小时候和年轻的时候，现在很少有这样的想象了。很奇怪，现在真的不太去想象那种事情了。

那就说说真实的，让你恐惧的事情。应该有的吧？印象深刻的，忘不掉的？

嗯，1983 年。那时我还在涪陵歌舞团。20 岁。歌舞团紧邻体育场，那种可以踢足球的露天体育场。那一年，体育场经常有公判大会，每次都有人被判死刑。判死刑本身并不恐怖，但公判大会的氛围很恐怖。等待宣判的人每次有几十个，都是五花大绑被卡车运来的，运到体育场之前，已经在城里的大街上游了一圈，然后将街上围观的人又吸引到体育场，人山人海，等着看公判。我不用到体育场，我只需站在自己宿舍的窗口，就能看见。我的窗户正对着体育场的主席台，看得很清楚。听得也很清楚，因为公判大会都安装有高音喇叭，宣判的声音就从那个喇叭里播放出来，音量大得吓人，可以说响彻云霄。当宣判某某某死刑，立即执行的时候，就有人立马将一个早已准备好的木牌（形状像一柄箭）插到前面跪着的那个人的背上，木牌上用毛笔写着这个人的名字，名字上还打了一个赫然醒目的红叉。然后又宣判一个，又把这个写有名字打了红叉的木牌插在他的背上。这个情景是最恐怖的，就是插木牌的情景，很恐怖。木牌插在谁的背上，就意味着这个人死定了。我不知道被插上木牌的那个人，那一瞬间是什么感受？但我的感受是，完了，死定了，马上就要离开这个世界了。然后我会想到过一会儿他就要再次被推上卡车，运到河边，背着那块木牌跪在沙滩上，一支手枪对准他的后脑勺……每次看公判，看到那个木牌插到某个人的背上，就会联想到后面的情景。这期间，有三个我认识的人，被插上了木牌。一个是黄某某，涪陵县师范学校的音乐教师，他的罪名是流氓犯。是他妻子告发的，妻子不能忍受他跟师范女学生乱搞，想让组织管管他。告发后，听说要判死刑，妻子去央求放人，说我不告了。但不行了，抓都抓了，枪毙。黄某某人很好，经常到我们歌舞团来串门，拉得一手好手风琴，不好的就是比较好色，自己的学生也搞。另一个是张某，我高中同学，他就是喝醉了拿菜刀要砍饭馆的老板，老板跑了，没砍着，张某却被抓了起来，罪名是流氓犯，枪毙。再一个是谢某某，我认识，但不是很熟的那种，只跟他喝过几次酒，他的罪名也是流氓犯，是他前女友告发的，告他两年前强奸过自己，也是枪毙。

怎么会这样？

外面常常公判，给人插上木牌，我们歌舞团里面也天天开会，搞人人过关。就是每个人检讨自己，有什么过失，然后大家评议，检讨深不深刻，放不放过你，由大家说了算。如果觉得你检讨得不够深刻，他人可以帮你深刻，就是检举你，揭发你。

这是 19XX 年？

是的。我开始失眠，神经衰弱，或者睡着了，但睡得很浅，时时惊醒，出冷汗。如果睡眠的时间长一点，醒不来，那一定是在做噩梦。其中一个梦我还记得，梦见自己被五花大绑，背上插着写有我名字打了红叉的木牌，坐在卡车上，押赴刑场。我平常晕车很厉害，想到要坐车就恐惧。但现在恐惧的不是晕车，而是子弹即将穿过我的脑袋。我在梦中大叫，我不想死，放过我吧，但完全没用，子弹射出来，不是子弹，而是一枚枚铁钉，我恐惧到极点……

这个就可以拍成恐怖片。

摄影 / 于坚作品
穿过正在种植的芒果园的水管

拍不了。

为什么？

拍出来就不是那么回事了。我是说，那是一种心理上的恐惧，是镜头表现不出来的。恐惧的根源也不仅仅是死亡。

那是什么？

说不清。我也一直在想这个问题，三十多年了，我一直在想这个问题。我没想透，还说不明白，但恐惧依然存在，释放不了。这导致我常常有一种类似抑郁症的状态，心悸，莫名的紧张，总觉得会有什么灾难降临，不敢过多回忆，但又害怕去想未来，情绪低落，四肢无力。到极端的时候，万念俱灰，这个时候，感觉唯一能拯救自己，唯一觉得自己还活着的，就只有做爱。

做爱？

是的，做爱。

这个听上去感觉更恐怖。

水鬼，1989 年末生于湘西，
2010 年开始小说写作，有小说在
《湖南文学》《青年作家》《青春》
《大家》等杂志发表。

眼戒

水兔

二月，河面结着一层薄薄的冰，来挑水的小和尚听见清脆的冰裂声，雾气之中显出一条船来，离近了才看清船上坐着一男一女。

碎冰溶进河里，船泊到岸边，男人扶着女人下了船，船摇晃了一下，慢慢缩了回去，小和尚说：

"船要流走了，你们不把它绑起来吗？"

那对男女看了一眼船，又看一眼小和尚，转眼望着河对岸的大山大雾，不出声。船离着岸，小和尚急起来，脱了布鞋，就往河里走，要去攀那条船。冰冷的河水刺骨的凉，水浸到小和尚的脖颈时，他的手攀在船沿上，费力将它扯回岸，将船上的缆绳缚在岸上的一块大石上。他正要嗔怪起来，却见眼前的这对男女已经脱得没有遮拦，携手朝河中走去。

小和尚第一次见到女人的身体，肌肤紧致，他呆愣愣地赤脚踩在河边的石子上，直到两个人消失在河水之中时，他才慌起来，扎进河中去寻人。

河水混沌，肌肤与水共着一色，女人头发的黑让小和尚辨清了她的方位。他奋力一挺，在水中见到女人的脸。那女人睁着眼，一脸怪笑地看着他。他牵住女人的手，往上提着，然而阻力过大，女人攥着男人的手，怎么也不肯松开。小和尚做了人生中颇为重要的一次选择，他沉下身子，花大力气掰开了他们的手，单手环住女人的腰，双脚一缩一伸，头已经浮出水面，费着大气力往河边泅去。

女人已经昏迷，抱着她，手第一次触摸到女人的肌肤，光滑得如同陶瓷。船中有棉被，小和尚用岸上男人的衣服将她身上的水擦干，放在船中的被子上。他的呼吸乱起来，将被子一边叠在女人的身体上，慢慢又褪去一角，露出女人的胸。他闭着眼睛，试探性地将手贴在女人的胸上。他的脸有些狰狞，何其痛苦，但还是将手在她的胸上滑过去。像化缘时的翻山越岭，到了平原，见到屋舍和炊烟，一切又都归于平静。

不知过了多久，他才想起河中的另一个人。师父说，救人一命，胜造七级浮屠。他望一眼山上的七级浮屠白塔，又望一眼河面，想必男人早已闭气。他斜抱着女人，摁着她的小腹，过了一阵，女人嘴里溢出一些水，软软地睁着眼睛。

小和尚慌张地将她放下，用被子掩上她的身体。女人看着眼前这个光着脑袋的人，弱弱问着：

"我死了吗？"

小和尚说：

"你死过一次了，现在好好活着咧。"

女人说：

"他呢？"

小和尚说：

"他？"有些不安，"我没能救下他。"

女人不说话，窝在被子里静静闭眼躺着。

河中雾气已经散尽，阳光照在小和尚湿漉漉的衣服，蒸腾起水气。脖颈上的绒毛开始舒展，热热的，痒痒的。已经耽搁了不少时辰，师父在寺里一定恼怪他挑担水怎么去了这么久。小和尚说：

"我看，你先随我到寺里去吧？"

小和尚将她的衣服捡起来放在被子上，说：

"你把衣服先穿上，穿好了我们就上山去。"

他背过身，候了一阵，并没听到女人穿衣服的声响，就又说：

"我已经转过身去了，你穿吧。"

背后寂静无声，女人侧身看着小和尚的背，终于说：

"你不用管我，你把缆绳解了，船流到哪里就是哪里。"

小和尚一听，说：

"那可不行，下游就是青浪滩，水凶得很，人家打鱼的船都被卷进去过。"

女人不肯穿衣，到后来小和尚没办法，总不能将她裸身背上山，于是将她的衣服塞进棉被，将女人裹在棉被里，扛着上了山。

去山上的路上，小和尚一路被人注目，有人问起，小和尚便说：

"山下的施主怕我们在寺里冷，就送了条被子。"

师父在寺里早已等得不耐烦，时候已近日中，早斋做饭的水还不见挑上来，见到小和尚扛着被子上山，不见了水桶，一脸烦躁地说：

"水桶呢？你不是下山挑水去了吗？你抱床被子上来做什么？"

小和尚说：

"师父，被子里是个人。"

师父问：

"男人还是女人？"

小和尚说：

"女人。"

师父唬了一跳，铁了脸，说：

"你偷个女人上山做什么！传出去可不得了！"

小和尚说：

"这是我在河边救的女人，她要沉水，我把她救上来了。"

师父指画起手脚，说："赶紧放进去，"又问，"路上没人见到吧？"

"我就说是床被子。"小和尚说。

挟着女人的被子春卷一样放在卧房床上，师父正伸手要滚被子，小和尚赶紧拦下来，说：

"不行。"

师父止住手，皱眉盯着小和尚，小和尚说：

　　"她没穿东西。"

　　"好呀，"师父缩回手，"那你是什么都见着了吧！哎，罪孽，你已经破了眼戒！"

　　破了眼戒，长这么大小和尚可是第一次破戒。他忧愁无比，不知如何是好，暗暗下了决心，晚上要多念十页经文再入睡。被子在床上滚起来，女人的脚露了出来，师父大叫一声，说不好，就闭了眼睛，又吩咐小和尚：

　　"快些找块布来。"

　　小和尚找了块布回到卧房，女人已经完全裸在被子外，师父闭眼站着，他把布递过去，师父接了蒙住眼睛，绕了一圈绑在头上。

　　"让她穿衣。"师父说。

　　小和尚畏畏缩缩看着她，用手遮了眼睛，五指却又空出缝隙，说：

　　"你把衣服穿上。"

　　女人并不穿衣，坐在床上，说：

　　"我要到大殿拜拜菩萨。"

　　"拜完菩萨你就穿衣。"小和尚说。

　　女人自语似的回了一句：

　　"拜完菩萨我就穿衣。"

　　小和尚试着问师父：

　　"她拜完菩萨就穿衣，怎样？"

　　师父说：

　　"你用布把佛像的眼睛都遮上。"

　　小和尚用布遮了佛像的眼睛，引着女人到大殿。她赤身跪在蒲团上，弯下腰，蜷缩得像只虾。等她站起来时，眼睛湿湿的，走到卧房，将自己衣服穿上，说：

　　"我要下山了。"

　　小和尚说：

　　"你不能走，你下山又去寻死，现在放你走那就是杀生。"

　　师父问：

　　"衣服穿上了吗？"

小和尚答：

"穿上了。"

师父解下黑布，看到女人，喉咙鼓了一下，说：

"你在这里先住着，感受一下佛法，等你开解了再走。"

女人坐在卧房，什么话也不说，两个和尚走出去，关了门，小和尚指着门闩，轻声说：

"要不要闩上？"

师父皱着眉，说：

"不行，闩门就是囚禁，咱们出家人可不能这样。"

小和恍然大悟，还是师父觉悟高，就问：

"那怎么办？"

师父摸着下巴，说：

"咱俩轮流在这外面守着，每日诵经，如果她真要走，咱们也只能规劝。"

师父沉吟片刻：

"她为什么要寻死？"

小和尚说：

"我不是去河边挑水么，她和一个男的搭船到河边，然后两个人就往河里走，我没能救下那个男的。"

师父听了，哦了一声，说：

"原来如此，想必是殉情。"

"殉情是什么？"小和尚不懂。

"就是两个人都不想活了。水桶呢？你快些下山把水挑上来。"

小和尚挑水上来，倾完水，就走到卧房门口，师父已经盘腿坐在那儿，敲着木鱼，神情肃穆地念着佛经。小和尚走过去，说水到了，师父就站起来，让小和尚坐下去念经，自己则去了厨房，洗起萝卜白菜，切了豆腐放热油锅里煎。做好饭，师父端了两碗码着菜的饭，一碗递给小和尚，开了门，把另一碗放在卧房的木桌上，留下一句"趁热吃"的话就走了出去。

是夜，小和尚值守。女人出来要小解，开门见小和尚坐在地上，就问：

"茅房在哪里？"

小和尚站起来，说：

"我带你过去。"

小和尚站在茅房外，张耳细听，一阵泉水流经石头的声响，这声音好像和他自己的有些不一样。等女人回到卧房，又说：

"有热水吗？我要洗澡。"

小和尚说：

"有，我让师父去烧。"

师父劈柴烧了一锅热水，把浴盆提到女人睡的卧房，将一桶热水倒在盆里，旁边留着半桶冷水，拎着一只空桶冷冷走了出去。女人在里面洗澡，小和尚在外面竖耳听，水声听得他焦躁，他跪在地上，挨着门缝看，那女人好似发觉了，也往门口看，她从浴盆走出来，小和尚立马又回到原位，盘腿坐着。女人开了门，湿漉漉的身上发着油灯的光，她弯腰扶起小和尚，小和尚的腿不听使唤似的直了起来。

"你怕吗？你已经在河边看过我的身子了。"

她搂着小和尚的脑袋，贴在自己的胸上，小和尚不敢呼吸，然后她笑一下，松开手，小和尚抬起头，擦着脸，手掌发潮，不知是汗还是水，他吸几下鼻子，哇一声哭出来，吓了女人一大跳。

"师父说我有慧根，日后可是得道高僧，可是我已经破了眼戒。"

女人呆愣着，也不洗了，擦干身子，就蒙了被子窝在床上。小和尚抱着木盆，走到后院，正要倒水，手指触到了水的余温，不知怎么就舍不得倒，将整只手沉在水里，脱下僧衣，蜷在浴盆里泡着，放眼看着漆黑的夜空。

或许是女人受了佛法的感动，谁知道，外人听不懂，只是格外的吵闹，也说不定，虔心者能从这吵闹中听出寂静。女人没换洗的衣服，穿了小和尚的僧衣，白天也不总是窝在卧房，偶尔也在寺里走着。师父怕她扰到前来上香的人，又担忧她想不通，下山再去投河，或者从后山的大石头跳下去。

天气转暖，后山的草叶比平常都要绿，她掐下一株，在小和尚的头顶荡着。小和尚耐不住，说：

"痒。"

她咧嘴笑着，说：

"你不是要做得道高僧吗？这点痒都耐不住？"

小和尚一听"得道高僧"，那可是他平生最大的期望，就纳一口气，闭着眼睛，任她荡着。她把小和尚的僧衣轻轻扯开，用草在他的胸前扫着。

"那次在河边，我迷迷糊糊感觉有只手在摸我的胸。"

小和尚不好意思，现在她用草扫自己的胸口，也许是对他的一个报复，想明白了这一点，他也就不再约束她的手，即便她把那株草换成了一只纤细的手。他意识到自己的身体在膨胀，又好像几个野人将自己绑了丢在沸水锅里熬，终于他耐不住，压住了她的手，睁开眼，对视着，他说：

"你带我破戒吧？"

女人笑起来，说：

"破什么戒？"

小和尚说：

"就是咱们抱在一起。"

小和尚说完，又忧伤起来，师父说他有慧根，想必是他看走了眼，又说：

"破完戒我就还俗，我对不起师父他老人家。你破吧，我定力不够。"

小和尚躺在草地上，女人正要触摸他鼓胀的根，只听天空中刮耳的锐响，像是一只大鸟飞过，紧接着一声炸雷似的巨响，吓得小和尚立马萎了下去，惊跳起来，再一看山下已经腾起黑烟。女人也吓得不轻，紧紧抱着小和尚。二人抬头望天，只见一架飞机在县城上空盘旋，跟着又投下了第二颗炸弹。

战争说来就来，猝不及防。女人也不急着寻死了，她觉得自己随时都会死，不定哪天在寺庙里睡着，一颗炸弹下来，就平掉了七级浮屠白塔。小和尚和师父也不再每日守着女人，两个和尚大开眼戒，断肢、头颅、血流、浮尸，短短几天内，真是什么都见到了，比起被杀，自寻短见未尝比它差。没过几天女人离开了寺庙，师徒二人醒来发现她不见了，铺盖叠得好好的，上面整齐盖着小和尚的僧衣。俩人心里都空空的，早斋师父盛了三碗饭，饭桌上师父说：

"她走了吗？"

小和尚说：

"估计是走了。"

师父哦了一声，两个人闷头吃饭。

某一夜小和尚正睡，却听窗户上有人说话，他睁眼一看，是一只乌鸦。

乌鸦说：

"你想见谁？"

小和尚在床上应答：

"我想见谁？"

乌鸦说：

"你的内心是否空寂？"

小和尚在床上应答：

"我的内心一片虚空。"

那乌鸦嘎的一声就飞走了，房门亮起，月光洒进，一个穿着白衣的女子推门走了进来，轻轻挨着小和尚坐了下去。

"你是谁？"

小和尚看不清她的脸，没有月光的照射，只是乌黑一片。

她说：

"我是你想见的人。"

小和尚不说话，又问：

"你从哪里来的？"

"我从水中来。"

小和尚想起第一次见到那个女人的情形，河上笼着雾，雾中现出一只船。

他说：

"你回来做什么？"

"回来带你破戒。"

小和尚高兴得想哭，他伸手去抱她，揽住的却是空空的衣服，小和尚急起来，说：

"我怎么抱不住你？"

"我不在这里。"

"那你在哪里？"

"你下山来找我自然就会见到。"

摄影 / 于坚作品
弥渡镇田野上的云

女人说完，趁着月光走了出去。

小和尚在床上呆愣坐着，没过片刻，眼皮就沉起来。次日他起床，师父已经备好了两碗稀饭，他吃到一半，说：

"师父，我要还俗，我要下山。"

"你还俗下山做什么？"

"我要去找她。"

师父叹一口气，吃完稀饭，小和尚提着包袱，告别了师父，下山去找她。

小和尚不再是小和尚，他长了发茬，蓄了胡子，依旧没能找到那个在寺庙待过的女人。在寻找的路中，他甚至快忘掉了那个女人的面貌。但这不重要，俗世多新鲜，后来他明白自己找的只是女人。当然他找到了另一个女人，只是那个女人也怪，她常说自己是条鱼，他自然不信，她瞒着父母，把他牵进自家的一条船中，说自己在河里就会变成一条鱼。俩人走进船中，天色已经暗下去，她从家里抱了床宽大的铺盖，两个人睡在船中，任水流着。

他把手贴在她的小腹上，说：

"我要破戒。"

她没忍住，笑起来说：

"你是和尚吗？你要破戒。"

他没出声，但是手很快滑到了她下面。

"你不是说你是鱼吗？"

那时候天已发亮，她裸着身子站起来，跳进了河中。他趴在船沿看，半天不见人影，突然一条大鱼在水中露出脊背，他吓了一跳，只见大鱼浮出脑袋，又变回了她属于人的脑袋，咧嘴冲他笑着。

"怎么样，这下你信了吗？"

他把手伸进河里，摸着她的身体，滑滑的，有一片片软软的鱼鳞。他说：

"你真是一条鱼。"

"那你怕吗？"

"我不怕，要是我也是条鱼就好了。"他说。

她攀上船，又变成人的身形，窝在他怀里，说：

"你敢和我到水里面去玩吗？"

他说：

"到水里面我不就淹死了吗？"

"只要在水里面你不离开我，你就不会淹死。"

"我不会离开你的。"

那时船已经靠岸，两个人下了船，毫不顾忌，脱得精光，正要下水，只听一个小和尚说：

"船要流走了，你们不把它绑起来吗？"

这小和尚的声音如此熟悉，俩人回了头，她说：

"你看，那个和尚长得跟你倒挺像。"

他看着小和尚，走过去，从船中拿出缆绳，走到岸边，将小和尚摁倒在地，用缆绳缚住了他的手脚，然后走到她身边，说：

"走吧，咱们下河去。"

她问：

"你把小和尚绑起来做什么？"

他说：

"咱们下了河，他要是以为咱俩殉情，把你救上去怎么办？"

她咯吱一声笑起来，说：

"是了，和尚最烦人。咱们走吧。"

后记：

得道高僧讲完这个故事，破庙外已经是阴沉沉的一片，按他的说法，非但和尚有破眼戒这么一说，就连我们这些俗人也能破眼戒。有人添了几根柴，火烧得更大，烘得人肌肤发烫，众人就离火远了一圈。

人鱼未必是真，但破了眼戒，什么都能见到，见妖，见神，见鬼，见怪。外人所不能见，只是眼戒未破，见到了即是真。内中一个挑菜的小贩，支着一根扁担，说：

"那我这个乡下佬，怎么才能破眼戒？女人，"他嘿嘿一笑，"我倒是摸过不少，怎么也没破眼戒？"

高僧掰开一块冷馒头，架在火上烤，说：

"你没见过你最想要见到的，自然破不了眼戒。"

那菜贩子咬着唇，想着自己最想要见到的，他仰了头，说：

"我最想见到的，地里的白菜，割完一茬隔夜又长一茬。"

几个听的人就哄笑起来，说，那你这辈子都别想破眼戒了。

另一个躺着的人从地上撑起身子，拍拍身上的柴灰，说：

"我这不白天去的城里的赌场吗，输得干干净净，连搭船回去的船钱都输得不剩，要说我最想见的，"他的眼睛放出光，"满满一赌桌，都是我的钱，杀得他们片甲不留。"

说完，他又觉得无趣，或许想着明天白天还要走上几十里路才能到家，就又躺了下去。

一个满脸横肉的家伙说起来：

"大和尚，你刚才讲的故事，还有改变过去的本事，你看最后他把自己用缆绳绑起来了，可不就是改变了自己的过去么？"

高僧说：

"破了眼戒，兴许能改变过去吧，不好说，说不定。"

众人一听，就觉得这眼戒还能当后悔药吃，愈发觉得神奇，但又疑心是和尚瞎编乱造，哪有什么破眼戒。那个满脸横肉的家伙说：

"大和尚，你最想见到的又是什么？"

高僧说：

"我的眼戒已破，再没最想见到的了，我要见到的，都已经见过了，不该见到的，我也见到过了。"

那满脸横肉的家伙从包袱里抽出两把屠刀，说：

"我一个杀猪匠，见惯了猪骨头，每回杀猪，我就想见见人骨头和猪骨头长得有啥不同。"

大伙一听，额上渗出冷汗，就都抚慰说：

"哪有什么破眼戒。"有人站起来，指着高僧骂：

"鸟和尚，你瞎编故事就是了，可别骗我们没见识，真把我们当小孩子哄？"

忽听高僧哈哈一笑，众人惊醒，屋外已经天光发白，大家虚惊一场，原来只是做了一个奇怪的梦，高僧已经不知何时走了，余下的人也不说话，一个个走出破庙。屠夫在地上发呆，那赌鬼走过去，大声说话：

"喂！憨屠夫，你不走了吗？老子刚才做了一个梦，梦见你要使刀杀人，在梦里头可把老子吓坏了。"赌鬼放肆笑起来，大踏步走出破庙。

杀猪匠听到赌鬼说的梦，自己也是大受惊吓，昨晚他也做过这么一场梦。他原本还不大信大和尚破眼戒的说法，他的确有时候想杀人，但又不知该杀何人，现在大和尚的本领已经验证，人破了眼戒，真是无所不能。他提起包袱，挎在肩上，走出破庙，一队荷枪的士兵正在路边休憩，他走上前，笑着问：

"你们这是上哪儿？"

"去打仗。"

"你们还缺人吗？"

这个士兵看了他一眼，走到前边，跟一个长官说了几句话，拿了一杆枪回来，丢给他，说：

"开过枪吗？"

杀猪匠很精神地捡起枪，跑到路边，将自己杀猪的行头弃在乱草丛里。

智啊威，1991 年出生，原先写诗，
后转写小说。有小说在《天涯》《作品》
《青年作家》《文艺报》等刊物发表。

去杨庄捉鹤

智啊威

　　杨庄来鹤，是一九九八年的事儿，那年豫东一带，连日暴雨，暴雨过后，数十只宛若云朵般的仙鹤便飞临了杨庄。

　　仙鹤的突然而至，在吴庄掀起了轩然大波。

　　有人说：那是鹤。

　　有人说：那是仙鹤。

　　有人说：那仙鹤是从昆仑山上，王母娘娘的瑶池里飞来的，是仙物！

　　关于仙鹤，一时间众说纷纭，最后教书匠吴育人从人堆里走出来，跳到吴三娘家的石墨盘上，大喝一声，人群顿时安静了下来。大家把目光纷纷砸向吴育人，吴育人扶了扶眼镜，弯下腰，扫视着大家，一脸神秘地说道，据古书上记载，鹤肉乃大补之物！吴育人此话一出，拉长了众人的脖子，也撑开了他们的眼睛，于是一个个迈着急步向吴育人身边靠拢了过去。有人面带疑惑，问吴育人，鹤肉咋个大补法？吴育人诡异一笑，不再多说。他跳下石磨盘，朝村头小学匆匆而去。待吴育人的背影在官路上消失，青天白日里"轰隆"一声巨响，霎时便从那巨响中炸出了千百只鹤来。一时间，那群仙鹤在吴庄村人嘴里翻飞，在脑袋里盘旋，在耳朵里鸣叫，经久不息。

　　自从吴育人公开发表仙鹤乃大补之物的言论后，村里人便整日众星拱月般围着他，一脸谄媚地盼其把话讲完，然而吴育人却守口如瓶，不愿多说。但人心不死，大家像盼日月一般，盼着吴育人那两片锈蚀的嘴唇，在一个不经意的瞬间裂开一条缝，掉下一两句关于仙鹤大补的内容，但最终也未能如愿。

　　吴育人越是不说，大家的兴趣越是浓厚，那几日吴育人在村里，俨然成了一位明星，无论他走到哪，身后都跟着一群人，嘴里念经般重复着那句：吴老师啊，鹤肉咋个大补法儿？你给俺说说呗，你给俺说说呗吴老师。

然而吴育人上课下课，吃饭睡觉，毫不理会身后那汹涌的声浪。

得知吴育人身边终日人群簇拥的那一刻，吴瞎子朝脚下吐了口浓痰，在自家院中嚷道，吴育人懂个蛤蟆尿尿啊？当天中午，吴瞎子命令其八岁的儿子铁头敲响洗脸盆走在前头，自己循声跟在后头，摸索着来到村头的打麦场上，发表了一番振聋发聩的演讲，令在场者无不震颤。吴瞎子从不刷牙，嘴像茅坑。那天他扯着那张臭气熏天的大嘴，接着吴育人的话茬子往下说道：鹤肉不仅大补，还具奇效哩！人吃一口，三天不饿，吃一只，长命百岁。有眼疾者吃鹤眼，有腿疾者吃鹤腿，吃罢后，瞎子睁开眼，能看十里，瘸子扔掉拐，健步如飞。吴瞎子此话一出，瞬间把人群煮沸了！

吴瞎子祖传算命，自从算对雨期，蒙对祸福之后，人们对吴瞎子的话便深信不疑。因此他话未讲完，已经有几个人按捺不住，开始往家里跑去。既然鹤那么金贵，还耽误什么？快去捉啊！我父亲率先跑回家，冲进厨房，掂起菜刀便往村外跑。父亲腿长，跑得快。而他身后的村民们，也举着锄头或铁锨，一个个杀气腾腾，往杨庄奔去。人群跑过，尘土纷飞，像天地间下了一场黄雾。

待大家跑到村头，恍然看到村长背着手，眉头紧锁，站在那条被饿瘦的路上。人群停下，跑在前头的父亲见状，一脸谄媚地迎上去，给村长递了根烟，村长没接，父亲尴尬地举着烟恳请道，村长，一起去杨庄捉鹤吧？村长默不作答，父亲又说，不用您老动手，您负责指挥就行！村长叹了口气，环视大家，片刻后，佯装疑惑地说道，有您吴会计在，还需要我瞎指挥吗？村长说罢，哼了一声，把目光投向村外的空茫处。那一刻，我看到从村长嘴里蹦出来的每一个字，都成了青筋暴起的巴掌，那巴掌不偏不倚地打在父亲的脸上，"啪啪！啪啪！啪啪！"那巴掌先是打掉父亲的牙，继而打烂父亲的嘴，最后活脱脱把父亲的脑袋打成了一个稀烂流水的番茄。

父亲也是一时糊涂，其作为村里的会计，面对捉鹤这等大事儿，竟未事先向村长禀报。但现在说什么都晚了！父亲的肠子都悔青了，但没有一点用。说着，村长退到路边，把道儿让开，把目光哐当一声砸在父亲头上，故作轻松地说道，快去吧，吴会计，别耽误了您老人家去捉鹤！说罢，村长转身欲走，父亲紧追上去，一手拉住村长的胳膊，一手"啪啪"朝自己脸上扇了俩耳光，两边脸上一前一后冒出了五根红指头印。村长回头瞥了一眼，父亲舔了舔干裂的嘴唇乞求道，村长，讲两句吧。说罢，父亲率先鼓起了掌，一时间，呆愣的村民们方灵醒过来，紧跟着鼓起了掌，说来也奇怪，那掌声如大风呼啸而来，一点点刮走了村长脸上的乌云。

村长清了清嗓子，挺直腰板儿，面向众人说道，关于去杨庄捉鹤啊，你们都比我懂得多，你们一个个都是当皇帝的材料，能听得下我这个屁大的村长瞎叨叨？村长把大家寒碜了一番，村里人一个个羞愧得恨不得把头插进裤裆里去。村长看着一颗颗低垂的脑袋，哼了一声，正色道，大家要是非让我讲，那我就讲两句，关于去杨庄捉鹤啊，有三项重点，四项注意，五项必须！我今天长话短说。于是便慷慨激昂讲了两三个钟头，嘴角上的白沫子不停地往下掉。

村长讲罢，示意父亲上去总结总结，父亲连连推辞，村长面露不悦，父亲头一缩，像踩着棉花一般摇晃着走到人群前头。村长见父亲一副绵软相，当即吼道，挺胸！抬头！收屁股！父亲顺着村长的指示做好这一系列并不连贯的动作后，面向大家咳嗽了两声，说道，村长讲了那么多啊，概括起来啊，也就四句话啊。这第一：工欲善其事，必先利其器，大家回去尽快制作捉鹤工具。第二：一个月后的今天，带上工具，全村出动，由村长带领大家一起去杨庄捉鹤。第三：个人捉到鹤后，其五分之二要上交村委会统一管理。第四：严禁提前捉鹤，发现一起，惩处一起，绝不手软！

父亲总结罢，村长又给大家算了一笔经济账：你看啊，吃一只鹤，不仅长命百岁，还一辈子不饿。一辈子不饿，那就不用种田了，不种田，田地就可以卖给邻村搞大棚，一亩地少说也能卖个千儿八百！最后，村长话锋一转，一脸认真地说道，另外啊，我再强调一点，关于捉鹤，任何人都不得走漏风声！在这紧要关头，大家务必要头脑清醒，要时刻铭记：鹤是有限的，想捉鹤的人是无限的这一客观而严峻的现实！现在，我正式宣布：散会！

一说散会，人群哗啦一声，急流般朝各自家中涌去。

那天父亲回到家后，从仓库把早年打兔子用的那把猎枪扒拉了出来，那枪管已锈蚀斑斑，父亲就用纱布反复打磨，调换枪栓，清洁枪托。有的人家制作

摄影 / 于坚作品
金沙江附近群山上的新月

了弩，这一古老的作战工具，其制作手艺在乡间早已失传，孰料在这个时候，弩又在乡村现身了。另外在制作捉鹤工具的过程中，为避免给旁人带来启发，引起效仿，大家对自己制作的捉鹤工具皆守口如瓶。比如我父亲，在被人问及做的什么工具时，便长叹一声说，哎，啥工具都不会做，磨了两把菜刀。随后，父亲又补充道，万一你们把鹤打伤落地，鹤没死在地上逃跑，我提着菜刀追上去，三刀两刀砍死了，这只鹤你多少不分给我点？父亲这样一说，对方倒不好意思了起来，连连说，哎呀吴会计，什么分不分啊，要真是那种情况，那整只鹤都该是您的！父亲听罢，哈哈笑了，边笑边用手指头点着人家说，吴军，你个鳖孙，觉悟可不低啊！

那段日子，是吴庄数百年来最为癫狂的一段时光，大家争分夺秒，我家也不例外。父亲一边修理猎枪，一边研制枪药，母亲帮其打下手，两个人终日忙得不可开交，饭都来不及做。往昔一天三顿，现在成了三天一顿，而且做得极其潦草。有一次，父亲想吃面条，母亲匆匆和了面，水烧开后，把整块儿面直接扔进了锅里煮，煮熟后在水里冰冰，用手撕着吃，美其名曰：手撕面。由于删繁就简，节约了时间，父亲颇为满意，因此吃得津津有味。

我家还算好的，有的人家情况更糟，三天五天不做一顿，半月下来，村里人一个个饿得面黄肌瘦，仿佛一阵轻风就能把人吹到天上去。虽然大家一个个瘦成了皮包骨头，但目光却炯炯有神，步伐铿锵，整天像吃了兴奋剂一样！

饭都来不及做，庄稼更是无人料理。地里长出了齐人高的野草，村里人无暇顾及，也毫不心疼，有了鹤，谁还稀罕那几棵穷庄稼？

家畜们平时都是吃主人的剩饭，如今人的嘴都来不及待弄，家畜们的处境便更为窘迫。我家那头花猪在猪圈里一连数天发出抗议般的惨叫，见主人并无反应，大概也颇感绝望，于是在一天下午"轰隆"一声，那头花猪把猪圈撞开一个豁口，随即又撞开了大门，冲出院子，冲向了荒草葳蕤的田野……

见猪跑了，母亲很是惶然，她丢下手中的活儿便要去追，却被父亲严厉制止了：啥时候了？还稀罕那头猪？母亲望着猪逃跑的方向，又看了看怒目圆睁的父亲，长叹一声，转而又投入到了热火朝天的工作中。

为提高热情，给大伙鼓劲儿，村长张罗了两个人提着油漆桶，开始在村里刷标语。几天下来，村里所有的墙上都刷上了极具鼓动性的猩红标语。另外村长还编了《捉鹤歌》，组织一帮娃崽们在村子里走街串巷，打着快板唱着歌。那词儿是村长自己写的，用词粗犷，旋律铿锵，至今还在我脑袋里盘旋：

当哩个当，当哩个当

仙鹤飞到了杨家庄

要想致富快去捉

金子银子满院落

当哩个当，当哩个当

不想致富睡大觉

老婆孩子跟你闹

人家喝汤你喝尿

让你个孙子还睡觉！

……

那阵子，这段快板被那几个复读机般的孩子用嘴巴反复播放，那声音吹刮着村里的角角落落。出乎我意料的是大家非但不觉厌烦，还格外青睐，困饿时听一遍这快板儿，萎靡者瞬间睁大双眼，精神抖擞，像打了鸡血一般！

有时，我父亲困乏得厉害，但又不忍把宝贵的时间用来睡觉，因此便喊我去拿两根火柴棍，在灯光下撑起眼皮儿，继续工作。那时他正全神贯注地修理着那把猎枪，双眼因布满密集的血丝而看上去殷红异常，十分恐怖。

转眼间约定去捉鹤的日子到了，人们因激动而发出兴奋的尖叫。有的人家噼里啪啦地放起了鞭炮，引起众人效仿，一时间村子里仿佛过年了一般。

在噼里啪啦的鞭炮声中，大家手握工具，站在村头，等待着村长发号施令。而村长姗姗到来后，却劈头一句：大家都先回去吧！回去把锅砸了，把厨房推倒，然后咱们再去杨庄捉鹤。村长的话像一颗炸弹，冷不丁地在人堆里爆炸了：先是一声巨响，紧跟着便是地动山摇。待大家从巨大的震颤中稳住脚后，面面相觑，继而纷纷向村长发问。村长背着手，用冷冽的目光扫视着七嘴八舌的村民，人群顿时安静了下来。村长问，谁不想砸锅，站出来说个道道？大家再次面面相觑，没有一个人站出来。村长当即反问道，捉到鹤还用吃饭吗？不吃饭还用锅吗？锅都没用了还需要厨房吗？这时，吴三娘站了出来，颤巍巍地问道，村长，那万一像我们这些老家伙捉不住鹤，又没了锅和厨房，从杨庄回来以后还咋生活？

面对吴三娘的疑问，村长撇了撇嘴，继而大声吼道：连鹤都捉不到一只，还有脸活在这尘世？！

村长的最后一句话掷地有声，众人听后一个个拍着脑袋感叹道，恁简单的道理，我咋就没想到呢！于是众人转身朝各自家中跑去，到家后先砸了锅，后推倒房，一时间村子里房屋倒塌的轰隆声此起彼伏，烟尘弥漫。

那倒塌之音连绵起伏，直到薄暮十分方才静止。

第二天，天刚蒙蒙亮大家就在村头集合完毕，很多人都是一夜没睡，太激动了睡不着，一个个眼圈黑紫，眼珠通红，站在那里，眼巴巴望着村长家。村长在天亮透后才从家里缓缓走出。他挺着啤酒肚，边走边剔牙，走到人群前，"呸"地朝地上吐了一口，环顾大家，看到众人一个个饿得面黄肌瘦，撇了撇嘴，说道，都瘦成这熊样了都，还有力气去捉鹤吗？大家异口同声地喊道：有！声音洪亮，出人意料，有的人为增大声音，把脸和脖子憋得通红。村长还是有点不相信，这时年近花甲的吴三爷，突然脱离人群，向沟边跑去，他边跑边喊，村长村长，俺老头子先给你表演一个。说着，吴三爷抱住沟边上的一棵大树，唰唰爬到了树梢，村长吃惊的眼珠子都快掉下来了。吴三爷表演完毕，众人欲效仿，却被村长制止了。村长乐呵呵地说，你们的实力我看到了，省点力气吧！把力气用到杨庄去，把力气用在捉鹤上！现在我正式宣布，去杨庄捉鹤，出发！

村长话音一落，人群顿时沸腾了起来，有的人扭着屁股跳起了舞，有人扯着公鸭嗓子唱起了歌，有人放下捉鹤工具，把双手拍得震天响……

村长满脸堆笑地打着手势呵道，日他姐，捉鹤回来再庆祝！然后大手一挥，便带领着吴庄的老少们，浩浩荡荡出发了。

人群里父亲最引人注目，因为他扛着一杆明晃晃的猎枪。那铮亮的枪管在日头下光芒四射，羡煞旁人。

去杨庄的路上，拎着砍刀的吴老三主动跟我父亲套近乎，想在捉鹤的时候和父亲组个队儿，捉到的鹤一起分，父亲嘿嘿一笑，那笑声很含蓄，也很直接。吴老三碰了一鼻子灰，转身便开始给旁边的人说父亲不地道，说我父亲明明弄了把猎枪，却告诉别人自己只是磨了两把刀。"这私藏枪支，可是要杀头的罪！"吴老三此话一出口，父亲便极不耐烦地回过头，用枪管指着吴老三的脑袋说，我怎么看你像一只鹤啊？然后作扣动扳机状，父亲的这个举动，把吴老三吓得不轻，只见他连连后退，直至退到沟沿，见无路可退，而父亲还在步步逼近，吴老三的嘴在求饶，腿在筛糠，筛着筛着，哗啦一声，一时间，一股浓烈的尿骚味在人群里弥漫开来，"吴老三尿裤子啦！"人堆里紧跟着炸出一阵哄笑。

见此状况，村长回头吼道，都给我严肃点！谁他妈再给我窝里斗！我免了他龟孙的捉鹤权！村长说罢，众人熄灭了笑声，加快了脚步。待走出村子，走上阡陌，看到田里杂草丛生，庄稼被野草缠得奄奄一息。这仅仅才一个月没来田里，仿佛十年没来了一般。几个老者见此光景，眼泪唰唰往下掉。早年分到田地，如获至宝啊，冬天怕地冷了，夏天怕地热了，晚上睡觉都恨不得把地搂在被窝里。这才几天啊，曾经稀罕到不行的土地，咋就转眼成了一泡臭狗屎了呢？几个老者正在感伤时，抬头发现去杨庄捉鹤的队伍已经远远走在了前头，于是赶紧抛下庄稼，抹掉眼泪，朝前方的队伍紧追了上去。

村长走在前头，示意人群不要再出声，以免惊扰了杨庄的鹤。于是大家一个个锁死了嘴巴，握紧武器，屏住呼吸，伸长脖子，瞪大眼睛前行。

说着便走到了十字坡，十字坡早年是个乱葬岗，风水很差，经常闹鬼。近几年，村里相继有数人在此离奇丧命，因此村里人每每路过此地，都感到头皮发麻。而当队伍走到十字坡时，村长突然停了下来，雕塑般僵死在野草萋萋的漫天坡里，风呼呼地刮着，几只麻雀尖叫着在风中翻飞。村里人也停住了脚，怔怔地望着村长。不知过去了多少个日月，村长猛然回头，劈头问道，往哪走？紧随其后的父亲，声音洪亮地答道，村长，往杨庄走！语毕，村长依旧纹丝不动，片刻后，村长又问了一句，谁他妈先说的鹤？

看村长一惊一乍，大家还以为他被鬼魂附了体，当听他再次问起仙鹤，人们才打消了这种猜测，于是便把目光纷纷投向了吴育人，村长扑上去抓住了吴育人的衣领，吴育人感到情况不妙，忙不迭地喊了声吴瞎子，吴瞎子慌忙喊了声吴老六，吴老六把手指向了吴老三，吴老三又把手指向了吴老二，吴老二看到村长刀锋般的目光射向自己，顿时两腿一软，瘫坐在地，一脸恐慌地问道，咋拉？村长？咋拉？！

村长冲到吴老二面前，又转过身，面向大家，一拍大腿说道，谁先说的鹤不当紧，我要问的是杨庄在哪？此话一出，人群一片死寂，数秒后，村长的那句话"轰隆"一声在人群里炸开了！一时间，大家的慌乱的目光在彼此脸上搜索，但毫无所获……没有人能回答村长的问话！在这里生活几十年了，按说方圆百里的村子，对吴庄的人而言，不说去过，起码也听过，然而关于杨庄，大家仿佛无比熟悉，却又极其陌生。

去杨庄捉鹤一事，如今已过去十余年。但时至今日，透过眼前浓雾，我依旧能隐约看到那群扛着武器双眼血红，去杨庄捉鹤者们的身影。

吴泽，90 年生人，现居安徽。中学教师。

白塔

吴泽

　　刚睁开眼，我就觉得身边发生了某种变化，但究竟是什么变化，我却没有意识到，仅仅感到眼前的东西，就像在什么地方看到过，却又无法确定，因为眼前的事物让人觉得并不真实，尽管正在缓慢而有序地发生着。就这样，我试着思索自己睡着之前在什么地方，但让人沮丧的是，我记不起来自己到底躺在什么地方，现在又究竟是怎么到达这里的。即使我多少明白，自己现在可能身处睡梦之中，但眼前的东西却让我更加迷惑。

　　在我面前是一个白色的方形广场，广场周围空空荡荡，什么也没有，但这么说实际上并不准确，因为我根本就没有去注意广场四周其他的东西，广场聚集了我几乎全部的视线。广场的中央是一个类似塔状的建筑，像广场一样，建筑通体为牙白色，与建筑上的那些黑洞洞的窗口和门洞形成了鲜明的对比，看上去就像制作出来的模型一样，缺少真实感。白塔分为上下两个部分，从外面看上去，是一个金字塔模样的三角体的尖端托起了一个球体。

　　与此同时，空旷的广场上，一些人排着队正进入或离开白塔，并仍时不时地出现一些莫名其妙的人，加入到队列之中。就是这样，在三角体的正面，一列莫名其妙的人排着队，像长蛇一样，慢慢钻进白塔，三角体的其他的两面是走出去的两条队列。紧接着我就发现，进去的人和离开的人之间，似乎存在着某种明显的区别，当然这种区别并不在于外貌，而是整体上显现出来的个人气息。就好像这个时候，他们是在进行某种意义上的净化仪式，这一建筑便是他们自始至终为之向往的宗教场所。

　　但是不管怎样，我都没法将眼前的事物，跟真实联系起来，就是说其中存在着某种不合理的东西，让我感到疑惑，因为广场周围，是漫无边际的荒漠。确实就是这种情况，我不能理解，为什么这个地方没有其他的任何建筑，而广场上的这些人，为什么看上去像是突然从某处地下钻出来，或者突然在某处消失。意识到眼前的种种，并非建立在我所能理解的逻辑之上，我觉得自己此时应该正躺在柔软的床上熟睡，但是当我试着让自己醒来的时候，却发现醒来这件事并不是我所能控制的，就像悬挂在空中无法弹跳起来一样。

我向着他们走了过去，但并没有加入到队列之中，而是在队列旁边一直向前走着，对于不能理解的事物，我总不免感到惶惑。走在队伍旁边，我发现没有人试着发出任何声音，更没有人试着跟前后进行交谈，每个人看上去都显得十分疲惫，也因此恍恍惚惚神情空漠，变黑的眼圈让他们的眼窝看上去深深凹陷，布满血丝的眼球使得每个人都处于一种类似焦虑、饥渴而又怀着敌意和攻击性的狂热状态，就像全都整年没睡过觉一样。

队列贯穿了整个广场，大概是一个足球场的长度，但也可能是足球场的长度加上宽度，我只觉得从队列一端望向另一端，末尾的那个人看上去就像一个消防栓一般大小。我走在他们身边，他们看到我的时候，带着某种不可理喻的不满和愤怒，我觉得或许是因为我并没有排到队伍后面，而是在他们旁边走着，可能就是这让他们恼火，但也可能是我不了解的别的原因。不知不觉，我就走到了白塔正面的三角形门洞前，确实，这里只是一个门洞，但也可能安置着某种识别系统，但我只看到两个门卫站在旁边，两个门卫像动画人物一样，穿着制服僵硬地站在那里。

我绕着莫名其妙的白塔走了一圈，发现球体部分的墙上，开着一圈圈黑洞洞的方形窗口，也就是说里面应该是一个个的房间，但这些房间到底发挥什么功能，从外面看去根本没法知道。这些房间，让整个建筑看起来像旅馆一样，可能它本来就是一座旅馆，但我不明白，为什么旅馆要设计成这副模样，那些窗口显得过分狭小，几乎就像篮球一样，大概只能让一个人探出头来，身子却死死卡在房间里。这样一来，大概房间也不见得宽敞，不过这种小房间作为旅馆，未免显得促狭又压抑。要是这确实作为一座旅馆，究竟又是什么样的人，会决定住进这种地方，这同样让我感到迷惑，就像看到一只蜗牛长出牙齿，把身上的壳一点点吃了下去。

站在塔下，我向四处观望了一番，发现周围视力范围内，没有其他任何建筑，也没有其他任何道路，广场之外便是尘沙覆盖的荒原。我不知道自己究竟怎么来到这个地方，也不知道自己出于什么样的原因来到这里，虽说我觉得自己可能正在什么地方熟睡，但是此刻醒来，对我来说已经脱离掌控，也就意味着，出现在这个地方，或多或少是在某种特别的引导下，并不是我能决定的，就算是在睡梦之中。

但除此以外，我也不知道去往什么地方，尽管我尝试着离开这里，当我背对着广场向远处走去的时候，却慢慢发现，前方确实什么也没有，眼前始终是不变的荒原图景，让人觉得自己就像站在原处。因为我觉得，可能就是这种情况，眼前这些人才决定住进这样莫名其妙的地方，大概只有通过白塔，他们才能够走出这里，他们没有别的办法，而那些从白塔里走出去的人，他们应该是得到了某些引导，或者通行的明证。

回到正门的门洞前，我试图走进去观察一番，但是站在两边的门卫拦住了我，起初我以为他们仅仅是两个塑像，因为他们看上去完全相同，相同的面貌、相同的站姿、相同的神情，他们像石头一样站在大门的两边，甚至眼睛也像石头一样。就这样，开始的时候，我并不认为他们是两个活生生的门卫，觉得应该是两座雕像。看到他们伸出手来阻挡住我，我笑着对两人说我只是进去打量一番并没有其他的想法，但是他们不同意，认为我没有排队不可能获准进入。

"没有排队是不能进去的。"门卫左说。

"没有排队不能进去。"门卫右点了点头跟着说，反应显然慢了半拍。

"只要排队就能进去？"我问。

"只要排队就能进去。"两人异口同声，虽然门卫右还是慢了点。

这时候虽然他们说话分了先后，甚至在思考的时候各自独立，嘴里却说出了相同的话。大概他们使用同一套的思维方式，尽管我并不能够确定这一点，但这仍不免让我觉得怪异。他们就像是机器人或者是改造成机器人的人。

经过一阵问答我发现，两个门卫似乎对表达有着十足的狂热，我常常不知道应该怎样打断他们的讲述，就像看到河堤倒塌大水奔来一样。这可能是因为他们的工作，完全算得上是一种职业病，他们平时没有机会说话，发现了机会，就像决堤的河水一样讲述起来。但这样并不见得符合我的需要，时不时地他们便会将一些莫名其妙的事情插入其中，比如他们谈睡眠的缺失问题，紧跟着就说起自己碰到沙蛇的事情，而当他们谈到彗星科技公司的时候，两人却对公司正在研发的传送机器的理论科学性讨论了起来，这让人对他们的思绪在整体的把握上变得混乱，因此我常常要提出一些关键的问题，把他们的讲述拉回到正轨上来。

"确定那个球形的建筑主体开着那么多的房间不是旅馆？"我提高声调，试着扳回他们的注意。

"那是我们公司的服务中心。"门卫右说。

"服务中心不是在地下吗？"门卫左转过脸去看着门卫右。

"楼上才是。"

"我一直觉得是在地下。"

"你们没上去过吗？"我问。

"没有。"两人回答，"我们的职责就是站在这里。"

"为什么不上去呢？"

"是啊，为什么我们不上去一次呢？"门卫右问门卫左。

"为什么要上去？"门卫左的神情看上去很混乱。

"我们都不知道里面到底是什么样子啊？"门卫右拧着眉头说。

"知道里面的样子又能怎样？"门卫左说，"我们站在这里又不是在上面。"

"我们是门卫，但是你有没有发现，我们根本不知道自己在看守什么？"

"我们应该知道吗？"

就是这样，他们两人在对我讲述的过程中，往往不知不觉便开始对一些莫名其妙的细枝末节争论起来，这时的他们不再像开始那样保持着相同的说话方式、语调、节奏和内容，就好像他们成了各自的对立，甚至他们需要用自己的观点把对方击倒。这让我觉得，就像看到一个人站在镜子前，跟镜子里的自己进行拳击比赛。

但是不管怎么说，我还是得到了自己需要了解的东西。确实，从他们那里我了解到，这是彗星科技公司在这里开设的一个分公司，在脑神经科学的基础上，使用不为人知的技术提供完整的睡眠体验，广泛并深刻地改变客户的精神状态，让他们像维修后的机器一样，完好地投入到自己的生活和工作之中。

"你知道，因为一些微妙的不可控的原因，"门卫左说话时的腔调和神情，让他看起来就像一个科学家一样，"不知道从什么时候起，所有人在晚上长达七个小时的睡眠时间里，都不再梦到任何事物，脑袋里就像被重新粉刷一通的墙一样，就算是白日里发生了让人惊恐不已的事情，也都像是被完全抹掉了，在睡梦中毫无任何的踪迹。"

"就是因为这种睡眠的缺失，让所有人无法得到恰如其分的安抚，或者说内心因此变得动荡不安，从而影响了他们的生活和工作。"门卫右也不甘示弱地跟着说，但听起来好像他们是在说同一段话的上下两部分，"他们认为这完全是残缺的睡眠，让人难以忍受，而这也确实让每个人看上去就像一个个残缺不全的人偶一样，仿佛失去了什么支柱意义的东西，无异于被抽掉了脊骨的蛇。但事实上，出现这种情况，出现这种麻木、不知所谓和持续性倦怠的情况，也可能是因为机械重复的工作和生活上的平淡无奇、日复一日又杳无尽头。"

"不做梦不应该是好事吗？"我笑着说，"就能睡个安稳的觉啊。"

"这个，"门卫右说，迟疑了一会，像是在想该怎么回答，"不做梦跟机器有什么两样？对，不做梦跟机器有什么两样？"

"跟流水线上组装产品的机器没什么两样。"门卫左抢着接话。

"那你们晚上睡觉会做梦吗？"我问。

"不做梦。"两人神情复杂地相互看了一眼，又转过脸来跟我说，"我们是机器人，我们不做梦。"

"但是你们也说了，所有走进去的人都不做梦啊？"我接着问，觉得自己像是在故意刁难他们，"我们也是机器人喽？"

"你们跟我们不一样。"两个门卫尴尬地说。

"为什么不一样？"

"你们睡觉但不做梦，我们不做梦也不睡觉。"

"所以我们来到这个地方？"

"每个人来到这个地方都是这个原因。"两个门卫看着我，"但可能你们自己也不知道。"

"你们说的机器到底是怎么工作的？"我感到困惑。

这个问题两人也不清楚怎么回答，看着我他们有点支支吾吾，他们只知道，彗星科技公司研发出一种特别的机器，只要将机器的输入端跟自己的脑袋完成生物性神经连接，就能够在熟睡中进入特别的情境经历特别的事情，就像此前人们梦中发生的那样，而现在是借助机器体验梦境中出现和发生的所有，甚至能够进行相应的控制和设置，因为这他们用每星期四分之一的收入，来体验完整而又完美的睡眠，当然也出现越来越多的人，决定参与设计自己睡梦的内容。

"设计内容？"我惊讶，"怎么设计呢？"

"这个我也不知道。"门卫右说。

"不是我们负责的部分。"门卫左十分确定地点了点头，他看着我也不知道该怎么解释。

"但我们清楚，服务中心的房间，能保证所有的客户不受其他任何事务的干扰，并在特定药物的配合下促使客户熟睡。"门卫右说，带着销售式的口吻，眼角闪着一丝洋洋得意，"在客户进入睡眠状态之后，机器首先侦测脑电波，然后使用特定的药物激活大脑，从而使大脑出现梦的信号，进入梦境出现的睡眠阶段，随后机器会即时侦测到大脑活动的情况，利用预先设计的梦境内容，来影响大脑的活动，甚至是情境的直接交流，最终实现对梦境的操控和设置，这是通过机器预先设定并注入的意识，影响睡梦中大脑的活动。"

"确实是这么一个情况，"门卫左说，"任何人来这里都可以体验。"

"是的，任何人。"

就是这样，任何人都能够在这里重新体验到完整的睡眠，只要他交了钱，就能够进入上层球形区域的房间里，得到一次安眠的机会，并且能够感受到梦中的神奇、美妙和不可思议，或者仅仅是试着实现在真实生活中不可能实现的事情，比如奔向火星实现火星之旅，建立完全属于自己的国家，或者任意变换身份甚至样貌出现在不同的地方。

虽然眼前的这种情形，会让人觉得难以置信，但在两个门卫看来，从头到尾并没有任何不可思议的地方，也完全觉得公司平常得就像加油站，像给过往的汽车注满油箱那样为这些人提供完整睡眠，这些全都自然而然，就好像挤牛奶首先要有奶牛一样。确实，他们就是这么认为，认为所有的东西都平平常常，事情本来就应该是这样，挂钟就只能挂在墙上，河流就是尘沙的床。这可能只是因为他们两人是设定了程序的机器人。

"整个中心就像一个大型机器一样，就算没有人操作也能正常运转起来，"门卫右说，"只要客户排好队走进来就行了。"

"我们两个就站在这门口，什么都不用管不用问。"门卫左笑了笑。

通过门卫两人接下来的描述，我得知他们的机器，被一个大型的中央控制系统所控制，也就是说，一旦摧毁了这个中央控制系统，所有的机器就不再工作，甚至此时所有的人都会醒来，他们也将发现，可能他们不需要借助任何技术或机器，也能够在熟睡中进入自己的梦境，而不是机器制造的梦境，大概他们只是因为太长久地借助机器入睡，以至于没有意识到自己已经恢复健康的状态。当然，我不知道事实是否就是这样，但我觉得这控制系统让人恐慌，就好像提线木偶上方的那只隐没在黑暗里的大手一样。

我不免疑惑起来，虽然没有根据，但还是感觉这里面可能存在某些阴谋。我觉得这里的人没法获得完整的睡眠，或者无法正常体验奇特、美妙而又不可思议的睡梦，大概就是因为彗星科技公司通过某种方式在操纵他们，从而使所有人成为公司的客户。但是并未对此进行体验，我自然无法确定自己的推断是否合理，就这样，我决定参与到他们的队列之中。

当我跟着队列总算走到了门洞前的时候，两个门卫对我笑着点了点头，就好像是在支持我做什么事情一样，我也冲着他们点头笑了起来。经过一番手续之后，或者说签订一系列的协议更准确，我跟在其他人的后面进入了更衣室，更衣室简直就像蜂巢一样，每个人都将根据自己的编号得到一个小隔间。换上无袖T领的白色长袍（大概是公司特制的衣服，就像医院一样），我走出小隔间，按着编号跟在其他人后面向一个圆形的房间走去。

我走进房间之后，房门自行关闭起来，接着房间里的语音系统发出了声音，按照房间里机器的语音提示，我在一张像手术台一样的床上躺了下去，床头上方是一个机器手臂，这时候开始动了起来，没过两分钟机器里出来的几条线路连接了我的脑袋，而这让我顿时觉得整个人恍恍惚惚，同时觉得自己就像一张毛毯铺在地上，紧接着我就发现自己的意识慢慢变得稀薄起来，脑袋里一片空空荡荡，像被洗劫一空。

然而再次感觉到身体所在的时候，就发现自己趴在一片荒原上，四下里贫瘠得快要被沙石完全吞没。眼前的这片荒原上，一条巨石遍布的干燥的河床横穿而过，其他大部分的地方都已经被尘沙覆盖，枯死的树木倒在地上，灌木丛也没有半点生命迹象，甚至能够看到一些动物的白色骨骸陷在尘沙之中。看到眼前这副景象，我感到惊愕又惶恐，就好像这片荒原根本没有可能通往外界一样，我不知道自己为什么会到这里又究竟要去哪儿。

紧接着，我慢慢转过身去，看到不远的地方是一个白色的方形广场，周围空空荡荡什么也没有，广场中央是一个怪异的牙白色组合建筑，看上去像瞭望塔一样，白塔上均匀整齐地排列着黑洞洞的窗口，但这让它显得就像制作出来的模型，缺少真实感。建筑分为上下两个部分，底下是一个金字塔模样的三角体，固定在塔尖的是一个巨大的白色球体。空旷的广场上，一条长蛇一样的队列正缓缓进入白塔，我看了看队伍和白塔，向着广场走了过去。

06 随笔

赵彦，1974 年出生，发表有散文、小说多种。现居西班牙。

家具的隐喻

赵彦

书架

书架是从房间里望过去的无限。

一栋房子如果没有书架这样的家具，那它就只是木料、石头、沙子和金属。没有了书架，房子在物理性这件事上与一只马桶没什么区别：容纳的都是有限之物、可消失之物。房子有准确的线条、合理的结构，有声音，有温度，有棱角，有光影，但没有了书架，再拥挤的房子也只是一个物质轮廓。

书架于房子，就像书与书架，是盐里面的咸，棉花里的白，水里面的湿，眼睛里的光。

在电脑和网络出现之前，书架上的书籍帮我们保存着记忆、经验、知识和想象。我们在那里可以看到各种远方，我们也能通过它看到未来。古希腊托勒密王朝时期人们把书当成人类最为重要的中心所在。当时的托勒密王国将书视作最有价值的入关税（而不是黄金）。国王下令，凡是运到亚历山大港口的书籍都必须上缴、誊抄，之后再还给主人。用这种方式，亚历山大图书馆收集了40万册图书，成为当时世界上数量最多、品种最齐全的图书馆。

在过去，人类历史上最重要的两幢建筑，或者说两个最重要的梦想，一个是巴别塔，另一个就是亚历山大图书馆。加拿大作家曼古埃尔在《在夜晚的书斋》中写道，当巴别塔耸立的时候，它表示我们相信宇宙是统一的，在它的阴影下，人类居住的世界没有语言的界限，人们相信天堂和大地一样都是有权进入的。亚历山大图书馆则证明宇宙是多样的，令人迷惑的。巴别塔反映了我们的直觉，让我们感到有一个统一的连续的宇宙；亚历山大图书馆则映照了我们的信念：用不同语言写成的书中，每一本都是一个复杂的宇宙，都想以其独有的特色向人类述说。

关押在房屋中的书架与图书馆一样。它们收集书，然后向我们证明，我们的存在并非单一，而是许多复数：孤独、悲伤、爱、喜悦、死亡……这些都不是我们所独有，它们在他人身上有延续，有扩展，也从不曾消失。人们为消除这些事物而努力争取生存的权利，争取自由的权利，争取幸福的权利，尽管真正的幸福从来不曾有过。同时，每一个作家都是一座复杂的迷宫，正像每一本书；每一个平凡的人在世界上也都有自己固定的位置，就像每一本书在书架上有一个固有的位子。为了收集书，为了让房间里的空间易于分割而显得更加有秩序，书架还模拟了书本的形状（不是圆形的）——这样的一种造型似乎是让书架显得更加独立，有性格，有造型——这是因为，我们的思想在大部分时间需要整整齐齐，我们的思想需要分类，我们的思想需要有延续同时还要有边缘。

"我们总有一种建立墙壁的倾向，建墙在自我形成的起点才有用，可以容纳我们诞生的床铺，我们在床上做梦，受到哺育，在床上死掉；然后在墙外还有佛祖悉达多展示的世界，在这个世界所有人都要成长衰老，要遭受噩梦与疾病，最终都要走向不可避免的共同归宿。书就不断重复这同样的故事。"阿尔维托·曼古埃尔以为这就是书真正的功能。

房屋中要是没有书架，就像躯体里没有灵魂。书是我们的倒影、反光、可能的现实和存在的无限。人的躯体是肉制的，有限的，因而它会生病，会死，所以很多书都会活得比它的主人更长久——虽然它们在公共图书馆和私人书架上忍受着有可能长时间都没有一个读者的命运。荷马去世多年，但他的书每年都在重新出版；柏拉图已成灰烬，但他的名字却被不同的文字一次又一次在书中书写。在书籍简洁的身躯里面，是文字沉默、规则但实则变化多端的队列，它们的变化多端不会因为一次次阅读而有所消解，也不会因为没有被阅读而减少它们在描绘事物时的复杂性和神秘性。所以这些书可以永远地立在书架上。

当我们将这种长方形的书——这些八开、十六开、三十二开的东西打开，或者在一些热爱阅读的人的手上传来传去的时候，我们设想的是在打开和传递一个个魔盒，它们千变万化，神秘莫测，但无论它们有益或者有害，最终只针对打开和传递它们的那个人——它们的光芒深深内敛，但一旦照亮阅读它们的眼睛，那些眼睛就会变成身体里的一个小太阳，从此将自己照亮，即使是当书籍消失如同一只骨灰盒，它们的光芒还会在我们的眼睛里，落在我们身体的最深处。对于这一点，我们深信不疑。并且大抵不会错。布罗茨基说："说到底，用来写作一本书——一部小说，一篇哲学论文，一本诗集，一部传记，或是一本惊险读物——的东西，最终仍只能是一个人的生命：无论好坏，它永远是有限的。"布罗茨基是谦逊的，但他的谦逊也不会影响我们对好书的看法，因为相比于人，书籍是经过提纯的，即使它有限，看书也比仅仅与人打交道更加有益。当我们与我们的周围人说话的时候，我们得过滤很多废话、假话、空话，但是与一本书打交往，它里面的每一个字都是一锤定音的真诚和真实。

布罗茨基还说，我们阅读，并不是为了阅读本身，而是为了学习。因此，（书籍）就需要简洁，需要压缩，需要溶解——需要进行一些工作，以将人类各种各样的尴尬处境置于其最细小的焦点之中。这就是书为什么这么小的原因，这就是为什么好的东西都不大的原因。我们也习惯于通过书逃避那些看上去很庞大、万能的事物。现在，互联网的出现已经使一些人开始逃避它，因为它的"无所不知"和"无所不在"，"它将自己视作圆心，却不见圆周在何处"，它所具有的这种时间和空间的无限性，让人在其间不知所措。而与互联网相对的书架作为一幢建筑和一个家的圆心，它有它主人阅读趣味的有限圆周，这样的圆周让人放心，也使它的主人形象清晰，轮廓真实，感性，能够抵达，也能够离开。

马桶

马桶用它很多污秽的深入的根须将一座城市紧紧抓住，从来没有任何一件家具像马桶那样有着如此深邃而曲折的外延：从一个家到另一个家，从一幢建筑到另一幢建筑，从一条街到另一条街，最后在下水道的网络上形成一个独有而庞大的家族。可以说，作为一件家具，马桶是其中最不独立的一员。

在回避和伪装自己厌恶之物上人们可谓费尽了心思：人们给了马桶一个光滑洁白的身躯，尽可能在地面上藏起它的管道。就这样我们在马桶里看到的永远是我们想看到的世界：干净，玲珑，安全，容易被控制。把有深度的事物变小，马桶是一个最好的范例；合理地隐藏自己，马桶也是一个杰出的典范。因而我们并没有那样厌恶马桶，有时候它甚至是我们的化身。作为一座房子和一个家必须抵达的终点，我们还经常在马桶上面阅读，在它跟前抽烟，思考。卫生间，似乎是一些人的另一个书房。

将马桶想象成一座被改变了造型的植物园和动物园，有利于扼制像我这样的人对它的厌恶，如果我能够努力从它们黑乎乎的形象中看出一张家禽纯洁的笑靥或者一片叶子无辜的翠绿，我就不会如此讨厌必须在房子里安装这样一个设施或家具——就像那些喜欢在户外解决问题的印度人。在生命轮回这个环节上，马桶实际上负担着很重要的生物学使命，分子们会在这里重新排队互相融合，以便在之后制造出新的生命来。当然，马桶的使命还不仅在于此。《屎的历史》的作者拉波特认为人们的排泄物具有非同一般的意义。比如，在基督教领圣体仪式中，面包和红酒是基督血肉的化身，既然如此，圣体经过消化变成什么便是人类的一个大问题。但人们长期以来不知道如何处置这类"圣体"，只是随随便便地让它们坦陈在公众领域，房前或者屋后。这不仅是对圣灵的嘲讽，更是对城邦环境的一种威胁。是时候体制化这种私人物品了。于是1539年，法国国王弗朗索瓦一世颁布维莱尔－科特莱狠心颁下了一条敕令，要求巴黎城内的牲畜全部迁出，每户人家必须修建粪坑，同时要按规定处理垃圾、污水和粪便。这是人们第一次动用公共权力将排泄物打入私人领域。基督"血肉"从此被隐藏起来了，它开始在城市下水道里庇佑地面上那些焦虑的肉身。

萨德侯爵在这方面无疑是个怪胎，他分外珍视粪便。在他看来，粪便与尸体一样是人类死去的肉身。他迷恋粪便是迷恋死亡，他经常将排泄物当宝物馈赠于人，同时也将喜欢的人视作粪便和死人加以蹂躏。在他的小说《索多玛的一百二十天》中，粪便经常被端上餐桌。人们食用它，仿佛将一些活人的身体放在嘴巴用牙齿狠狠研磨。对萨德这样的惊世骇俗的人来说，任何形式的死都是有益的，尤其是那些弱者的死亡，因为它们有助于进化的推进。

其实马桶并不是西方的发明。早在2000年前，中国河南的永城芒砀山就有了石制坐便器。17世纪，英国一位名叫约翰·哈林顿的教士设计出了世界上第一只抽水马桶，马桶与储水池相连，因为是一个极大的装置，当时并没有在人们的日常生活中流行开来。1861年，管道工托马斯·克莱帕改进了抽水马桶，并发明了一套先进的节水冲洗系统。自此，马桶才完成它的现代化造型。之后，日本人将它升级改造，1980年代推出全新产品，加入了集便盖加热、温水洗净、暖风干燥、自动除臭、杀菌等多种功能。这种高科技马桶除了不能帮人脱裤子之外，几乎可以帮助人们完成如厕过程中的任何事情。如果你对自己排便时发出的声音感到尴尬，马桶还可以自动播放模拟冲水声的录音，来加以掩盖。至此，马桶已不是一个隐藏的设置，还是一个享受和用以炫耀的设施。

马桶让我们看到人类有一个共同的生理基础。不管是东方还是西方。在一幢房子之中，可能没有书桌，没有衣橱，没有沙发，但一定会有一只远离餐桌的马桶。文明如果表现为自我意识的苏醒，那么它是从一只马桶开始的。就如马尔考姆·考利在他的《流放者归来》中说，"最高的自我表现存在于消灭自我的行为之中。"如何消灭自我，如何处理抛弃物，如何隐藏圣体的"血肉"，看一只马桶就行了。

床

"夜里，当他回房就寝时，他和三个现实单独相处：思想、失眠和周期性头痛。"（《流放者归来》）

对于像纳博科夫这样长期入睡困难的作家来说，他的床上通常也躺着三个人：思想着的纳博科夫，失眠的纳博科夫和患周期性头痛的纳博科夫。

因而，没有哪件家具能够担负着像床那样重要的意义。思考、睡觉，还有性。

摄影 / 于坚作品
枯水季节金沙江底的巨石

因而我们认为最早的文学一定是在床上而不是在书桌前酝酿的，因为重要的思考一定不能伴随着运动，哪怕是在书桌前写字这样的简单动作都有可能会减损思考的力度和深度——当我们将身体在床上放平，把头深深埋进枕头时，大脑才算进入它无干扰的纯粹的运动。因而，我们经常将睡眠时伴随的梦作为我们的另一个作品：我们利用醒着时所见过的事物材料，在头脑中构建出一个很快会消失的世界，但它与我们平时生活于其中的世界是如此相像，有时候胜过我们在纸上书写的故事。或者直接说，梦是我们睡出来的作品。

也因此，作家，可以分成两大类，一种是好作家，另一种是坏作家。好作家，正如美国评论家马尔考姆·考利所说的是轻视行动的那类人，对他们来讲，行动只是一种体育运动，这种体育运动以头脑的枯竭而告终，因为人们做这种体育运动等于选择一个单一的可能性而抛弃涌现于头脑中的所有其他可能性。普鲁斯特、卡夫卡、佩索阿就是这类抛弃"体育运动"的人，他们把自己思考所掠过的事物视作一个真实的世界，而拒绝去访问廉价的现实世界。马塞尔·普鲁斯特，正像马尔考姆·考利所说，几乎像个到他自己的头脑的家里去拜访的讨厌而又迷人的来客。从 9 岁开始，他就以哮喘为由整天待在床上，从巴黎西郊的出生地奥特伊拉封丹路 96 号、布洛涅树林，到寄居的伊利耶 - 贡布雷，即如今的普鲁斯特博物馆所在地，一直到他最后居住的阿姆兰街 44 号，他的家始终牢牢地把他的脚步留住，而在这些家中，他的床是始终是唯一的主角，因而他那部至今未有超越者的作品的空间性一直让人怀疑——自始至终犹如一台由作者自导自演的室内剧，不管发生地是作者与祖母度假的海滩，还是在巴黎的大街上，我们都能听到围拢着他的床的四面墙壁所制造的犹如耳语般的回声。从他的床沿望过去，他有限视野中的每一样材料都必须被节省使用——一如穷人使用他的存款。因而故事中的每一样事物都必须能同时代表很多事物，每一件家具必须都有扩散的涟漪，每一道光线都有无数的光谱……因而他小说几乎没有一个清晰的故事，人物也面目模糊，事无巨细的细节描绘成了故事的真正主角，惯常有的小说的狡黠结构已然被取消，让位于制造一个没有边界没有终端的宇宙。正是床给他提供了一个埃舍尔式的视角：每样事物在其中都是矛盾和无限的，每一事物都联系着其他事物却又抵达不了另一个事物，每个起点又都是终点。每一个人既是魔鬼又是天使，每个人是他自己的朋友也是他的敌人。

当然，普鲁斯特自身也是矛盾的：在写作这部巨著之前，他曾经是一个对服饰、礼仪充满好奇到处刨根问底的贵族，一个对自我的外表和表现过分注意以至于不断表达歉意、多给无数倍小费的绅士，一个害怕孤独以至于拉着朋友聊天到清晨、沙龙里恨不得跟每一群人同时聊天的社交宠儿，最后他竟然得了一种反社交症和自闭症，远离社会，与世隔绝，最后完成一部以社交为基础情节的巨著。

床是一个家，一座房子和所有个体文明真正的起点，但并非因为许多重要的思考和许多大作品都是从床上问世的——它还包含了另外几个更为重要的使命：它是性的发生地，生命的发生地，和死亡的发生地。人类生命中三个最重要的时刻都在床上出现和重复，使得床必须有一个专属于它的空间。因而以床作为主角的卧室也连带着成了一幢房子的核心所在。

每一段深刻的男女关系都始自床，也结束于床，这点毋庸置疑。男人和女人们是在床上接触对方真正的内部的，性作为一种肉体方式用以探索对方也向对方展现自己，在床上，身体这座原始的冰山成了男女之间唯一令人迷惑的存在，它让世界其他部分暂时停止和消失，但正是其余部分的停止和消失，使这一刻的男女变得比床之外的他／她格外重要和真实，床上的性于是成了人性的全部浓缩，一个男人的性无能于是便能象征为激情的匮乏，象征绝望，象征距离，象征背叛，象征缺席，象征空白。床上的性表现成了他们的第二行动。在伍迪艾伦导演的电影《无理之男》中，一个才华横溢的哲学教授发现扯淡的现实世界与哲学世界根本不是一回事时，他绝望、酗酒了好几年，他找不到存在的意义，失去了性能力，也不再交往女性。然而有一天，杀死一位法官的念头却让他兴致勃勃，这位法官他根本不认识，但不知怎么的，这个离奇的杀人计划却让他恢复了生活的兴味，他甚至重新拥有了性能力，能够勃起，能爱上一个学生并与一个女同事苟合。为了实施这个让他新生的杀人计划，有一天，他去化学实验室弄了一瓶毒药，在一个清晨买了一杯咖啡将药掺入其中，然后坐在公园的长椅上等候那位每天晨练时经过这里的老法官。电影中，哲学教授的性能力敏感而忠实地追随着他在这个世界上行进的步伐，伍迪·艾伦也许想说的是一个无法用自己的理想主义让这个世界怀孕的人，也没有办法在真实世界射出自己的精子。

性的华丽表面是诗情画意的爱，本质却是物理运动意义上的撞击，交换，或者说化学意义上的沟通和增殖。电影《撞车》中，唯一让人记忆深刻的是一对迷恋撞车的男女做爱的长镜头。在这部片子里，汽车金属外壳之间的相撞与男人与女人身体相撞是合一的。黑人警察在与人撞车后说："这就是撞击的感觉。你走在任何城市里，你都会和别人擦身而过，别人也会撞到你。在洛杉矶，没有人会碰到你，总是在这层金属和玻璃的后面……我们撞到一起，从而感受到某些东西。"

床和城市街道一样，成了人们寻觅某种重要沟通的场所。当人们的精神和身体被自己的创造物（所谓的文明生活）分开之后，只能如溺水者般寻求某种精神上的融合。但是人与人的灵魂距离真的能通过身体的撞击与体液的交换得以消弭吗？在爱情与婚姻中，特别是后者，身体上的撞击反而成了马拉松开始时那一声枪膛与子弹的激战，枪声之后，曾经同在起跑线上的赛手只会相距越来越远，越来越远，之后，在这场赛跑中，有人中途离开了，有人厌倦了，有人跑着跑着再也见不到对方……那一张婚姻之床，男的身体向左，女的身体向右……

我们怀念床曾是我们观察世界的第一个地址。当我们将湿漉漉的头颅探出母亲皱巴巴的子宫时，看到的第一块平原就是一面整洁的床单，我们的母亲躺在上面，手中紧握着从她母亲传过来的生命接力棒。我们的世界就是从那一张床架和床上的第一瞥开始的，有时候，这张床还被设置在医院里，但最早的时候，床永远被设置在我们简陋的家中，因而我们看到的世界是长方形的，有着笔直的木头或者花色的铸铁作为围栏，床单一如往常的平面性里蕴藉着父母激情的波纹，被子如浪涛般疲倦地堆叠着，木头与木头常在夜间发出伊甸园最初的声响：曾经在一个没有床的花园里，只有一个男人和一个女人，还有一个上帝，那时候有很多树，蛇很狡猾，而苹果很寂寞……

在生命开始的头一年里，我们在床上度过了大部分时间，在床上，我们的喉头噎着诗歌和号哭，我们穿越黑暗而来，因而我们最惧怕黑夜和孤独。尽管成人们将床当成是他们放大的怀抱，我们却清晰地辨识出它所具有的冷漠和迟疑，尤其是在黑夜，因为它对黑夜和危险来者不拒，它四平八稳的床架上让神话和诅咒共置，让死亡与新生共眠——我们对它几乎引生出恨意来。只有到了老年时才会被改变，那时候，床成了唯一能够接纳我们的场所，当我们的骨头无法支撑我们松软的身体，当熟悉的脸孔变得越来越陌生，当声音渐渐在我们耳边逐渐消逝时，当光变得越来越模糊，床抻开它宽大的胳膊让我们深陷其中。床作为这个世界上最小的驿站，让我们眼望死亡，却不觉得恐惧，这一生，我们既不觉得快乐，也不觉得不快乐。所有人都这样，从一张床开始，又在一张床上结束。

镜子

当墙在一个房间里为我们执行禁止和保护的功能时，镜子看上去就像是一个无用而狡猾的戏法。我们每次在它的表面看到的东西都不一样（不像墙，永远是同一副面孔）——它因站在它跟前的事物和光线而不停地改变着它的容颜——在它客观主义的词典里，不忠诚是它唯一而隐晦的律法。

玻璃每一次都让我们的视线越过它，镜子却把我们的视线折回我们的眼睛——这对亲戚在观看这件事上以它们的南辕北辙让我们的视力有了更多的延伸：玻璃让我们看到别人，它以改变造型的方式让我们看到眼前一个或扩大或缩小的世界，我们既可以藉此看到月球上灰黄的山脊，也能看到细菌苍白的皮肤。镜子则把我们的视线引向自己，它让我们看到不同角度、不同状态中的自己，看到长在它里面的一种否定性——在镜子所形成的世界里，一切都是反着的。我们反长着左手；当我们往右走时，其实我们是在往左退。当我们看着镜中人时，我们不知道是我们在看镜子里的那个人，还是那个人在看着我们，真实与虚幻两个影像在相互对峙，相互争夺，并且相互吞噬。

镜子利用那种表面上的客观性来消弭我们看到自己时所产生的惊恐，第一个发明镜子的人一定也怀有这样的惊恐。因为当我们躲在自己的眼睛后面时，我们的感觉接近于上帝，我们看到了一切，却不知道自己的真实面孔。但是镜子还原了我们的肉体凡胎，我们看到了一张几乎和他人一模一样的脸，我们还利用镜子看到了我们的前面，我们的左面，我们的右面，甚至后面。我们看到一切都没有什么神秘性，能够容纳几座山，连片的建筑，一整条河，无数株参天大树的眼睛其实只是一个很小的肉框，我们把无限就含在这样的一个肉框中，这既伟大，又像是一个令人难以置信的骗局。

镜子有它的可憎之处。它唯一的可憎之处就是怂恿着人们假借它来认识自己。厌恶镜子和喜欢镜子的人在认识自己这一点上有着一种相似性：讨厌镜子的人，当他们面对镜子时，会产生一丝模糊的非法的感觉——他们看到了自己，而这正好是他们想要摆脱的东西。喜欢镜子的人由于不自信，着迷于在镜子中寻找一种确定性，他们不知道自己是不是真实存在，他们不知道世界是不是只是自己大脑里的一块肉想出来的结果，当他们在镜子当中看到自己有一张独一无二的脸，并且在身体上有连贯时，他们拥有了一种安全感。他们不光是在镜子跟前反复观看自己，也会在所有能够照射出自己影像的表面去求证自身的存在。这类人认为，镜子是我们置身的这个世界的一个入口和出口，从那里，我们可以通往我们的内部；也是从那里，我们得以离开。如果说我们这个无垠的世界有什么边缘的话，镜子的四条边就是它的边缘，从镜子开始，我们相反的影像开始向另一个方向洪水般地漫延开去。

在卡尔维诺的小说《寒冬夜行人》中，这位睿智的意大利作家为我们构想了一个极其可怕的地狱：一个布满镜子的房间。站在这个房间里，无论从哪个角度望过去，我们看到的都是无限，因为镜子们不停地反射彼此的空间，我们也在这个房间里不停地增殖，无数个面向，无数个自己。因为镜子，我们的视线被无数次地折断，返还，然后又折断。实际上，在这个房间里，空间消失了。我们被无数个自己挤得无法呼吸。

对于布罗茨基这样自恋的诗人来说，并非像第二类人那样需要四处去寻找自己，尤其是在旅行中。在旅行中，就如他在《水印》中写道："旅馆房间里的镜子天生就没有生气，在看了这么多次之后它变得更加晦暗了。特别在这座城市（威尼斯）里，它们返还给你的不是你的身份，而是你的匿名性。"当我们站在一家旅馆的镜子跟前时，陌生感会夺走一切。那面照过无数人的镜子，并不能把现实的真实身份还给我们，在这里，我们作为旅游者，身份也并不重要，因为一切都是临时的，有替代性的。相比而言，一幢住了许多年的老房子里的镜子也许更为重要，因为它不会让很多陌生人的影像反复摩擦它的镜面，也不会模糊它，但在时间中它同样也是无能的。"几个世纪以来，除了对面的墙，镜子已经逐渐变得不习惯于反射任何东西，要么是出于贪念，要么是因为无能，它们很不情愿返还我们的面貌，而当它们尝试的时候，我们的容貌也并不能完整地物归原主……我看到的自己在那些镜框中越来越少，收回的是越来越多的黑暗……它深沉而诱人，似乎包含了它自己的一个远景。"是时间让镜子在我们面前显得不忠诚。或者说，镜子为了取悦时间背叛了我们，我们无法再在镜子中看到我们的美貌和青春。这一切令人悲伤。在童话故事《白雪公主》中，镜子以它的权威性向那位自恋的皇后宣告，她的继女白雪公主才是这个世界上最漂亮的人。镜子的公允中蕴藉着一种不公平的残酷，因为它光滑的镜面永远对那些美丽的脸庞绽放微笑，当我们衰老时，镜子以背叛脸庞的方式背过身去。

世界上最神奇的镜子一定是《哈扎尔辞典》的快镜和慢镜了。小说写道，某天，为了给阿捷赫公主解闷，奴婢给她拿来了两面镜子。这两面镜子表面上与其他哈扎尔人的镜子并无不同，都是用大块盐晶磨成的，但一面是快镜，一面是慢镜。快镜在事情发生之前提前将其照出，慢镜则在事情发生之后将其照出，慢镜落后的时间与快镜提前的时间相等。两面镜子放到阿捷赫公主面前时她还未起床，她眼睑上的字母还没有揩去。她在镜中见到了自己闭着的眼睛，便立刻死了。因为快慢两镜一前一后照出了她眨动的眼皮，使她平生第一次看到了写在她眼睑上的致命的字母，她便在这两个瞬间之内亡故了。她是在来自过去和来自未来的字母的同时打击下与世长辞的……

这两面可怕的镜子不亚于卡尔维诺小说中那个可怕的房间。因为无知和遗忘是上帝给予我们最大的馈赠。如果镜子以它的无所不知让我们知道世界上所有的空间的角落和时间中所有的轴线，如果世界上有一座知道的地狱和无知的地狱，我宁愿被关押在那座叫做无知的地狱当中。

李达伟，1986年生，现居大理。作品散见于《大家》《青年文学》《清明》《文学界》《民族文学》《青春》《散文选刊》等报刊。有长篇系列散文《隐秘的旧城》《潞江坝：心灵书》《暗世界》和《民间》。曾获滇池文学奖、《黄河文学》双年奖、孙犁散文奖等。

世界静默

李达伟

> 从窗口透过屋顶之间的间隙，我们可以看见山岗。
>
> ——【法】加斯东·巴什拉《空间的诗学》

> 一个人的内在世界乃是一种复杂的情愫与感觉交织形成的混合体。
>
> ——钟鸣《畜界·人界》

1

西与东。潞江（怒江流经潞江坝时叫潞江）以西。潞江以东。一切将由那条大河展开。大河两岸，是高黎贡山与怒山，一些村落在大河两岸散落，一些村落被一些古木林遮蔽。大河两岸，分别是草木繁盛之地与草木稀少之地，这样的区别醒目凸显。我沿着一条大河的两岸，从西到东，从东到西。我沿着一条大河的无数支流的两岸到处行走，行走变得错落庞杂。庞杂的行走地图，已经无法轻易被我梳理。

在潞江坝生活的那几年中，我无法避开那条大河。空间似乎被限制，空间只是相对被限制。时间相对于空间而言，有些幻化模糊的意味。但时间不是被固定的。有些时间有着达利那种被柔化的意味，在这个世界之中，我看到了达利（萨尔瓦多·达利：著名的西班牙加泰罗尼亚画家，因为其超现实主义作品而闻名）的不同形式的钟表。我喜欢时间的柔软化。我喜欢时间的模糊性。时间如流水。时间如眼前的那条大江一般。我们相约着沿着一条大河的两岸进行着属于我们的行走。我一个人在那些支流边进行着属于我的行走。在潞江坝，

　　我强烈地感受到了由空间与时间相互杂糅制造的清晰与模糊。当我沿着潞江往上，或者往下，一条大江两岸的那些物事不断吸引着我。我目睹着一个世界的现在，以及残存的过去与完整的过去，以及可能的未来。

　　在那个群山之间，异质的东西，普遍的东西，以近乎碎片化的方式呈现着。众多碎片的组合。众多貌似复调性的生活层叠。在大河两岸，一些充满异质的东西如厚实的阳光洒落一地。在大河两岸，我看见更多的是自己在这之前不曾熟悉的生活日常，这完全就是另外一个世界。我经常有见着时间幻象的感觉，特别是出现在一些祭祀的场中时，这样的感觉尤为强烈。我便是在有点闷热的气候里，第一次出现在了这个地域，可以说那完全就是堕入一个世界。在这样的猛然堕入面前，我有了某种恍惚感，我也开始意识到地理与地名的具体所指所具有的意义。

　　地名是有意义的。我将与众多的地名相遇。我将与这些地名背后的复杂与简单相遇。我知道了自己那时所驻足的村落叫"芒棒"，在这个似乎无法在那一刻清晰就辨析的地名面前，我觉得那应该是具有浓厚的民族色彩的地名，毕竟在我琢磨着这个地名的时候，我看到了从我眼前走过的几个穿着民族服饰的人，我告诉自己那是傣族没错。我还看到了穿着其他民族服饰的人，那是德昂族，那是傈僳族……民族杂居的世界。这些民族还存留着的服饰，以及那些生活日常是值得细细揣摩的。这个世界的过去，我只是通过别人了解到一些，我只能看到它的现在，但有些时候，我还是经常在怀疑，我所看到的它的现在真是它的现在的真实吗？我深知自己只是把握了这个世界一部分的真实。

　　那是第一次出现在那个暂时空落的集市上，一个流浪者正在垃圾堆里找寻着吃的，当我把目光从那个流浪者身上折回来（我没想到的是在那里生活的时间里，自己总会有强烈的流浪意味，我曾记录着那些流浪者的某些镜像，他们无疑也是给了我惊诧的一个群体，他们猛然间出现在了那个世界，然后猛然消失，只有那么一两个人还在那个世界里坚守着，一个又一个流浪汉从这个世界中消失后，轮到了我的离开，那些流浪的人都在进行着那不知下落的流浪）；我还看到了一群裸露上身的人，我开始意识到气候是有点闷热，而在这之前我们很少会坦然地裸露上身，在那之后的时间里，我才意识到那个世界的一些东西就以那样的状态裸露着，但裸露的依旧只是它的一部分，裸露的只是表象，世界的真实被遮蔽着；我还看到了第一棵真实的榕树，繁密粗壮，根系庞杂发达，从此，有至少三年多的时间里，我一直观察着那棵榕树以及与那棵榕树相关的种种物事人（那是我们的神树，我们每年都会有几天在其中一棵榕树下举行祭祀活动，我们敬畏它们，我们一直敬畏着它们，那些神树所具有的远远超过了我们的感知能力，我们羡慕它们那旺盛的生命力，有时我们就想成为那样的一棵榕树。众神背后的广阔，那也是对于人心褊狭的抗拒，这是一棵神树，这是一片神树，虽然我们只是祭祀其中一棵，但所有的那些榕树都是我们的神树，这时这个世界的一切开始在我们面前缓缓打开。从一棵神树开始，这个世界的一切，也即天地万物一一呈现在了我面前。神树下面的那个世界，神树下面聚集着一群老人，他们用自己苍老却智慧的目光注视着由神树作为中心往外扩展出去的世界，我们也在时间的推移中与那些老人熟识，他们只是把那棵神树作为中心，他们把时间都花在了那里，而我却把那条江作为我的中心，我不断出现在怒江旁边，那条江给了我观望世界的一种方式，我便是用一种对比的方式观望着世界的种种，即便我不怎么喜欢对比，对比有其局限性）。

　　注：对比，我们需要的是多维度多向度的对比，这样我们才能真正抵达这个世界的繁密与真实。西与东，将不再是狭隘的怒江以西与以东。就像出生地与潞江坝，对比，有时早已不是在对比。我们早已意识到自己永远无法走出故乡。就像多年以后，我感觉自己已经没有多少力量走出潞江坝一样，这时我才强烈意识到潞江坝也成了我的故乡。我们的一生将在与故乡的情感纠缠中远去。我会把注意力放在那些草木在不同时间里呈现出的状态上，这同样是对比。几条大河之间的对比，那些支流的对比，村寨与村寨之间的对比，众多的对比。但它们内部所暗含的并不是简约简单的对比。其实我是可以拒绝这些对比的。我有意在弱化一些对比。在一条河面前，一些东西必然会被弱化。最终对比也必然要被弱化，甚至消失，或者我早已不再用对比的方式来观望一个世界。对比弱化，对比消失，我看世界的方式就会变得异常纯粹而真实。我只能观望一个世界。在这里，都将是我对于一个世界的印象，这些印象将呈现出某些无法解决的狭隘与重复。狭隘的力量与重复的力量。

2

　　你出现在了这个世界，你在那些庄稼地里走着，你走过庄稼地，你发现一些河流，那条河流叫"山心河"，那条河流叫"户南河"，那条河流叫"琨崩河"，你穿过庄稼地，你经过河流，你又发现了一个村寨，一个叫"芒棒八队"的村寨，一个叫"新寨"的村寨，一个叫"张明山"的村寨，一个叫"江边寨"的村寨，你就在那里思考着这些命名的意义，你就想在潞江坝会有多少条怒江的支流，你就想潞江坝有多少村寨，你就想这些地名背后暗藏着多少的秘密。你就在那个饭店门口呆呆地继续想着这些东西。你同时还想到了蛇，眼镜蛇，你不是无端想到了蛇，那时刚好出现了一条蛇，但不是眼睛蛇，蛇把头高高扬起，望着你们，那时茂哥赤裸着上身，那时你也赤裸着上身，那时还有一群人赤裸着上身，一些人赤裸着文身。你身上没有文身，茂哥身上没有文身。在那一刻，文身就已经凸显出了你们与一个世界之间的区别。有些文身是重要的，有些文身即文化，像眼前那些傣族人身上的文身。文身，身体的隐喻，有文身的肉身，就不再是简单意义上的肉身了。这样的肉身具有了一定意义：时间的意义，信仰的意义，艺术的意义。那些深刻在人类肌肤上的文身（这里我把现在流行的文身，排除在外，这里我说的只是那些具有古老文身习俗的人类），与时间的古旧有关，这是一种接近要消失，或者已经变异的艺术。你也想拥有一个文身，就像眼前的那些傣族身上的文身图案，那些文身图案里面有着一些象征意以及文化寓意。你喜欢那些象征意。你喜欢那些文化寓意。但你更喜欢图案本身。我也异常喜欢那些文身图案。我与你一样喜欢那些象征意与现实交杂的世界。我们内心里面都想拥有一个文身。在这里我们都已经把它的宗教意义暂时搁置在了一边，我们一开始并没有往宗教意义上面想，那时我们想到的仅仅只是它的审美意义。图案的美学意义。审美与那些图案一样的繁复与深邃。如果我们拥有了那样的一幅图案的话，我们也将会在很多地方赤裸着上身，让我们的图案在阳光的色泽下烁烁发光。那些图案深处是熊熊燃烧着的这个世界的火焰。那些图案会让人产生错觉。有那么一刻，你是产生错觉了。其中一个文身图案就是河流的模样，那是一条大河的模样。你还能清晰地看到了那条大河的众多支流。大河的一部分，大河众多的支流。

　　你将要进行着的是顺流或者逆流，那时你将与众多的河流相遇。如果这些河流没有被命名，那些河床同样没有被命名，那些村寨也没有被命名，出现在你面前的将是一个无名的世界，只是河流，只是河床，只是村寨。而被命名的世界，开始变得有所指。出现在你眼前的是一个异常丰腴的世界。你开始喟叹，但更多时候你只是在默默无语中享受着这个世界对你的冲击，毕竟你经常是以默默无语的姿态出现在我们面前的，你要忍受美或者其他东西在内部的膨胀，以及随时的喷发。当蛇被你们发现之后，它并不急于朝山心河那边的植物世界爬去，而是继续高高扬着它的头，最终那条蛇的结局可想而知。提起那条蛇，我会经常想起那条在芒沼田看到的眼镜蛇，那条眼镜蛇同样把头高高扬起，它就在我们前面迅疾地爬着，在那之前我一直想见到一条真实的眼镜蛇，而在亲眼看着一条眼镜蛇时，原来的那种渴望顿时消失，我们把车子停了下来，我们目睹着蛇从我们眼前迅速消失。眼镜蛇全身膨胀似乎被愤怒所充满，但我们还是能在那种气场十足的游走中感觉到那种膨胀的力之美。那种美是无法让你有接近它的想法，那是拒人于外的美。我们就让它在我们面前消失，但眼镜蛇的那种形象早已深刻在记忆之中，每次来到那里，我们首先想到的是那条让人恐惧，凛然不可侵犯的蛇。这时，一个地名背后就是一条蛇，这时你想起了那个地名叫"芒沼田"。

　　眼镜蛇一般不会攻击人。很多人这样说。你也曾这样说。在那个世界里，还没有发生人被眼镜蛇攻击的事件。眼镜蛇那扬起的头以及迅疾游走的姿态极具美感与其他某种无法言说的东西。隔着车窗，我想长时间欣赏一下眼镜蛇。眼镜蛇消失，我多少会感到缺憾的意味。我们很多人就带着这样的念想出现在那些庄稼地里，我们自由地采摘着咖啡豆，我们同时随意地在某个田塍上坐着歇息，我们丝毫不担心咖啡地里的蛇类，它们听到我们发出的细微声音，便会自觉离开，当我们离开，它们才会再次回来，潞江坝的那些庄稼地于它们而言辽阔无比。我就只见过眼镜蛇一次。你说那是一条好几十斤重的眼镜蛇。许多人曾在那些庄稼地里见到了它的身影，人们还在好几个地方看到了它褪下来的皮，当看到那个褪下来的在阳光的照射下显得五彩斑斓的蛇皮时，恐惧攫住了你，没有人去捡拾那个蛇皮。有个老人就在家里看到了那条蛇两次，其中一次那条蛇盘踞在了蚊帐上。老人恐惧万分地差点吓瘫在地，随着老人发出惊叫，蛇倏然消失。最终那条蛇被人们捕获。很多参与者都没有说出那条蛇的下落。那条

摄影 / 于坚作品
大理，收割后正在归家的农妇

蛇下落不明。那条眼镜蛇很有可能被人煮吃了。一些老人可能会期待在那个世界因为那样一条眼镜蛇的出现而发生一些不可思议的事情，那在很多老人看来就是异象，而最终并没有发生什么大事，如果牵强附会的话，可以在某一次车祸中能找到与那条眼镜蛇相关的一点点蛛丝马迹。有时我们也深信，那个世界在那条眼镜蛇出现之前，已经在发生着一些变化，只是我们很多人在生活之内而看不到那些变化而已。如果一条眼镜蛇把头高高扬起正对着你，你将会有怎样的反应？你是有了那样的体验，只是那条眼镜蛇并没有像传说中的那样把头高高扬起。你说你竟然有了似曾相识的感觉，你深信眼前的景象与那些流行前卫的图案之间不会产生多少联系，或者那些流行前卫的文身图案是从你看到的这些图案上得到了某些启示。你只深信那个世界是在蛇或者别的物身上捕捉到了某种文化的象征意，当我们沉入那些象征意浓烈的世界之时，我们似乎找到了某种依托。

你突然之间有了回家的想法，你不想吃蛇肉。你继续在那些庄稼地里行走，你经过了一个叫"小寨"的村落，你经过了一个叫"赧浒"的村落，你经过了一个叫"道街"的村落，你还经过了众多的村落，你竟有村落如繁星的感觉，繁星的感觉开始在你进入那些村落时生发出来，生长，繁茂起来。地名的意义在你不断出现在那里的过程中慢慢呈现。地名如繁星，地名的意义如繁星。你还经过了这样一条支流，还有那样一条支流，它们都流入怒江里，你突然意识到了它们的流量在某些季节里的惨不忍睹，但至少不是在那个雨季，雨季总会有好些东西在迷惑着我们。在雨季，我们看到了世界暂时的真实与很多时候的不真实，当这个季节过掉，我们有时会有在雨季所看到的有一些是幻象的感受。我们都在找寻着进入这个世界最好的路径。我们似乎是找到了。我们似乎还没有找到。我们同样也在寻找自己的位置。

注：你一直努力着进入这整个的世界之中。多少人在不断努力后，最终却颓败地离开了，他们并没有真正融入其中。我们在努力进入其中的过程，在一些时间里会显得特别艰难，只是似乎随着时间推移到了现在，我们融入一个陌生世界的难度在不断减小。曾经我们要面对文化上的巨大差异，我们要消除从内里喷涌出来的对于一个新的世界的拒斥，我们还要面对许多方面的差异。在

我们的努力下，我恍若真正进入了这个世界，你恍若真正进入了这个世界。而直到离世，你才意识到都没有真正进入这个世界，进入这个世界的难度依然很大，我们与这个世界之间依然还有一些隔阂，只是在常态下，它没有凸显出来而已。

<h2 style="text-align:center">3</h2>

我一直在阅读眼前的山水，那是阅读没错，我乐于以这样的方式阅读眼前的这些山水。那是属于我的阅读，可以算是一种浅阅读，一种无意识的阅读。阅读的时间超过了六年，但我依然无法真正读懂这些山水。这些山水与我所熟悉的山水不同。现在，我已经熟悉这个世界的山水。这是一个庞杂无竭的世界。见过一个地方的自然从丰盈繁茂不断退化为苍白贫瘠之后，对眼前这样的自然世界就会有一种无法抗拒的沉迷。有那种真正荒漠化体验的人，就会理解我。我的沉迷属于个人化的沉迷。我的沉迷中还夹杂了过多矫情的意味。但我早已无法躲避这些类似喷涌的矫情了。眼前的世界与出生地之间的对比太过强烈了。我既恨但更爱出生地，这样眼前的世界便有了让我沉迷的理由。

我是在什么样的一种情形下堕入了这个地域？我永远无法忘却的就是灼热的阳光，略微慵懒的小街，以及一个侏儒症患者，这些物事给人的感觉其实不是很好，我顿时变得焦躁不安。有一段时间，我就是不断在与这些焦躁不安的情绪对抗着。我们无时无刻都在抗拒着一些东西，只是有时我们并不能清晰地说出抗拒的原因与意义。与自己焦躁不安的内心进行对抗，这至少于私人而言是有意义的。在那时，你唯一能想到逃避这些灼热的方式就是那些路边的古木，你就在那些古木下歇了一会儿，那时你的目光朝远处望了一望，你就在这个时候望见了那条江。这时我才真正意识到：这里有一条大江，以及无数条支流。在那之后，我便开始了在那条大江边以及那些无数的支流边顺流而下，或者逆流而上，这于我是一个有着无尽体验的过程。也是在这样的体验过程中，不安的情绪不断弱化，但很难真正消除。

在无意的行走中所遇见的不同世界给人的感觉是不一样的，有些世界与角落是好的，有些世界与角落依然是不好的。我虽然一直在拒绝着二元化的对于世界的感觉与判断，但有些东西就那样以二元化的方式在我们面前呈现着。我近乎就是在如实呈现着这些世界与角落某些时间段的现象。顺流与逆流，我抵达了众多的世界——那个我可以在某个制高点一眼就能收入眼眶的世界，当我一眼就把潞江坝收入眼中时，我只有这样的感觉：这是一个辽阔之地，潞江坝，怒江，潞江，大桥，一些古老的铁索桥，以及花，以及江雾，以及农田，以及村庄，以及时间对于世界的解构，以及我在想多次无意识就堕入其中的理由。只有真正把顺流与逆流的过程付诸实际才会感觉到这种行为中所含着的艰难，在不断深入其中的过程中，我终于意识到了穷尽那个眼眶中的世界几乎是不可能完成的，但自从出现在潞江坝那天开始直到现在以及以后的很长时间里，我都将继续完成着穷尽这个世界的理想，这是一种理想，理想里将会少一些粗暴的意味。这样我才像你一样出现在那些地名标注的世界之中。

地名被不断细化，有些地方已经没有地名标注，那些地方已经被细化到无法用细微准确的地名来标注。地名给我们标注了一个大致的世界，这个地名让这个世界区别于别处，但有时我们也会经常遇见尴尬的情形，我们会遇见很多一样的地名。邻县的一个叫芒棒的村寨发生了地震，很多人给我打来电话问候，我安然无恙，我感到一些欣慰，毕竟还是有那么一些人，我们在相互牵挂着，我所在的村落并没有发生地震，我所在的村落与那个发生地震的村落之间据说有着太多的不同，但由于我并没有出现在那个世界中，我不知道这两个世界之间有着多少的不同。我罗列着那些地名，即便到现在，我还无法理清潞江坝所有的村落名。每个地名背后有着众多的东西。我想进入每一个地名。阅读一个世界的山水，从地名开始。面对着眼前的这些山水，我内心深处的一些东西开始变得柔软下来。只有自己知道，这个世界于我的意义。我的思想在这些山水面前有了一些变化。我在用这些山水来反观我自己。思考是重要的。审视自己是重要的。而最为重要的是完整的山水太过重要。完整的山水，在我偏狭的眼中，这就是一片完整的山水。完整的河流，完整的支流，至少我还未看到任何一条断流的支流，如果一条又一条支流发生了断流，我们将会看到怎样的情景？我们将会以什么样的思想面对它们那干涸的躯体？在这样一片自然面前，我有了一些启示，自然给了我一种真正面对自然的方式。我们众多的人正在进行着的就是阅读自然。我们与这片自然很近。我们离某些自然很远。

我坐在其中一座古桥的桥墩之上，我陷入了自我的恍惚状态之中，我不去解释恍惚，当恍惚一被解释，恍惚便会变得空洞，便只会留下一些让人看不到意义的空壳。我们不断谈论这些山水，而那时我是最为兴奋激动的一个，有那么一会儿我有点失态了，我唾沫横飞，进入了某种自我陶醉的状态之中，那时似乎就只有我一个人进入那片自然之中。完整的世界与残破的世界之间的距离。这是给人完全不同感觉的两个世界。

我喜欢完整的世界，我喜欢看到一个不竭的世界。曾经，我们在有生之年在其中索取一些东西，但我们也努力让自己做到不是毫无节制地索取（那时一些东西制约着我们的思想，我们在日常生活所表现出来的便是很自觉的姿态，而现在这样的姿态在很多地方早已荡然无存）。我曾经多次失态，我滔滔不绝又语无伦次地谈论着一片完整的世界的重要，我不停地提到出生地的那片破碎的自然。我目睹着出生地经受了一次又一次的颓败，故乡的某些东西早已变得不再像过去那般完好，我们无法走出故乡给我们的精神世界所带来的阴影，但我们依然深爱着故乡。我们一直想逃避这样溃散的境地，而我们最终发现这往往是无法抗拒的，我们唯一能做到的便是离开故乡，并在很长时间里把故乡暂时遗忘。

在眼前的世界里，我们可以与一片又一片古木相遇，不是一棵两棵，而是一片一片的，不是一棵古木制造的阴凉，而是一片又一片古木制造的阴凉。在那样聚集的阴凉下，曾经有那么一个傣族老人静静地抄写着贝叶经。人们曾跟我说起，那个老人去往某片密林中，并在那片密林中生活了很长时间，我一直以为他出现的应该就是背后的那片高黎贡山里的某片密林里，而直到在面对着那些古木以及古木围裹着的村落时，我才意识到原来那个老人并没有走远，他所生活的那个村寨就被包围在一片密林之中。只有那样密集的阴凉才配得上那些让灵魂真正安静下来的经文。那个老人早已离世，但又有一些老人经常出现在那些密林中，他们在那些密林中念诵着那个老人留下的经文，念诵的目的往往是想让一个世界安静下来。在这样的一片密林之中，我变得安静下来，那时我暂时远离那些困扰着这个世界的燥热。我在脑海中制造了那么一个幻象，老人就在我的眼前，我在他的指点下抄写着那些属于这个世界这个民族的贝叶经文。贝叶经文是属于傣族的。我在看着那些写在贝叶上的文字时，我虽然不懂，但我竟然有着强烈的感觉：其中一些贝叶上一定记录着那个老人对于眼前的密林的感觉。在潞江坝，我只是见过贝叶经的一些残片，而在那个叫巍山的小县城的一个私人博物馆里，我看到的是一摞，那同样是不可思议的存在。我了解到了有关贝叶经的一些信息，那眼前的这些经文有关日常还是有关神性？但至少我们看到了属于那个时间和空间对于文字的尊重与对于某种信仰的笃信。

　　我现在所努力记录着的同样也是对于自然世界的感觉。阅读山水，其实就是在感觉山水，感觉着肉身与灵魂深处的自然之光的喷涌波动。这样的感觉无疑也是那个老人在一片又一片古木中感受到并留下的。在那个庙宇里，刀姓老人显得很耐心，他是那个村寨里面为数不多的还能读懂那些贝叶经的人之一。但在刀姓老人给我翻译的时候，我竟然走神了，我无法接受的是那些贝叶上写着的基本都是一些传统的经典故事，像白娘子像西游记像三国，我想看到的是他们民族的经典，我最想看到的是那个在密林深处的老人写下的心灵史。我分明走神了，刀姓老人也分明感受到了，他跟我说我想找的一些贝叶经被他们供奉在庙宇里，被清香熏染缭绕，他们已经不去动它。而那个老人的心灵史，他们都不知道他放在了哪里。我看到了有将近两麻袋的贝叶经，里面一定有那个老人的心灵史，只是在不懂傣文的我前面，它们消失了，它们成为了任何一部经文，它们之间似乎已经没有多少区别。刀姓老人跟我说起，他至少是把那两麻袋的贝叶经完整地读完了，他是曾经拥有过我所提起的那种阅读内容与感觉的。两麻袋的贝叶经，即便刀姓老人都已经不知道该如何处理它们，刀姓老人只是再次小心翼翼地把它们放回麻袋里，然后搬到了某个屋里。屋里漆黑一片，两麻袋的贝叶经的命运就彻底回归到了陌生与漆黑，只有很少的人会想起它们。

　　那些贝叶经是那个村寨传统的东西。我们该如何对待我们的传统？这是在与那些贝叶经相遇时，我所想到的一个诘问，有关文化的诘问，不知道有无意义的诘问。刀姓老人似乎只是想到了唯一的方式，就是把那些麻袋堆放起来后，把那扇破旧的木门关起来。我们似乎暂时都不需要担心那些贝叶经，写在或刺在贝叶上面的经文似乎拥有着与时间对抗的力量，我们刚刚收好的那些贝叶经只有一部分略微有点残破。刀姓老人曾说过，在他们的传统认知中，贝叶是运载傣族历史文化走向光明的一片神。我们无法肯定贝叶本身抗拒虫蛀的能力在时间的堆积中的弱化，我们也无法抗拒虫蛀超越了时间的耐心。在我暂时离开那个庙宇时，我觉得自己还会与贝叶经相遇，我一直无法走出那些贝叶经的世界，我的文字也还会涉及那些贝叶经与贝叶经背后的人。特别是那个抄录经典并也应该写了自己的心灵史的老祖的丈夫，以及依然还在世的老祖。

这时老祖就在庙宇前面，她正在清理着那些堆着落叶的水沟，她把那些正要腐化的枯叶捞出来堆到了那些被她刚刚种下不久的树边。老祖朝我们望了一眼，意味深长，她朝我们望时，我们正在翻弄着那些贝叶经，当我们把那些贝叶经重新叠好放回麻袋里时，我们似乎看到她轻轻地吐了一口气。老祖每天都要来庙宇一次，我们没有人会阻止她，即便我们都认为她早就应该与那些出现在神树下面的那些老人一样静静地在神树下坐着，差不多时间回家吃饭，差不多时间再次出来。而我们一直都没能在那些人中看到老祖。当我想老祖了，当我想去看看老祖，去老祖家往往还找不到她，我就知道去那个庙宇就可以见到她。而每一次我都能在庙宇前见到她。那个庙宇于她的意义，只有她知道，也只有我们才知道，至少那里有老祖丈夫抄录的贝叶经，可能除了这些还有很多。我似乎猛然醒悟，老祖丈夫的心灵史应该在老祖那里，但我们不曾问过她。我们都希望那些贝叶经是完整的，它们是属于老祖的，它们不能以残片的形式被老祖保留着。我们有时会有点点担心，如果那些贝叶经突然消失或彻底损坏的话，老祖内心由那些贝叶经构筑起来的宫殿会不会垮塌？我们现在很少有人会因为传统的散失而垮塌，但我总觉得老祖会。老祖依然孜孜不倦。她只是朝我们轻轻挥了挥手后，继续沉浸在自己的世界之中。她有自己的世界，她早就有着自己孤独的王国，她早就在拒斥着我们轻易就进入她的那个王国之中。我们唯一能做的就是顺她的意。老祖，我们先走了。她"哎"了一声，我竟恍惚听到了她发出"哎"时的清脆。我经常会想念老祖。提起老祖，就会有众多有关老祖的往事与回忆，这些往事与回忆里都有着我清晰的影子，其中有时我是一个采访者，我想让老祖给我讲一些民间故事，老祖给我讲了好些独属于这个世界的民间故事，我帮老祖背着背篓，我们一起朝那个庙宇走去，而当我退出那个生活的场，老祖生活的场依旧迷人和让人唏嘘。老祖的身子骨依然健硕，一些人在背后说起她，说她是替丈夫在活着。

注：老祖将贯穿这个文本的始终，她会随时出现，也会随时消隐，她与其他那些出现在这个文本中的人一样，有时就像是我的思想，有时他们就是我的思想。

4

你说你渴望自然；

你说你渴望山水；

你说你渴望飞鸟；

你说你渴望走兽；

你说你渴望洪水；

你说你渴望古木……

而我要对你说我渴望的是一个遗址（也许你也曾跟我说起过你渴望一个遗址，只是我们内心深处贮存着不同的遗址，一些具象的，一些抽象的遗址），而这个遗址恰好就在某片自然之中。恍惚间，我渴望并迷恋自然，而相反往往把那个遗址忘记了。我忘记了那个遗址，我忘记了那些遗址，当我把它们暂时遗忘之后，时间感似乎也变得不再那么浓烈。时间感，以及空间感。你说你现在渴望的就是一条大江的涨起，而当我们来到这条江旁边时，我们确实看到了一条大江的涨起，大江涨起的时间超出了我们所预计的时间，我们还没有真正做好准备，往年的这个时间，江水还远远没有涨起。我们是要做好一些准备，那样我们的牛才不会在落入水中时以佛的姿态在江流上飘着。你忘不了涨起的洪水肆意流动的姿态。洪水流入了那些庄稼地，庄稼被洪水冲走，洪水流入了其中一些人家中，洪水冲走的不只是一头牛，还有一些牲畜被冲走，一些兰花被冲走（兰花早已不值钱，但对于一些人，它们依然有意义），你面对着一条大江的涨起时，嘤嘤地哭着，那是惊惧的抽泣，那种哭声中不是只有惊惧，那时你内心很复杂，在一条涨起的江流面前，你思考的东西很多，你跟我说起自己曾惧怕那样一场洪水会把你冲走。你是怎么克服那些恐惧的？我们没有想到的是你竟津津乐道于那些牲畜被冲走之后空落颓丧的栏圈，你看到了那些在牲畜棚屋里蹦跳的江鱼，你瞬间就把那些忧惧淡忘了，你的眼里只有曼妙的江鱼，即便那时江鱼多少也显得有些颓丧，但江鱼毕竟是江鱼。老天吞去了你们的一些牲畜，却也给你们带来了江鱼，你听到父母以及很多人这样自嘲。而现在，你早已习惯了这条大江每年的涨落。当江水一落，人们还会在一些肥沃的冲积地带种上各种庄稼，庄稼往往长得很好，你经常会混入那些种植庄稼的人群之中。被洪水冲刷后的那个世界，同样也可以算是遗址的一部分，或者那就是遗址，那就是不断经过时间冲刷的遗址。我眼前的这个遗址同样也在不断遭受着时间的冲刷,但经历过一次猛烈的冲刷之后,时间在它上面的冲刷竟变得减弱了一些。

我们都在渴望一场洪水;

我们都在渴望一场不同寻常的洪水;

我们都知道那样一场不同寻常的洪水会给我们带来很多东西;

我们知道一条涨起的洪水会彻底改变我们。

洪水继续涨起。我们已经无法清晰地说出洪水会落下的时间。毕竟我们面对着的是一个浩渺的江面。那时我们看到了飞鸟。那时我们出现在了其中的一个遗址上。那时我们就站在遗址上看着山水村落。那时我们也看到了走兽,一些人正在江的那边捕猎,其中一只走兽(是麂子,曼妙的身姿跃入我们眼中)堕入大江之中,那些猎狗望而却步,那时麂子被浑浊的江水浸染显得不再曼妙。那时我们还看到了被江流冲下来的古木。那时你终于意识到在一条大江边,你可以看见世界的所有。那时你终于意识到我也可以在一个遗址上,可以看到世界的所有。这时我们所在的位置就是那个遗址之上。遗址下面就是滚滚流着的江水。回到那个遗址。回到眼前的这个遗址。遗址所在不同的时间里所释放出来的东西。这里曾经有一座古桥。横跨怒江的古桥。而现在,你看到的只是它的一部分。时间似乎要在那里还原着什么?你的到来,也是为了还原什么?荒草正在疯长,似乎它们的目的就是要把那个古桥残存的部分彻底掩盖,疯长的荒草让人根本就不会去怀疑它们的力量,你总觉得它们绝对会把那个遗址彻底覆盖,只需要时间。占有、幻想、自由、幻灭。汹涌的大江上有着一些飞鸟。飞鸟飞过那些遗址。飞鸟飞过奔腾汹涌的大江。浑浊的怒江。以自己的方式与遗址对话。以自己的方式与那些飞鸟对话。飞鸟丝毫不会顾及到我。你朝飞鸟指了指。没有一只飞鸟朝我们的方向扫来哪怕一瞥。

注:你离开了那个遗址,进入了另外一个遗址,另外一个遗址与眼前的这个遗址相对而言的话,就是一个活着的遗址(一些东西还在完整地呈现着,但它同样已经残缺不全),那是一座古桥,而你现在面对的是一座古桥的遗址(许多东西我们都只能靠记忆与想象拼凑,遗址的过去才会变得完整)。

摄影 / 于坚作品
弥渡镇秋日田野上的几棵树

5

古桥。遗址。我多次来到了那个古桥边。我多次来到了那个遗址旁。有关时间的厚度，以及美学的深度，我们可以在那座古桥上纠结很长时间。我们抚摸着那些桥墩，我们抚摸着那些生锈却依然坚实的铁索，一些东西开始涌现出来。为何要多次来到那里？时间与美学，时间在篡改美学，美学与时间之间的抗拒，时间又赋予了物另外一些美学意味，这些都是主要的理由。我来了四年，这四年的时间里，古桥的变化并不明显，它在首次呈现在我面前的模样就已经够颓败了，只是现在它颓败的速度在这几年时间里放慢了速度。古桥要经受风雨的侵蚀，古桥要遭受一些人的胡乱涂抹刻画。在面对那些古遗址时，敬畏之情尤其重要。如果没有了敬畏之情，胡乱涂抹刻画是不可避免的，我已经在多个地方遭遇了那种粗暴的胡乱涂抹。我的到来也是在找寻着那种曾经撒落于荒野之上江河之上的敬畏之情。我曾在另外一处看到了一座古桥上刻着的碑文，碑文的内容可以用"敬畏"囊括。在面对这些古桥时，我们脑海中蹦出来的先是"智慧"，有了智慧，然后才是其他。古桥下面流淌着一条大河，那样的流水配得上这样一座铁索桥。那样的流水必须要有这样一座铁索桥，而在这条河流的一些地方，往往没有这样一座铁索桥，只有铁索。我曾在上游见到了一些铁索，江两岸的人们直到现在依然还要通过铁索来往，第一次溜铁索的经验只剩下空白与惊惧，而多少人每天都要经受着那种空白与惊惧？流水不是浑浊的，我来的每一次都是流水异常清澈的季节。我们亲眼看着时间在那个遗址上面堆积与剥落。我多次出现在了那里。古桥上曾经经常会有马帮走过，而我多次出现在那里时没有任何马的影子，桥上驰骋而过的是摩托车。由于那座桥的存在，那里没有任何渡口，我不敢从那座铁索桥上走过，在这个时候我就会想念那些渡口，渡河而过和从桥上摇晃地走过是完全不同的。我的到来与那些常年生活在那里的人们是不同的，我只是想过来观看一下古桥，我只是想感受一下由一座古桥释放出来的天马行空的想象力与在时间中一直沉潜的智慧，古桥上面的许多东西都已经脱落，但在那些残存的事物中，我们能依稀感觉到那些事物原来完整时的斑斓绚烂。古桥之上那个嘤嘤哭泣的老人，你刚回到故乡，还是一咬牙想离开故乡。面对着那个哭泣声被江水声掩盖的老人，我手足无措，我竟不知道该如何去安慰一下她，这时就只有她一个人，这与我见过的那个背上背着个娃娃的老人不是一个老人。古桥遭受时间侵蚀的声音同样被江水掩盖，我们只是看到了被侵蚀的情形。在另外一条大江边，古桥以及古桥边上的崖刻碑文都已经沉入江水之下，我们站在了那些古桥以及崖刻碑文之上。我们曾在一些文字和图片中见过那些绚烂斑斓的物象，但沉没了也只能是沉没了，我们只是在那条江流边唏嘘几声而已。我们同样在这座桥往下十几公里处的遗址边唏嘘不已，现在我们在这个古桥边唏嘘不已。我们多次唏嘘一下，便再次拍了拍粘在风尘仆仆的身子上的草屑然后离开。我们这样的唏嘘有多少意义？眼前的江流是否听到了我内心的涌动与日渐熹微的黄昏？黄昏沉入大江之内，我知道自己必须要离开了，我知道自己再次以僵固的方式离开了，我多少次就是以这样的方式离开的。与我不同，江两岸的人们必须要经过那座古桥，古桥早已成为他们生活的一部分，我在其中的一个桥墩上战战兢兢，最后我索性就坐在其中一个桥墩上望着人来人往，我那样的姿态持续了好几个钟头，而出现在那座铁索桥上面的人没有任何的畏惧，他们已经习惯了那座古桥与那条大江组合在一块之后的路径。他们也应该有战战兢兢从桥上走过的经历，我为自己不敢走过这座桥找到了一些托词。当我看到有一个老人背着一个小孩慢悠悠地走过那座桥时，我才意识到他们几乎在襁褓中就有了那样的体验，他们早在襁褓里就已经克服了对于一座桥的恐惧。我也应该可以克服那种由恐惧引发的眩晕感。我知道某一天自己必然会克服那样的恐惧，毕竟自己对于江对面的那个世界的渴念愈发强烈。就在那座古桥旁边，有一片又一片荔枝林。我是嗅到了浓烈的荔枝气息。荔枝是成熟的。在浓烈的荔枝气息的冲击下，我渐渐忘记了经过那座铁索桥的恐惧，我离开了那座古桥，江的这边就有好些荔枝林，如果江这边没有荔枝林的话，我一定会经过古桥。我站在那个桥墩上往回望时，我看到了那些结着累累硕果的荔枝林，那时我正准备朝对岸走去，对岸同样有着那样的荔枝林。这时我的内心再次咯噔了一下，我抬起的脚再次放了回来。

注：曾有过这样碎片化的记录（这是其中一次进入那片荔枝林时的感受）：

潞江坝。双虹桥。荔枝林。短时间逗留。那是在那座桥边短时间的逗留。江流汤汤。这条大江的江流量应该接近一年中最多的时间了，在这段时间里，错觉与清醒总会交杂在一起。我有一种错觉，感觉怒江的那些支流没有任何一条是断流的，每一条支流的流量正接近一年中最多的流量。而当我冷静下来，当我离开潞江坝，我才清醒过来，早就有许多大江大河的支流已经断流。双虹桥，这次我并没有来到双虹桥，江流涨起的季节里我不敢去往那里。但我曾来过，虽然我只是隔着它几百米远，我一直不敢从上面经过，我曾见过一个老人背着她的孙女坦然地从那座桥上走过，那个过程作为旁观者的我竟看得惊心动魄。荔枝林，被成熟荔枝的香味充盈溢满，在这样的世界里生活是件很幸福的事，至少在那一刻我感觉到了一种无法言表的幸福感。

6

你走过了那座桥，没有人搀扶着你，而我是在别人的搀扶下才走了过去。到江的对岸时，我们都很激动。在这之前，你也曾多次来过这里，你同样也多次从铁索桥上走了过去，那时铁索桥晃动着，你脑海中有那么一会同样也是空白的，从空白中回过神之后，你开始思考一些东西。你开始思考那些在桥上往来的人与眼前这个世界之间的关系，他们早已无法避开这个世界，他们无法选择自己的出生，他们也没有从这个世界迁徙的想法。你总觉得这座桥的真正意义并不只是作为工具，它的意义早已超越了工具，就像它于我们也是这样的。我们不曾把它当成工具，我们甚至不需要过江，那时它于我们而言就真只剩下美学和智慧上的意义了。我们从那些镌刻着众多或深或浅的马蹄印的路上来到大桥边时，我们看到的是已经变得模糊的字，"双虹桥"，我们轻轻触摸了一下那些阴刻的文字，是这三个字没错，石碑上瘢痕累累，那是被各种生命触摸过的样子，石碑旁边的建筑只剩下简单的门柱，太过寒碜，我们被眼前的这些变得简单模糊的物象惊动了一下，我们的内心因为这些物象而发生了微弱却复杂的变化。暗示，提醒。暗示的意义，提醒的意义。暗示没有意义，提醒便也没有任何意义。"双虹桥"可以算是由三个桥墩组成的两座桥，不是雨季的时候，江水只是从其中一座下面流过，当江水涨起，浑浊的江水从两座桥下奔腾而过。我们走到江的那边，我们大吼了一声，但吼的声音早已被江流吞去。我们看到了被无数牲畜与人的脚印与车辙印堆积沉压下的时间凹痕，这样的时间凹痕在江的这边时我们就看见了。终于过了双虹桥，我长长地舒了一口气，这是我第三次或第四次来到双虹桥，但只有这一次过了桥。于我那是需要勇气的，我激动地手指向某处，我指向正在过桥的摩托，我大喊了一声，或是几声，但都被怒江流淌的声音掩盖了，那时我的声音成了江流的一部分，那时我们的声音成了江流的一部分。但我们并没有真正深入到江对岸的那些世界之中，似乎我们进行着的只是一些浅尝辄止的体验。曾经我们以为早晚会进入江对岸的世界，而直到现在我们还没有深入到那个世界之内。一个还稍显贫瘠疲惫的世界，抑或是别的一种不曾在我们的想象中出现过的世界。这时我们的想象力会变得僵化，你分明感觉到了那种僵化，我们的想象力被那些很熟稔的世界左右着。为了打开想象力，我们也应该不断进入那些我们所不熟悉的世界，你就在那座桥上这样跟我说着。你还走过了别的一些桥，我们通过那些桥往返于两个世界之间。我们还以另外的方式往返于两个世界之间，有渡口，还可以溜索。在这条大江之上以及它众多的支流之上，有着形式各异的桥，它们的功用被细化，它们都在以自己的方式抗拒着时间的侵蚀。你说你就在那些桥上，不断审视着自己沉陷于世界之内时的精神状态，也用这种方式反观世界本身。感觉自身之时，也是在感觉世界本身。你就在几个桥墩上静静地坐着，你就那样呆呆地注视着那些往来的人群，但你不知道在那个世界里被什么东西纠缠震慑，你的思想出现了一些黑洞，你忘了要和那些人搭讪。你和那些往来的人搭讪的话，你就有了与江两岸的人们进行对话的机会，那时你就会慢慢熟知江的两岸。而最终你并没有开口，那些你所见到的往来的人也没有主动与你搭讪，他们有着属于那个世界强加在他们身上的警戒与沉默。你在他们眼中就是一个陌生人而已。就像他们以及他们所处的世界，在你眼中也很陌生一样。我怂恿你与其中的某一个人搭讪。你很生气。你一定在想，为何不是你去和那些人搭讪。我知道你生气的原因，我也没有和其中任何一个人进行搭讪。我眼中的世界与你一样，都是陌生的，我们并没有真正接近这个世界的万分之一的真实。我们自己远离了那个生活的现场。我们自己拒绝了进入一个生活的现场。你进入了一片古木林，那时你混入的是祭祀的人群之中，那时你们簇拥着一个祭师，你负责抬着那些五谷。

注：你将会是泛化的，你将会不再是确定的，你可能是你，你也可能不会

再是你，你也可能是我，你开始变得复杂起来，你开始变成天地万物，你开始变成很多种生命形态。天地间的各种生命形态将被你一一演绎，你将是万物的赋形。

7

我们眼前的那群人，或者有些时候我们自己都想在那片古木之中"感知人类的合理位置"[1]。我们深知在那样的自然世界之中，人类的位置是重要的，这关乎着我们该如何在那个自然世界之中生活，以及更好地生活。眼前的这个世界异常清醒，我也在眼前的这个世界之中才慢慢变得清醒，在这之前的很长一段时间里，我的理想就是砍伐一些古木，而眼前的这个世界里，几乎没有人想过砍伐一棵古木，至少眼前的世界不会对一棵神树动念想。在出生地却不是这样，村口唯一的那棵大松树已经可以算是我们的神树，只是在我们的语境中没有"神树"这样的表达。我们在那棵松树下面举行了好些祭祀活动，而某一天村里有人突然把那棵古木伐倒当做柴烧掉，我们一些人都感觉到了这种行为给我们带来的不安与焦虑，但那样的不安与焦虑并没有持续太久。而来到潞江坝之后，我才猛然意识到那棵古松树的被砍伐，意味着的便是我们失去了一个坐标，我们曾经默默用那棵古木作为我们精神位置的坐标，当坐标消失，我们的精神又失去了某种依存的位置，我们会轻易变得不安与焦虑。在出生地，我们是在简化甚至更多是把那些传统的东西从生活中剔除，在眼前的这个世界之中却不是这样。眼前的这个世界依然保留着自己的精神坐标，他们在用自己的方式在呵护着那些古木，榕树从不曾被人们伐倒，它们只有自然消亡，但我们很少会看到榕树的消亡。村寨之中就有古树，这与出生地不一样，我就在那些古木面前猛然意识到出生地失去了一些很重要的东西，我们日益感觉到天气的灼热与不堪，而抗拒灼热最好的方式其实就是古木。一棵古木制造的阴凉，在眼前的世界里这样的阴凉不再是奢侈，而是实实在在存在着。现在我就在其中一片古木之中，我正混入那些祭祀的人群之中。就在这个时刻，就是出现在那棵古木前面时，这时我们需要一个祭师，这时我们还需要让内心安静下来。我们强烈地

1　蒋蓝（诗人、散文家）语

感知到了我们的位置，我们是自然的一部分。我在这里找到了自己的位置，我长时间坐在了那些古木之中，我似乎又一次找到了精神的坐标。我们找到了一个祭师。我们找到了一个女祭师。

注：在那个祭祀的场中，我们忽略了那个女祭师是个女的。直到祭祀结束，直到我们一群人围在一起，我们才猛然意识到那个祭祀过程中是不允许女人出现的。除了那个女祭师而外便没有女性了。而女祭师的存在又变得很醒目，她的存在似乎就是暗示我们其实早已抛却了偏见。但在那之后，我多次参与的那些祭祀活动中，女人依然不准出现，依然还是除了祭师以外。这让我们感觉惊讶，祭师早已没有性别之分。祭祀与女人，在那个世界之中就是接近悖论般的存在。

8

你同样混在了那群祭祀的人之中。你的周身是把大地覆盖以及把你覆盖的阴翳，你的眼前是古树气根的缠绕喷涌。你先是为了那片古木林而来。你与那些人进入古木中的时间恰好重叠在了一起，但你与他们基本都认识，便毫无避讳地混入了他们之中。你靠着某个气根坐了下来，那时祭师说的话你没有听清，那时你早已远离了那些祭祀的人群，那时我在人群之中找了你一会，但没有见到你的影子。我们是可以轻易从那个世界彻底隐去，灼热的阳光以及被阳光刺痛的目光无法抵达那些阴翳的深处，那时很多人就在那些阴翳的深处，那时我们都各自在那个世界倾听着世界的安静。我们可以变得从容些，我们可以把内心的躁动暂时平抚，世界安静。那些祭祀活动主要也是为了平抚灵魂世界的躁动不安。我们在那样本应该会迷失的世界并没有迷失，我们不需要任何的记号，我们就可以从繁复缠绕的精神地图中找到回来的路径。你再次出现在了那些祭祀的人群之中，你的精神世界可能在你隐去的那段时间里经历了一些变化，我们都希望能在那样的世界之中重新改革我们的思想（"改革"这词显得多少有些粗暴，在这之后，我要尽量避免这些有着浓烈的粗暴意味的词，不过我们经常会冷不丁被这些粗暴的词所击溃，并最终习惯了它们的粗暴）。你与那些祭祀的人群一样，安静地坐着，你们的眼睛似乎都转向了某个地方，你们朝着某个方向，你们的目光安详，你们面带微笑，你们似乎找到了方向的意义。灵魂的方向，你说在那些古木中，会不由自主地想到灵魂，也会不由自主地想到生命在那个世界之中的显与隐。你的心中有着很多那样长得茂密的古木。你的眼前有着很多这样的古木。在古木间逡巡的神，你看到的是几只逡巡的飞鸟，以及逡巡的古树本身，当你席地坐在那些柔软的腐质层上时，你还看到了一些逡巡的小生命。当你朝远处的群山回望时，你猛然意识到我们稀缺的就是古老的想象力，那时黑压压的乌鸦飞上那个群山之上。我们是不需要担心那些古木的消失。而在出生地，我曾经替那棵最终也没有逃脱斧头的古松树担心过，但当那样的担忧才慢慢变淡减弱时，古松树突然被人伐倒了，我们的神灵也随着一棵古松树的砍伐而消隐或者直接丧失。我们依然不停地谈论着我们的神灵。而在眼前的世界，只要我们还有我们的神，它们就不会轻易消失，在我们眼中，那些古木的生命力是不竭的。我们都知道我们必然会重新回到祭祀的人群之中，那时我们就是一些虔诚的人，我们眼前就是我们的神树。

注：那是你随意行走的结果，你从未根据固定的路线在这个世界行走，那同样是你早已变得复杂的结果，你可以同时进入这片古木中成为祭祀群体的一员，你也可以同时进入那些大江两岸的村寨。

9

依稀可辨。一切都将只是依稀可辨。我们早已无法厘清那些真实的过往。我早已无法厘清与世界与角落之间的距离与关系。感觉美好而复杂。那些世界与角落，并不单一，而是纷繁复杂。碰撞。多种碰撞。随时随地就可以完成那种我所希望的碰撞。如果工作感到乏累了，我便是往外走，骑着摩托，或者直接走路，目的地变得随意而众多。我喜欢那种随意地进入每一个角落的感觉，没有任何的准备，路径时而简单，时而复杂。遇见的物事时而熟悉，时而陌生（熟悉与陌生都会让我欣喜不已）。在不断行走的过程中，陌生被慢慢蚕食。那些物事早已成为我的一部分，其实并不存在多少陌生感。我的出现，在成为那些角落暂时的一部分的同时，我更多能看到一个世界与角落的状态，那个当下的状态。自然、物、事、人当下的状态，耐人寻味。各种生命的命运、精神与灵魂，以各种方式呈现在我面前。而现在，我回想着那些呈现于我眼前的世界时，一切似乎历历在目，其实最为真实的情形只能是依稀可辨，在时间面前，一切变得可疑。

那些存留的感觉，在离开这个世界之后，便变得越发难得和可贵了。我一直挥霍着与一个世界与角落的碰撞。我同样也珍惜着这样的碰撞。但这样的行走方式，还不是我特别钟爱的，我最喜欢的是直接融入其中，像成为那些农人中的一个。我真就成了那样的人。即便那时，我依然骑着那辆小摩托，只是我一身干农活的装扮。后珍让我带上了那顶女式帽子，我的头被帽子完全遮住了，我们只能通过那样严实地围裹抗拒着灼热的阳光，我们是为了去摘咖啡豆。那时，我看到了后珍消失在了那个世界之中，后珍的背后是一片硕果累累的咖啡树。那时我们背对着高黎贡山，我们正对着显得荒芜的怒山山脉。我们正对着一条大江，只是那时大江被众多的咖啡树所遮挡，那时一条大江那哗哗流淌的声音也消失了，那时我们把注意都放在了眼前的那些咖啡豆上。外来的植物，把众多的庄稼地填满。我们要继续采摘这些咖啡豆，我们采摘的时间要持续好几个月，有时我们会采摘到一些咖啡开花。我们曾多次表达过羡慕一株咖啡树这样的想法。那时我们知道要在更多时间里与那些咖啡树纠缠，我们主要就是摘那些咖啡，除了那些咖啡，我们几乎不再去想什么。我们突然之间感觉到累了。我们要必须面对闷热的空气的困扰。我们只有去面对,而根本不知道该如何逃脱。我把头紧紧裹了起来。后珍把头紧紧裹了起来。我们开始停下来在那些咖啡树下，坐一会儿，闲聊一会儿，喝点水。我们是要谈点什么。但我们早已失去了谈论的兴趣。我们意识到那时任何的谈论都没有意义。我们都对产生了这样有点偏激的想法感到惊讶，但那样的天气早已给出了答案。如果那时有一场雨水的话……

我们在想象中制造了一场雨水，丰盈的雨水，让大地清凉的雨水，我们都对能产生那样的想象满意。我们开始兴冲冲地谈起了一场雨水。我们谈到了一场让枯木发芽的雨水。那样一场雨水绝对会有枯木逢春般的作用。我们谈起了一场能让那条大河的支流涨起的雨水。而一场雨水，最终并没有因为我们的急切期盼而到来。我们涌入那群祈雨的人群中，我们看到了一个祭师领着人们虔诚地求雨，那个过程多少会让我们产生恍惚的意味，我们恍若堕入到了某个时间与空间。雨并没有因为一个祭师的虔诚而及时降临。雨也并没有因参与那个

摄影／于坚作品
秋天的黄金

活动的人数众多而及时降临。我们难免会让失落的神色把我们吞噬。失落在持续着。在那里，其实并没有多少的人感到失落，毕竟他们并不需要担心会由于干旱而缺水。但我是失落者之一，我清晰地知道一场适量的雨水对于某些世界与角落的作用。如果一条大江在还没有被我们用到一点便干涸了的话，那个世界与角落会不会感到惆怅与恐慌？我总是觉得内部是干渴的，我需要一片透心凉的密林，我需要一场透心凉的雨水。

时间迅猛推前。我们早已不再摘咖啡豆。我们早已不再祈雨。我们也早已不再痴痴地望着那些变色龙在古木上蹿跳。我们出现在了江边寨。在提到一只变色龙时，我们努力让时间变得慢一些。时间在那里定格了一会。看一只变色龙在那些树木上蹿跳攀爬是一件很有意思的事情。那时我们感受到了凉爽的微风拂面，我们看到了与树干颜色一样的变色龙正从高处往下爬着。当我们把目光转向它时，它异常敏锐，它静静地蛰伏着，它不动，世界不动；当我故意把目光移开，通过余光观察着它，我希望能亲眼看到一只变色龙为了伪装而不断变化着肤色，那将是多么让人感到惊奇的事情，或者是事件，如果我亲眼看到了，那于我而言无疑就是一起事件。但很显然，我并没有得逞，它就只保持着一个色调，是绿色，它钟爱绿色，似乎它穿透了我的内部，我那时内部便是异常渴望绿色，即便也有想亲眼目睹一只变色龙肤色的不同变化。我是多次观察过变色龙，但真是只见过一种颜色。在变色龙上耽搁的时间是长了些，让人多少还是有一点点略微沮丧的就是变色龙并没有给我更多的满足。我们身处于两个不同的世界，它为何一定要满足于来自外人的目击，我感觉那只变色龙可能会在我的眼中看到了几丝狡黠。沮丧的应该是它而不是我，它因为我的迟迟不走而沮丧，它因为我那不知餍足的内心而沮丧。

我意识到自己在那只变色龙上耽搁的时间太长了。这时又有一只变色龙出现了。依然是绿色。但这并不影响它在我的内心深处的神秘与奇异。我向它挥了挥手。我看到了它那刚刚准备蠕动一下却再次静伏着的肉身。我们就那样离开了那些变色龙生活的地方。它们必然是要有所警惕的。那时我看到了爱宝他们，手里拿着弹弓，他们要去击打那些变色龙，他们不无得意地跟我们说起他们曾打到过无数的变色龙。那是他们对待变色龙的方式，他们沉迷于其中，我问起他们打死变色龙是为了什么，他们只是朝我诡异地笑着，我能感觉到里面多少带着属于他们那个年纪的不屑与嘲讽。他们沉迷于自己对待世界的方式。我早已过了以那样的方式对待一个世界与角落的年龄。我离开了他们。

我在离开过程中多少有着悻悻的意味。当我转了一下身，看到爱宝已经拿了弹弓。我能想象那样的情景。是绿色，应该是绿色，那时那些树木的枝干是绿色吗？那些树叶子的颜色是绿色吗？有那么一会，我开始怀疑自己，我再次变得絮絮叨叨。我再次因为一只变色龙而变得纠结。但请原谅我，毕竟在那之前，我没有真正那样近距离看过一只变色龙。而现在，要让我翔实地把见到的那只变色龙的模样复述出来，我倍感无力。那些变色龙只在我的脑海中依稀存在，我最多只记住了它们的一点点东西，只是一点点印象，我似乎已经失去了描写细节的能力。

注：到现在，我只是记住了那种感觉。一种对于一只变色龙的感觉。我也在努力记述着对于一个世界的感觉，这样的感觉将更多是属于我个人的，在这些感觉面前，我似乎陷入了感觉的某种偏狭之中，我应该随时警惕自己"当局者迷"的偏狭，我需要把自己彻底打开。

吉布鹰升，曾在《人民文学》《湖南文学》《滇池》《创作与评论》等刊物发表大量作品，已经出版多本书，获得冰心儿童文学奖，孙犁散文奖，第二届全国十佳教师作家奖，首届中国西部散文奖等。近年来专注自然生态文学创作。

鸟儿五篇

吉布鹰升

鸟儿飞过

我是沿着河堤漫步的时候，遇到那只鸟儿的。它不是在天上飞翔，而是横尸路边。起初，我不太相信它是一只鸟。我踏上石子铺成的小路，走近前去，定睛一看，那确实是一只死去的鸟儿。

我疑惑，这里怎么会躺着一只死鸟？它的羽毛是灰白色的，两条淡绿的细腿失去了下半截，像是被人肢解了似的，细长的脖子上没有了头部。我不敢相信这只小鸟的命运，它应该是只苍鹭，是来这里过秋的。它越过了千山万水，越过了丛林平原，终于和同伴一起落在这里时，一场不幸的灾祸降临了。那刻，它的心脏扑扑地跳，它已经无力与死亡抗争。对于它来说，一旦落入野蛮人的手里，抑或对其他比它身形大的动物来说，它是脆弱的。任何强大的生命在最后面临死亡的时候，都是脆弱的。鸟儿的每一天都存在着危险，与死神擦肩而过。现在，天空少了一只翩翩的舞者，少了一只自由的使者。我本来想把它葬了，可是它丑陋的模样令我有些畏惧，甚至我自私的心里以为它会给我带来厄运。于是，我转身离去。

太阳从云雾后露出了灿烂的笑容。那条河流波光粼粼，有一处如银鱼闪动。几只白鹭，从我前方的河流上空低低地飞翔，旋了一圈，然后远去。其中，一只落在河畔觅食，不一会儿又翩翩飞走了；一只落入了收割后的玉米丛里；一只落在了远方的一棵树上。白鹭在太阳下飞翔的色彩，看起来忽而是纯白，忽而是灰白相间的，这是因为白鹭逆光或顺光飞翔的原因。

河两岸，有农人在地里收割已经枯黄的黄豆秸秆,有人或坐或站在堤上垂钓。

这些垂钓者，因为受了这晴日的影响，个个精神抖擞，彼此搭讪着，偶尔间杂一些俏皮的话，发出一阵爽朗的笑声。然后，各自静默地候着长长的浮子的动静。我走近一位老者，说："今天天气不错，钓到鱼了吗？"他清瘦的脸上露出笑容，乐呵呵地说："钓到了几条。"从小桶里提了袋子给我看。他的面前，放着一盒肉红色的蚯蚓。其中，有的蚯蚓被碎成了几节，使我恶心。我沿着河岸的路朝前走去。

一只黑色的鸟儿在低空飞翔，落入了前面的玉米地里。一只蓝绿色的小鸟清脆地鸣叫着，几乎贴着地面疾飞。云雀一阵阵清脆的啼叫声，间杂其他鸟儿的叫声。此时，天空已经露出大片大片的蔚蓝色，几朵白云如棉花一样浮在那里，天边的云朵也渐渐扩散消逝。我倾听着大地的声音，这声音是苍鹭，是云雀，是其他的鸟，还有邻村的狗吠声，河流里的鸭子声，风儿掠过声。然而，蛐蛐儿弹奏的夜曲，现在沉寂了。这些生灵们是多么活跃。它们是大地的歌者，或是舞者。大地的色彩又多么浓烈，金黄、青绿、墨绿和淡黄，构成一幅秋日的画卷。

突然，一只灰白色的鸟儿闪过我的上空，我抬眼望着它飞翔。它鸣叫着，不停地扑扇着两只翅膀，渐渐远了，如同翩翩的蝴蝶，又像是一枚飘飞的落叶。它在空中，显得孤零零的，令我想到刚才路边的那只死鸟。此刻，这只飞翔远去的鸟儿，它的叫声在我听来是哀伤、凄凉的。它是那只死去鸟儿的伴侣吗？一只鸟死去了，它的伴侣一定是伤心、哀怨的。我读过一位日本作家的一篇散文，写的是一只鸟儿被猎人打死了，于是，失去伴侣的鸟儿很伤心，它形影相吊，孤苦寂寞，让人同情伤感。

我回望身后的河流。此时，河面上已经倒映着朦胧的山峦，还有清晰的洁白的云朵，河面是那么平静柔和。我抬眼望了天空，那里的蓝色洇染成一片湛蓝了。我想，再过些时辰，我的上空将幻化成多么深邃，多么宁静的蓝。

我融入了自然，享受了这片山地美丽柔和的风光。突然，一只鸟儿，是苍鹭，掠过我的上空。我又一次想到那只死去的鸟儿，它应该在蓝天上自由飞翔。于是，回来的路上，我决定把那只死鸟葬了。

听鸟

这片山地，自从立秋后，天气陡然变冷，像是直接进入了冬天。

夜晚，雨一直下着，落在楼角的雨棚上。这时候，"喔……哇……"一声声粗糙嘶哑的鸟鸣声传来。细心聆听，这种声音，此起彼伏。

在灰蒙蒙的夜色里，在沙沙的雨声中，鸟鸣声似乎是惊恐的，甚至是哀怨和凄苦的。

的确，它们风餐露宿的日子，是多么清苦。

它们是苍鹭吗？白天，我在河边见过白色的苍鹭。它们时而落在河畔优雅地啄食，时而振翅起飞，像蝴蝶一样拍着翅滑翔和俯冲……可是，白天是很难听到它们的叫鸣。它们习惯沉寂的生活，独自飞舞，远望去，像一枚落叶的轻盈，又似蝴蝶的翩翩。它们划过空中的弧线，是那么优美。

此刻，夜鸟声声，也许它们正掠过夜空，或栖在某棵树上，或落入了某片稻丛里。

它们的声音，没有春天鸟儿的啁啾、啼啭、悠扬、清脆……它们天生是不会唱歌的，声音是那么拙劣嘈杂。这与沉寂的秋天是多么相宜。

它们的叫鸣，是告诉我们大地已经入秋了，抑或是告诉同类自己也存在于这片土地？

它们是秋天的使者之一。秋天的使者有很多，如冷风，如红叶等等。

每一年听到它们的嘈杂声时，秋天如约而至了。而春天里那些会唱歌的鸟儿，它们都是天生的歌唱家，也许此刻都已经远走高飞了，抑或隐匿于山间，养精蓄锐，等候着另一个季节的苏醒。

大自然的物候留给了我们许多无法解释的奥秘。

春天，大地鸟语花香。秋天，鸟鸣沉寂，花儿凋零。然而，一些花草，恰巧在秋天才得以绽放，这又多么不可思议。

这秋夜的鸟鸣声，时续时断，萦绕在这片土地的上空，萦绕在我蜗居的附近。

它们为什么不像其他鸟儿一样栖在某棵树上安睡呢？

黑夜是惶恐的，它们呼唤着黎明的到来。在灰蒙蒙的雨夜里，也许它们是冲着城市灯光而来，在四处飞翔。

摄影 / 于坚作品
腾冲县一个村子的老宅

这黑夜的精灵，你不是在歌唱，而是在传递时间悄然流逝。

星星尚未出没，遍地月光，它们的叫声该是欢欣的、诗意的。

然而，星星什么时候出来与月光约会呢？

天亮，我醒来，它们停止了笨拙的叫鸣。

秋末，它们又开始新的旅程。它们将飞过丛林峡谷，越过平原高山。一路上，它们每天都面对生死考验。然而，为了前方更广阔的自由，它们宁愿走上孤独漂泊之旅。

鸟儿归来又归去。每一季，鸟儿的叫声都散发出与大地不同的气息。

啊，这自然中的精灵。

我从你的叫声里走来，从童年的梦幻走向人间……

听鸟，有多少岁月一不小心便在指间滑落了，有多少往事又被唤醒呢？

它们离去的那一天，树木已然落叶缤纷，冬天也就悄然来临了。

苍鹭

时节进入深秋了，金黄黄的稻谷和沉甸甸的稻穗，散发出诱人的熟香味，眼看即将收割。一脉涓涓溪水从稻田畔流去，两旁生长的蒿草不再是夏天的葱绿蓬勃而渐显枯萎意。蒿草和其他的杂草丛里，还有三五种花朵在绽放，其中的金色的太阳花和紫色的绒球花最为耀眼。

一只白色的苍鹭，从我上空飞过。我静立于稻畔的小径，望着那只苍鹭渐飞渐远，消失在远处。一会儿，另一只苍鹭从我眼前河岸的稻谷上空飞起。不知为什么，它的飞翔总是让我凝神观望。仿佛这对我来说是一件惬意的事情。我渴望在它的飞翔里获得某种意外的感动。可惜它的飞翔不是恒久，而是那么几十秒钟的时间，它就落入了稻丛里。每种鸟儿飞翔的姿势都是不同的，像苍鹭的飞翔，远望去像蝴蝶，可又不完全像蝴蝶，它们更像是这个秋天里鸟儿中的精灵。刚才我见到的第一只苍鹭渐飞渐远的时候，它看起来只有两边的翅膀在不住地扇动着，轻盈美妙，多么不可思议。

喜鹊呱呱喳喳，它们的飞翔有些笨重，好像是往前冲刺平滑，少了苍鹭飞翔时起伏的神韵之美。我的身后，铁塔的电线上栖息了一只喜鹊，喳喳叫着飞过我的上空，冲到了附近农舍旁的树上。比起苍鹭，喜鹊算是安适懒惰的。你看，苍鹭就不一样，它们落入了稻丛里，不一会儿又飞离那里，使人以为它们总是惊恐未定的。如果它们仅仅是为了觅食，可以在附近的稻丛里随意地飞起飞落，因为这里的稻丛里没有其他人，它们可以放心觅食。可是，它们并不这样做。我观察的结果，它们更像是这个秋天里鸟儿中的精灵。

突然，距那座农舍前面几十米的土丘上，大约五六只喜鹊在追赶嬉戏着什么。它们时而喳喳呱呱地叫着，时而绕着土丘旋转。我经过土丘，往那边的广场走去，对着一棵叶子泛红的树木，拿出手机拍照。这是我所见到的这个季节叶子最先泛红的树。我渐忘了苍鹭和喜鹊。可是，当我回过头来，又看见了那几只喜鹊，突然又在那座土丘上追赶嬉戏。我想，它们中间一定发生了什么事，便漫步过去，大概我和它们之间的距离只有二三十米远。我惊喜又细心地观察着，原来那几只花喜鹊鸣叫着追赶一只灰白色的鸟，它的身体略比喜鹊小些。那只灰白色的鸟，应该也是苍鹭的一种，它惊恐地躲闪过了紧跟在它后面的喜鹊，可又有另一只喜鹊突然追上来，几乎要碰到它的身体了。于是，灰色的苍鹭来了个急转弯，又一次躲闪过去了。可是那几只喜鹊包围着它，又有另外的两只喜鹊扑了过来。灰色苍鹭很敏捷地闪过了，它想逃飞掉。可它落入了喜鹊的包围圈里。喜鹊穷追不舍，苍鹭一次次闪过它们的追赶。我看得入了迷，心想这很是有趣，也为那只孤单的苍鹭同情担心。苍鹭被追赶到了土丘那边。我以为它逃飞掉了。可是，那几只喜鹊喳喳叫着，又把它围攻起来。此时，另一只苍鹭不知从何处飞来解救那只被围攻的苍鹭。来解救的苍鹭勇敢地紧紧撵着喜鹊。此时，喜鹊们乱了阵，两只苍鹭终于逃飞掉了。它们"哇哇……"叫着，从我眼前上空飞去。我想，这是一对伴侣，多么勇敢又幸福的伴侣呀！我望着苍鹭飞去的背影，微笑起来。

也许，那群喜鹊把这里当成了自己的家园，而把异地飞来的候鸟当成了侵犯自己领地的敌人。前几年的某个春天，我在供职的单位里，看到一只不知名的鸟儿，时而悠扬，时而啼啭，时而优美地叫着，简直是一个天才的音乐家。它能唱出几种不同的叫声，让人心情很激动。它栖息在某棵高大的松树上，唱出动听的天籁之音时，突然附近的一只喜鹊从那边的另一棵松树上赶来啄它。那只鸟儿惊恐地尖叫躲闪着，最终不得不逃飞了。于是，我发现了喜鹊和其他动物一样，它们领地意识是极强的。喜鹊似乎常常生活在我们这里，从春天到冬天，年年如此。所以，它们往往把那些从异地飞落到这里的候鸟当成了外来闯入者。

苍鹭年年秋天都来这里。它们像其他的候鸟一样该来的时候来，该离去的时候离去。没人知道，它们是具体哪天飞来的，也不知道是哪天离开这里的。

苍鹭追赶着一个成熟的时节，到了稻谷飘香的时候，"喔……""哇……"，这种粗糙又似乎嘶哑的叫鸣声告诉我们时节又进入了一个秋天。

晚上，郊外漫步。白杨树叶簌簌的声音招呼着风儿。"喔……""哇……"，一只苍鹭在朦胧的淡雾笼罩的夜空里，在路灯的映照下，拖着灰白的影子掠过我的上空，消逝在夜色中。

灰鹰

这只鹰，陡然出现在我的视线，纯粹是个意外。因为我万没有想到距县城附近几公里的山冈会有鹰出现，几乎二十多年来我就一直未见过一只鹰。我以为鹰在我生活的这个山地消失了，绝迹了，在这片山地，我不可能再遇上鹰了。

那天，我与鹰相遇。不，应该说那只鹰是突然闯入我视线的。我从县城出来，大概走了一个多小时，来到一座陌生的土冈。我的右手边是一个村子，房前屋后的梨树开了雪白的梨花。狗吠声传来，显示出村子静谧中的喧嚣。山地云雀的啼啭，其他不知名的鸟儿的"啁啾""叽叽"等或悠扬或高亢或嘹亮等，使这个干旱缺雨的初春焕发出生机蓬勃。

那些鸟鸣声，其实人类的言词是永远无法准确描述的。你只有用心聆听，寂静地会发现那是自然绝妙的音乐。你一个人享受这奇妙的音乐里，获得身心的愉悦轻松干净，忘却了那个肮脏污秽的尘世。你以一颗童心般的纯洁，融入这片山地里。

我走上那座土冈后，看见了平地上一些鸟羽散在那里。我走近看，猜想这些细小的鸟羽，是因为一只小鸟被鸱鹰袭击了。我在那里呆呆地看了一会儿，然后继续朝前走去。就在这当儿，一只灰鹰突然闯入了我的视线。大概它在我前面四五十米的低空飞翔。啊，这不是一只普通的鸱鹰，而是一只鹰。可它为什么不在高空飞翔呢？它的飞翔是那么轻灵飘逸，不像鸱鹰忙不迭地扇着翅膀，也不像个头更大的鹰那样凌空翱翔，骄傲地俯视地上的一切。我惊奇它的出现，我的脚步和心灵都异常兴奋激动起来。那只鹰和我之间隔了一道土坡。

我担心那只鹰立即飞过前面的坡消失在我的视线，于是我疾步跑去。可是翻过那道土坡时，鹰突然不见了。我翻过坡来到山垭口，目光搜寻那只鹰，它不知消失在何处。这使我渺茫，甚至我疑心刚才的灰鹰是否为幻觉呢？但它却是真实的一只鹰。

我环顾四周的上空，天空空空的。刚才那只鹰出现之前的那两只喜鹊也不知消失在了何处。我失望，呆呆地站在那里。一会儿，我的前方的坡地上"扑棱棱"响起，有四只野鸡先后飞离这里，三只往我的左手方消失，最后一只是雄的，往我的右手方飞去。野鸡飞翔振翅的声音和刚才鹰的无声飞翔迥异不同，这是自然的造化。

我不知道那只灰鹰消失在何处，但我还是激动。多少年来，我侥幸见到一只鹰。今天，终于我见到了一只鹰，并且是在这个海拔才两千多米的山地里，如此近距离地看到一只灰鹰低空平静地飞翔。

我继续往前走去。在那座坡地上，就在前几天，也就是三月十三日我所见到的一片金黄黄的蒲公英灿烂的微笑着盛开了。可是今天，即三月十七日见到时却好像凋零了。我为此伤感起来，以为是别人把这些微笑的浪漫的蒲公英采走了。但我错了，原来那些蒲公英是向阳花，要等待太阳的出现才渐渐展开花朵，多么富有灵性的花儿。我相信了大凡世界的一切生物都是有灵性的。我仿佛知道那些蒲公英悄悄地说着话儿盼着正午的太阳出来，温暖的阳光撒下来，然后齐整整露出脸。

我又朝高处登去，附近一片草地上放了几匹马。马儿响鼻声传来。这里的风景普通得不能再普通，但还是给我了新鲜感。再上去，一只云雀孤独地啼啭。我观察着周围的景物，地上的草如冬天一样枯黄，附近的树木大都单调的寂寞。它们还没有抽出新绿，除了几棵抽了新绿的落叶松和几棵开着细小的白花的树。就在那会儿，一只鸟，不，是一只灰鹰，是刚才我所见到的那只鹰，又突然闯进我的视野。它从前面的一片树林上空飞来。我蹲坐下来，凝神屏息观看。它依然轻灵飘逸的飞翔，栖息在一棵光秃秃的树上，背对着我，眼睛朝前望着。鹰的个头和一只猫头鹰差不多。大概它和我相距五十多米远。大约它在那棵树上停留了十几秒。然后回过头来，也许它发现了我，往那边飞去。

这只鹰，它的父母去了哪里呢？它从哪里来，什么时候进入这片山地的，又将什么时候离去。但愿它自由自在地飞翔在这片山林，不再担心猎人的危险。

我愉快地记下了这个上午，今天是 2010 年 3 月 17 日。

大雁远飞

这片山地里的一切都令人感到新鲜不已。

云雀啼啭，把天空渲染得更加静谧。空气里弥散淡淡的青草香味。几亩见方的海子，倒映着天光云影。微风吹来，波光粼粼。海里生长的草油油地绿了，充溢着一股鲜活的生机活力。几只鸭子在那里寻着小鱼什么的，偶尔发出"嘎嘎"的欢叫声，和云雀的啼啭，划破了空旷的寂静。

海子东岸散落了十几户人家，都是一律的房子，房顶的木板黑黝黝的，灰灰的，散发出历史陈年的沧桑味。房前屋后种植一些不知名的树木，枝叶疏朗，或茂密。几只黑狗在那里悠闲地走着，或静卧着晒太阳。从村子走出两三个人，朝海岸踱去。

海子西岸绿绿的草地上，一些牛羊和马匹，悠悠地觅食草。一位放牧的"席来"（姑娘）头戴白色的太阳帽，吆喝着她家的羊群，朝海子这边走来。草地附近的土地上种的洋芋露出了绿头巾。如果走近看，间或有几朵雪白，或紫蓝的花开放了。还有生长了的燕麦，绿绿的，嫩嫩的，实在可人。

一位牧人，和他的八九岁模样的女儿赶着羊群，渐渐走到海子西北岸的岩石下，然后挥舞着牧杆，吆喝着，把羊一只只往海水里赶。那几十只羊，惊慌地跳下，"扑通"落入水里，然后朝那边游去，又陆续走上岸。哦，这是牧人在给羊洗澡，然后，待羊毛晒干就可以剪羊毛了。

你沿着海岸走去，然后站在海岸灰白的，或黑色的嶙峋的岩石上，看久了，有点乏味了，朝后山走去。

此时，已经是正午，天空上刚才飘浮的几朵白云已消逝得无影无踪。山地开阔起来。

另一个村子的几位山民在那里给洋芋地松土锄草。你寂静地看见了他（她）们，但他（她）们并未发现你。那边的山头，几个牧人在那里放牧羊群。偶尔，牧人吆喝羊的声音，悠扬的荡远。你自由地走在那些曲曲折折的羊肠山道上，两边的山地，或现出一堆嶙峋的乱石，或是空荒的土地。于是，你猜想出居住在这里的彝族山民，或许去打工了，或许移民，或许搬迁了。你也想到，这里曾发生多少往事，都已被随风飘逝无痕，或是消逝在另外遥远陌生的时空里，让你渺茫。

你继续往山巅走去。到了那里，环顾四山，是另外新鲜的风景。其实，这里的每一处所看见的风景都是新鲜的，对于一个喜欢上山的城里人而言。

你躺下，天空空空的蓝，阳光明澈似水。山岭山冈莽莽苍苍。晴岚笼罩远山。你陡然感到山是那样雄浑壮丽渺茫。不知为什么，你有种莫名的感动，眼角有些湿润起来。

先祖们远去了，留下一个人独对天空怅然。

你有些倦意，该下山了，前面兀现一群白羊，一个老牧人，几只牧羊犬。牧羊犬远远地朝你"汪汪"吠来。你渐渐走近牧羊人，一边拣了几块石子提防那几只狗。

于是，你从牧羊老人那里听到了一个美丽的传说：

很久以前，我们山里的这个莫获海子呀，干净清澈得一尘不染！大雁常飞到这里来栖息。海子周围的草木植被葱郁。海里生长了一种鱼，现在这种鱼已经消逝了。那时候，海岸还没有村子。这个海子，它的美丽容不了任何人的亵渎。据说，如果有人往海子里掷石块，或者洗澡，晴朗的天空顿时乌云四骤，电闪雷鸣，暴雨哗哗而下。山里人以为海子是受神灵庇佑的，它是属于天神的。后来，随着山外的人们陆续搬到这里，海子的神秘也逐渐消失（当然，刚搬来这里的土著人还是不敢接近海子，亵渎这个异常清澈简直如天上掉下来的神圣的海，怕遭到天神的发怒）。人们走进海里洗澡游泳，或是往里面赶羊群洗澡时，也不会降雷雨了。但是，大雁还是来这里栖息。有意思的是，一对大雁夫妻常年在这里栖息筑巢。每年秋天，那对大雁夫妻孵出雏雁。遥远的雁阵排成人字形，鸣叫着，落在这里生活一段时间。海子雁声阵阵，天空悠扬。雁阵离开这里的时候，那对大雁夫妻就把雏雁往雁阵里赶。雏雁不忍离开父母，数次回到雁阵，飞落到海岸。那场面，这里的彝人，尤其是"阿木惹"（妇女）看得叫人动容滚泪，联想到自己有一天远嫁离开父母的时候。一对大雁就这样，年年生活在这里。

也有人说，大雁带着雏雁加入了雁阵，飞往了遥远的异地。但是，又有一对新的夫妻雁留了下来。

后来不见大雁了，随着山下的城里人到了这里，此时，拿着火药枪打雁的事时有发生。

前几年，还见到一只孤零零的雁，秋天时常在海子边栖息。

有一天，一位从外地打工回来的年轻人，看见那只大雁在海岸悠闲地踱步。它长长的脖颈，那种高贵的风度简直不能言词表达。那位年轻人，把圆根啃下来，放在手里，喂大雁。大雁一点都不怕，很从容地啄那瓣圆根。他激动得停止了语言。他想，简直不可思议，这样零距离地与大雁亲密接触，他太幸福了。

后来，那只大雁失踪了。那是一个雾沉沉的天气。

有人说，那只孤雁是被外村人偷走的。从此，村子里的人都心里怅然，一想到大雁的事情时。

听完大雁的故事。你又一次凝望那个平静的海子的时候，心里和村人一样伤感起来。

大雁不见。大雁远飞。

什么时候，大雁又来这里栖息，视这片海子为家园呢？

大益集团
TAETEA GROUP

大 益 集 团 出 品